行走文丛

读书与行走

陈忠实 著
邢小利 选编

上海三联书店

目录

第一次投稿	1
汽笛·布鞋·红腰带	7
文学是一种沟通	13
最初的晚餐	18
尴尬	21
沉重之尘	24
中国餐与地摊族	27
贞洁带与斗兽场	33
那边的世界静悄悄	39
北桥，北桥	44
感受文盲	50
口红与坦克	54
伊犁有条渠	57
灿烂一瞬	62
神秘一幕	65
骆驼刺	70

盐的湖	72
天之池	74
威海三章	78
致日本读者	84
在《当代》，完成了一个过程	86
何谓益友	89
六十岁说	102
在乌镇	106
原下的日子	110
文学的信念与理想	118
解读一种人生姿态	128
皮鞋、鳝丝、花点衬衫	139
从大理到泸沽湖	145
在好山好水里领受沉重	158
在河之洲	162
柴达木掠影	166
借助巨人的肩膀	170
完成一次心灵洗礼	184
黄洋界一炮	188
太白山记	192
关山小记	195
再到凤凰山	199
走过武汉，匆草一笔	203
地铁口脚步爆响的声浪	208
林中那块阳光明媚的草地	213
从黄岛到济南	220

沉默的山	224
走进铁军	227
第一次借书和第一次创作	231
在灞河眺望顿河	234
一个空前绝后的数字	237
关键一步的转折	240
摧毁与新生	243
一次功利目的明确的阅读	246
米兰·昆德拉的启发	249
龙湖游记	252
毛乌素沙漠的月亮	256
原上原下樱桃红	261
难忘的一声喝彩	267

第一次投稿

背着一周的粗粮馍馍，我从乡下跑到几十里远的城里去念书，一日三餐，都是开水泡馍，不见油星儿，顶奢侈的时候是买一点杂拌咸菜；穿衣自然更无从讲究了，从夏到冬，单棉衣裤以及鞋袜，全部出自母亲的双手，唯有冬来防寒的一顶单帽，是出自现代化纺织机械的棉布制品。在乡村读小学的时候，似乎于此并没有什么不大良好的感觉；现在面对穿着艳丽、别致的城市学生，我无法不"顾影自卑"。说实话，由此引起的心理压抑，甚至比难以下咽的粗粮以及单薄的棉衣遮御不住的寒冷更使我难以忍受。

在这种处处使人感到困窘的生活里，我却喜欢文学了；而喜欢文学，在一般同学的眼睛里，往往是被看作极浪漫的人的极富浪漫色彩的事。

新来了一位语文老师，姓车，刚刚从师范学院毕业。第一次作文课，他让学生们自拟题目，想写什么就写什么。这是我以前所未遇过的新鲜事。我喜欢文学，却讨厌作文。诸如《我的家庭》《寒假（或暑假）里有意义的一件事》这些题目，从小学作到中学，我是越作越烦了，越作越找不出"有意义的一天"了。新来的车老师让我们想写什么就写什么，我有兴趣了，来劲了，就把过去写在小本上的两首诗翻出来，修改一番，抄到作文本上。我第一次感到了作文的兴趣而不再是活受罪。

我萌生了企盼，企盼尽快发回作文本来，我自以为那两首诗是杰出的，会震一下的。我的作文从来没有受到过老师的表彰，更没有被当作范文在全班宣读的机会。我企盼有这样的一次机会，而且正朝我走来了。

车老师抱着厚厚一摞作文本走上讲台，我的心无端地慌跳起来。然而四十五分钟过去，要宣读的范文宣读了，甚至连某个同学作文里一两句生动的句子也被摘引出来表扬了，那些令人发笑的错句病句以及因为一个错别字而致使语句含义全变的笑料也被点出来，终究没有提及我的那两首诗，我的心里寂寒起来。离下课只剩下几分钟时，作文本发到我的手中。我迫不及待地翻看了车老师用红墨水写下的评语，倒有不少好话，而末尾却悬下一句："以后要自己独立写作。"

我愈想愈觉得不是味儿，愈觉不是味儿愈不能忍受。况且，车老师给我的作文没有打分！我觉得受了屈辱。我拒绝了同桌以及其他同学伸手要交换作文的要求。好容易挨到下课，我拿着作文本赶到车老师的房子门口，喊了一声："报告——"

获准进屋后，我看见车老师正在木架上的脸盆里洗手。他偏过头问："什么事？"

我扬起作文本："我想问问，你给我的评语是什么意思？"

车老师扔下毛巾，坐在椅子上，点燃一支烟，说："那意思很明白。"

我把作文本摊开在桌子上，指着评语末尾的那句话："这'要自己独立写作'我不明白，请你解释一下。"

"那意思很明白,就是要自己独立写作。"

"那……这诗不是我写的?是抄别人的?"

"我没有这样说。"

"可你的评语这样子写了!"

他冷峻地瞅着我。冷峻的眼里有自以为是的得意,也有对我的轻蔑的嘲弄,更混含着被冒犯了的愠怒。他喷出一口烟,终于下定决心说:"也可以这么看。"

我急了:"凭什么说我抄别人的?"

他冷静地说:"不需要凭证。"

我气得说不出话……

他悠悠抽烟:"我不要凭证就可以这样说。你不可能写出这样的诗歌……"

于是,我突然想到我的粗布衣裤的丑笨,想到我和那些上不起伙的乡村学生围蹲在开水龙头旁边的那个窝囊,就凭这些瞧不起我吗?就凭这些判断我不能写出两首诗来吗?我失控了,一把从作文本上撕下那两首诗,再撕下他用红色墨水写下的评语。在朝他摔出去的那一刹那,我看见一双震怒得可怕的眼睛。我的心猛烈一颤,就把那些字纸用双手一揉,塞到衣袋里去了,然后一转身,不辞而别。

我躺在集体宿舍的床板上,属于我的那一块床板是光的,没有褥子也没有床单,唯一不可或缺的是头下枕着的这一卷被子,晚上,我是铺一半再盖一半。我已经做好了被开除的思想准备。这样受罪的念书生活还要再加上屈辱,我已不再留恋。

晚自习开始了,我摊开书本和作业本,却做不出一道习题来,捏着笔,盯着桌面,我不知做这些习题还有什么用。由于这件事,期末我的操行等级降到了"乙"。

打这以后，车老师的语文课上，我对于他的提问从不举手，他也不点我的名要我回答问题，校园里或校外碰见时，我就远远地避开。

又一次作文课，又一次自选作文。我写下一篇小说，名曰《桃园风波》，竟有三四千字，这是我平生写下的第一篇小说，取材于我们村子里果园入社时发生的一些事。随之又是作文评讲，车老师仍然没有提到我的作文，于好于劣都不曾提及，我心里的底火又死灰复燃。作文本发下来，揭到末尾的评语栏，连篇的好话竟然写下两页作文纸，最后的得分栏里，有一个神采飞扬的"5"字，在"5"字的右上方，又加了一个"+"号，这就是说，比满分还要满了！

既然有如此好的评语和"5+"的高分，为什么评讲时不提我一句呢？他大约意识到小视"乡下人"的难堪了，我猜想，心里也就膨胀了愉悦和报复，这下该有凭证证明前头那场说不清的冤案了吧？

僵局继续着。

入冬后的第一场大雪是夜间降落的，校园里一片白。早操临时取消，改为扫雪，我们班清扫西边的篮球场，雪下竟是干燥的沙土。我正扫着，有人拍我的肩膀，一仰头，是车老师。他笑着。在我看来，他笑得很不自然。他说："跟我到语文教研室去一下。"我心里疑惑重重，又有什么麻烦了？

走出篮球场，车老师的一只胳膊搭到我肩上，我的心猛地一震，慌得手足无措了。那只胳膊从我的右肩绕过脖颈，就搂住我的左肩。这样一个超级亲昵友好的举动，顿然冰释了我心头的疑虑，却更使我局促不安。

走进教研室的门，里面坐着两位老师，一男一女。车老师说：

"'二两壶''钱串子'来了。"两位老师看看我,哈哈笑了。我不知所以,脸上发烧。"二两壶"和"钱串子"是最近一次作文里我的又一篇小说的两个人物的绰号。我当时顶崇拜赵树理,他的小说的人物都有外号,极有趣,我总是记不住人物的名字而能记住外号。我也给我的人物用上外号了。

车老师从他的抽屉里取出我的作文本,告诉我,市里要搞中学生作文比赛,每个中学要选送两篇。本校已评选出两篇来,一篇是议论文,初三一位同学写的,另一篇就是我的作文《堤》了。

啊!真是大喜过望,我不知该说什么了。

"我已经把错别字改正了,有些句子也修改了,"车老师说,"你看看,修改得合适不合适?"说着又搂住我的肩头,搂着离他更近了,指着被他修改过的字句一一征询我的意见。我连忙点头,说修改得都很合适。其实,我连一句也没听清楚。

他说:"你如果同意我的修改,就把它另外抄写一遍,周六以前交给我。"

我点点头,准备走了。

他又说:"我想把这篇作品投给《延河》。你知道吗?《延河》杂志?我看你的字儿不太硬气,学习也忙,就由我来抄写投寄。"

我那时还不知道投稿,第一次听说了《延河》。多年以后,当我走进《延河》编辑部的大门深宅以及在《延河》上发表作品的时候,我都情不自禁地想到过车老师曾为我抄写投寄的第一篇稿。

这天傍晚,住宿的同学有的活跃在操场上,有的遛大街去了,教室里只有三五个死贪学习的女生。我破例坐在书桌前,摊开了作文本和车老师送给我的一扎稿纸,心里怎么也稳定不下来。我感到愧悔,想哭,却又说不清是什么情绪。

第二天的语文课，车老师的课前提问一提出，我就举起了左手，为了我的可憎的狭隘而举起了忏悔的手，向车老师投诚……他一眼就看见了，欣喜地指定我回答。我站起来后，却说不出话来，喉头哽塞了棉花似的。自动举手而又回答不出来，后排的同学哄笑起来。我窘急中又涌出眼泪来……

我上到初三时，转学了，暑假办理转学手续时，车老师探家尚未回校。后来，当我再探问车老师的所在时，只说早调回甘肃了。当我第一次在报刊上发表处女作的时候，我想到了车老师，应该寄一份报纸去，去慰藉被我冒犯过的那颗美好的心！当我的第一本小说集出版时，我在开着给朋友们赠书的名单时又想到车老师，终不得音信，这债就依然拖欠着。

经过多少年的动乱，我的车老师不知尚在人间否？我却忘不了那淳厚的陇东口音……

1987 年 8 月 13 日

汽笛·布鞋·红腰带

一个年过五十的人,依然清晰地记得平生听到第一声火车汽笛时的情景。

他当时刚刚勒上头一条红腰带。这是家乡人遇到本命年时避灾禳祸祈求平安福祉的吉祥物,无论男女、无论长幼、无论尊卑都要在本命年到来的头一天早晨穿裤子时勒上腰的。那是母亲用自纺的棉线四股合成一股,经过浆洗,经过大红颜色的煮染,再经过蜂蜡的打磨,然后把经线绷在两个膝盖之间织成的。早在母亲搓棉花捻子和纺线的时候就不断念叨:"娃的本命年快到了,得织一条红腰带。"在标志着一年将尽的最后一个月份——腊月——到来之前,母亲已经织好了一条红腰带,只让他试着勒了一下就藏进木板柜里,直到大年三十晚上才取出来放到枕头旁边,叮嘱他天明起来换穿新衣新裤时结上那根红腰带。他那时只是为了那条鲜红的线织腰带感到新奇而激动不已,却不能意识到生命历程的第二个十二年将从明天早晨开始……

半年以后,他勒在腰里的红带已经变成了紫黑色,鲜艳的红色被汗渍尿垢以及褪色的黑裤污染得失去了原本的颜色。他依旧勒着这条保命带走出了家乡小学所在的小镇，到三十里外的历史名镇灞桥去投考中学。领着他的是一位四十多岁的班主任老师，姓杜；和他一起去投考的有二十多个同学，这些小学同学中有的已经结婚，那是他们在新中国成立后才迟迟获得读书机会的缘故，他是他们当中年龄最小、个头最矮的一个。

这是一次真正的人生之旅。

从小镇小学校后门走出来便踏上了公路。这是一条国道，西起西安沿着灞河川道再进入秦岭，在秦岭山岩中盘旋蜿蜒一直通到湖北省内。这是他第一次走出家门三公里以外的旅行。他昨夜激动惶惧得几乎不能成眠；他肩头挎着一只书包，包里装着课本、一支毛笔和一只墨盒，还有几个学生灶发给的混面馍馍，还有一块洗脸擦脸用的布巾，同样是母亲用织布机织下的手工布巾……口袋里却连一分钱也没有。

开始上路他和老师、同学相跟着走，大约走出十多里路也不觉得累，同学们大都是来自小镇附近村庄，谁也没出过远门，兴致很高，心劲十足，一路说说笑笑叽叽嘎嘎。后来的悲剧是从脚下发生的。他感觉脚后跟有点疼，脱下鞋来看了看，鞋底磨透了，脚后跟上磨出红色的肉丝淌着血，血浆渗湿了鞋底和鞋帮。他首先诅咒的便是砂石铺垫的国道上的砂子，全然想不到母亲纳扎的布鞋鞋底经不住砂石的磨砺，随后才意识到是一双早已磨薄了的旧布鞋的鞋底。在他没有发现鞋破脚破之前还能撑持住往前走，而当他看到脚后跟上的血肉时便怯了，步子也慢了。

似乎不单是脚后跟出了毛病，全身都变得困倦无力，双腿连往前挪一步的勇气都没有了，每一次抬脚举步都畏怯落地之后所产生的皮肉之苦。他看见杜老师在向他招手，他听见同学在前头呼叫他。他流下眼泪来，觉得再也撑不上他们了。他企望能撞见一位熟人吆赶的马车，瞬间又悲哀地想到，自己其实原来就不认识任何一位车把式。

他看见杜老师和一位结过婚的小学生大同学倒追过来，立即擦干了眼泪。老师和同学的关心鼓励丝毫也不能减轻脚下的痛楚和抬脚触地时引发的内心的畏怯。老师和大同学不能只等他一人而往前走了。他没有说明鞋底磨透脚跟磨烂的事，不是出于坚强而纯粹是因为爱面子，他怕那些能穿起耐磨的胶质球鞋的同学笑自己的穷酸。这种爱面子的心理不知何时形成的，以至影响到他后来的全部生活历程，不愿意在任何人面前哭穷。老师和大同学临走时留给他的一句话是："往前走不敢停。慢点儿不要紧只是不敢停下。我们在前头等你。"

他已经看不见杜老师率领着的那支小小的赶考队伍了。他期望在路上捡到一块烂布包住脚后跟，终于没有发现哪怕是巴掌大的一块碎布而失望了。他从路边的杨树上捋下一把树叶塞进鞋窝儿，大约只舒服了两分钟，走出不过十几米就结束了短暂的美好和幼稚。他终于下狠心从书包里摸出那块擦脸用的布巾，相当于课本的两倍大小，只能包住一只脚。洗脸擦脸已经不大重要了，撩起衣襟就可以代替布巾来使用。用布巾包住的一只脚不再直接遭受砂石的蹭磨减轻了疼痛，况且可以使另一只脚踮起脚尖而避免脚后跟着地。他踮着一只脚尖就跛着往前赶，果然加快了行速。走过不知有多少路程，布巾很快又磨透了，他把布巾倒过来再包到脚上，直到那块布巾被踩磨得稀烂而毫无用处。他最后从书包里拿出了课本，先是算术，后是语文，一扎一扎撕下来塞进鞋窝……只要能走进考场，他自信可以不需要翻动它们就能考中；如果万一名落孙山，这些课本无论语文或是算术就都变成毫无用处的废物了。那些课本的纸张更经不住砂石的蹭磨，很快就被踩踏成碎片从鞋窝里泛出来撒落到砂石国道上，像埋葬死人时沿路抛撒的纸钱。直到课本被撕光，他几乎完全绝望了，脚跟的疼痛逐渐加剧到每一抬足都会心惊肉跳，走进考场的最后一丝勇气终于断灭了。他站下随之又坐下来，等待有一挂回程的马车，即使陌生的车夫也要乞求。他对念中学似乎也没有太明晰的目标，回家去割草拾柴也未必不好……伟大的转机就在他完全崩溃刚刚坐下的时候发生了，他听到了一声火车汽笛的嘶鸣。

他被震得从路边的土地上弹跳起来。他被惊吓得几乎又软瘫坐下。他的耳膜长久地处于一种无知觉的空白。他的胸腔随着铿锵铿锵的轮声起伏着、战栗着。他惊惧慌乱不知所措而茫然四顾，终于看见一股射向蓝天的白烟和一列呼啸奔驰过来的火车。他能辨识出火车凭借的是语文课本上的一幅拙劣的插图。这是他平生第一次看见火车，第一次听见火车汽笛的鸣叫。隐藏在原坡皱褶里的家乡村庄，一年四季只有人声牛哞狗吠鸡鸣和鸟叫。列车从他眼前的原野上飞驰过去，绿色的车厢、绿色的窗帘和白色的玻璃，启开的窗户晃过模糊的男人或女人的脸，还有一个把手伸出窗口的男孩的脸……直到火车消失在柳林丛中，直到柳树梢头的蓝烟渐渐淡化为乌有，直到远处传来不再那么震慑而显得悠扬的汽笛声响，他仍然无法理解火车以及坐在火车车厢里的人会是一种什么滋味儿？坐在飞驰的火车上透过敞开的窗口看见的田野会是怎样的情景？坐在火车上的人瞧见一个磨透了鞋底、磨烂了脚后跟的乡村娃子会是怎样的眼光？尤其是那个和他年纪相仿已经坐着火车旅行的男孩。

天哪！这世界上有那么多人坐着火车跑哩而根本不用双脚走路！他用双脚赶路却穿着一双磨穿了底、磨烂了脚后跟的布鞋一步一蹭血地踯躅！似乎有一股无形的神力从生命的那个象征部位腾起,穿过勒着红腰带的腹部冲进胸膛又冲上脑顶,他无端地愤怒了,一切朦胧的或明晰的感觉凝结成一句,不能永远穿着没后跟的破布鞋走路……他把残留在鞋窝里的烂布绺、烂树叶、烂纸屑腾光倒净,咬着牙在砂石国道上重新举步,腿上有劲了,脚后跟也还淌血还疼,走过一阵儿竟然奇迹般地不疼了,似乎那越磨越烂得深的脚后跟不是属于他的,而是属于另一个怯懦者懦弱鬼王八蛋的……在离考场的学校还有一二里远的地方,他终于赶上了老师和同学,却依然不让他们看他惨不堪睹的两只脚后跟。

……

在那场历时十年的"大浩劫"发生时,他虽未被完全打翻,却感到已经走到生命的尽头。那一年又正好是他勒上第二条红腰带开始第三轮十二年的时候。他被划进"刘少奇修正主义路线"而注定了政治生命的完结,他所钟情的文学在刚刚发出处女作便夭折了,家庭的灾难也接踵而至,不是祸不单行而是三面伏击、四面楚歌。他步入社会尚无任何生活经验也无丝毫的防卫能力,很快便觉得进入绝境而看不到任何希望,不止一次于深夜走到一口水井边企图结束完全变成行尸走肉的自己。没有促成他纵身一投的缘由,便是他在那最后一刻听到了发自生命内部的那一声汽笛的鸣叫……

在他勒上第三条红腰带开始生命年轮的第四个十二年的时候,恰好又遭遇到一次重大的挫折。如果说上一次的遭遇与红腰带有无什么联系尚不意识,这一次就令他暗暗惊诧了,人的生命本身是否存在着一种神秘的周期性灾变?他不再以一个简单的无神论者的简单态度轻易去判断其有无了。这一次挫折纯粹是自作自受,不能怨天,不能怨地,更不能怨天下任何人,自己写下一篇对生活做出简单谬误判断的小说而声名狼藉。他曾想告别政坛也告别文学,重新回到学校做一名乡村教师,与农村孩子去交朋友。在那个人生重大抉择的重要关头,他不仅又一次听到了那声汽笛,而且想到了那双磨透了鞋底、磨烂了脚跟的布鞋。有什么可畏惧的呢?本来就是穿着磨透鞋底的布鞋走进社会的,最终最糟失掉的大不了也就是又一双破烂布鞋……他走进图书馆,把莫泊桑和契诃夫的小说抱回住屋,昼夜与这两个欧洲人拥抱在一起。

他后来成为一个作家,但不是著名的,却终归算一个作家。这个作家已过"知天命"的年岁,回顾整个生命历程的时候,所有经过的欢乐已不再成为欢乐,所有经历的灾难挫折引起的痛苦也不再是痛苦,变成了只有自己可以理解的生命体验,剩下的还有一声储存于生命磁带上的汽笛鸣叫和一双破了鞋底的布鞋。

他想给进入花季刚刚勒上头一条或第二条红腰带的朋友致以祝贺,无论往后的生命历程中遇到怎样的挫折、怎样的委屈、怎样的龌龊,不要动摇也不必辩解,走你认定了的路吧!因为任何动摇包括辩解,都会耗费心力、耗费时间、耗费生命,不要耽误了自己的行程。

1993 年 6 月 18 日草于小寨　6 月 21 日改定

文学是一种沟通
——与莫斯科大学留学生汪健的通信

尊敬的陈忠实先生：

我是一个公派的留学生，现在莫斯科大学攻读语言文学硕士学位。我一直是您的一个忠实读者，您的每一部作品几乎都拜读过，其中尤以《白鹿原》为把玩之最。当我把您的《白鹿原》的大致情节译给我的论文导师后，他也极为感兴趣，并建议我与您联系，写一篇关于《白鹿原》与肖洛霍夫《静静的顿河》相比较的论文。这的确是一个很有趣的题目，两部作品之间有着极为相似的轮廓，又各具民族性和民俗性。

现在有几个问题需要向您请教：

一、您是怎样看待肖洛霍夫的《静静的顿河》的？《白鹿原》中"黑娃"这个人物与《静静的顿河》中的格利高利·麦列霍夫是很类似的，您在创作中是怎样选择这样一个主人公的？

二、在您的文学创作过程中，有哪个作家对您的影响最大？

三、"格利高利"是肖洛霍夫作品中的"唯一"（他没有再写过类似的主人公），那么，您是否在以后的作品中再现另一个"黑娃"呢?

四、您的作品是否翻译成其他语言?

殷切地盼望着您的回信。

汪健

1994年7月13日莫斯科

汪健:

您好。7月13日的信诵悉,请释念。并致以遥远的问候。

您我素不相识并不重要。您"几乎读过"我的"每一部作品"尤其令我感动。这主要是出于我对创作这项劳动的理解,即:对于作家来说,他是用作品和这个世界对话的,作品其实就是他的从生活体验进而到生命体验的一种展示,而展示最初的和终极的目的都是为了与读者进行交流和沟通,能与读者完成这种沟通和交流才是作家劳动的全部意义所在。进一步说,文学沟通古人和当代人,沟通着不同肤色、操不同语言的人,沟通心灵,这才是从事文学创作的人痴情、矢志九死不悔的根本缘由。从这个意义说,您我早已是真心朋友了。谢谢您对《白鹿原》的理解。现在就您提出的几个问题逐条答卷。

一、肖洛霍夫的《静静的顿河》是我阅读的第一部外国作家的翻译作品,这是我在读完初中二年级那年暑假里读过的。从此我便不能忘记一个叫作哥萨克的民族,顿河也就成为我除黄河、长江之外记忆最深的一条河流;一个十六岁的乡村少年竟然感觉到了自己并不复杂的生活阅历与顿河上的哥萨克有诸多相近相似之处,自然包括风俗文化以及生活的痛苦和生活的欢乐。我的眼界也一下子从家乡门口的灞河扩展到连方位也难以确定的顿河草原。我不必赘述这部史诗如何如何，只是简单地告诉您我当时的阅读直感。我对俄国和苏联文学的浓厚兴趣也是从阅读《静静的顿河》引发的。这部小说大约是1962年获诺贝尔文学奖的，我的阅读在获奖之先四年。之后直到现在，我没有再读第二遍，主要是我把有限的阅读时间和热情投向世界上较为陌生的新作品。

黑娃是《白鹿原》中的几个主要人物之一。算不得第一号，而格里高利（格利高利）却是头一号人物。我只是按这部书的总体构思来设计各色类型的人物，黑娃是我所理解的白鹿原上的一种类型。他的最基本的诱因当然是我长期生活体验和生活积累的结果，直接的诱因得之于我对家乡周围三县蓝田、长安、咸宁地方党史文史资料的整理收集。

最初的构思和后来的整个写作过程中，似乎没有想到过格里高利。书出后，国内有个别评论家提到过黑娃曲折的人生道路与格里高利的某些相通之处，还有人把他与《百年孤独》作类比。我没有太多去思考这种现象，主要是觉得，作家尽心竭智所要塑造的某个民族的富于典型意义的人物，可能总有某些相通之处，因为人类无论哪个种族、何种肤色，其作为人的本性是相通的，对美的追求和对恶的奋争，各个民族争取合理的生存状态的斗争历程，也有其本质的相通之处，形式和色彩的差异而已。

二、我所崇拜的作家随着我创作实践的发展不断变化。初中二年级对文学发生兴趣时，我顶崇拜赵树理，这一年里我从学校图书馆借阅了赵树理截至那时所出版的全部长、中、短篇小说，以为这就是世界上最可尊敬的最伟大的作家了。到当年暑假读过《静静的顿河》，肖洛霍夫又成为我崇拜的第一位外国作家。从60年代初到80年代初，我因为对《创业史》的钦佩自然联系到对柳青的崇拜，这是我们陕西籍的一位当代作家，也是我崇拜时间最长的一位。我崇拜柳青，却从来也没有拜访过他，只是在两次文学集会上听过他的演说。我以为，崇敬乃至崇拜一位作家的最虔诚的行为便是研读他的作品，他的全部思考和艺术理想全都灌注在他的作品里，尤其是作为他艺术成熟象征的代表作，研究他的作品便可以获得他的艺术精髓。至于登门拜访仅仅只是一个感情联系的形式，所以绝对不会超过对其作品的研究。

关于崇拜，我更深的体会便是，必须清醒地认识到，在你对某人产生崇拜的时候，同时也就要准备尽快走出被崇拜者的巨大阴影。崇拜是一种学习，在获得了被崇拜者的精神和艺术精髓以后，融会为自己的新的艺术启示，就要尽快走出被崇拜者的阴影，摆脱被崇拜者的巨大吸盘，去走自己的路，去开拓只能属于自己的艺术天地，去实现自己的艺术理想。如果不是这样，而是长期蜷伏在被崇拜者的巨大艺术阴影底下，你所能做的便是对被崇拜者的艺术重复，不仅对自己来说亵渎了创造的神圣含义，对文学界来说只会造成艺术创造的萎缩。

三、我创造的黑娃只有一个，以后的作品再不会有这种类型的人物了。在我看来，重复别人是作家的悲哀；重复自己则是缺乏艺术创造勇气的表现，更悲哀。按我以往的创作习惯，完成一部作品之后，便把其中的所有内容和人物搁到一边去了，兴趣和热情随之转移，投向陌生的生活领域和新的陌生的人物。用农民的话说，我对在熟茬子地上反复耕作兴趣索然，对未曾开拓的生茬子荒地充满陌生的惊喜和热情。

四、《白鹿原》去年已在香港和台湾先后出版，据那边过来的文化人说，发行销售不错。台湾另一家出版社随之又出了一本中篇小说集《地窖》，因为读者对《白鹿原》的兴趣而引发其对我其他作品的兴趣，《地窖》据说发行也不错，有一本短篇小说集正在排印中。这是中国的两个地区，同种同文，不算外文翻译，但也确实是两个特殊的地区。

《白鹿原》已有韩国和日本两家出版公司分别于去年和今年春签约，目前正在翻译和排印中，预计今年下半年和明年初在韩国和日本出版发行。美国一家著作权代理公司正在洽谈用英语在美国出版的事宜，有的条款正在洽商。

专此复述，祝您进步、愉快。

握手。

陈忠实
1994 年 8 月 14 日

最初的晚餐
——《生命历程中的第一次》之一

想到这件难忘的事,忽然联想到《最后的晚餐》这幅名画的名字,不过对我来说,那一次难忘的晚餐不是最后的,而是最初的一次,这就是我平生第一次陪外国人共进的晚餐。

那时候我三十出头,在公社(即现今的乡政府)学大寨正学得忙活。有一天接到省文艺创作研究室(即省作协)的电话,通知我去参加接待一个日本文化访华团。接到电话的最初一瞬就愣住了,我的第一反应是我穿什么衣服呀?我便毫不犹豫地推辞,说我在乡村学大寨的工作多么多么忙。回答说接待人员名单是省革委会定的,这是"政治任务",必须完成。这就意味着不许推辞,更不许含糊。

我能进入那个接待作陪的名单,是因为我在《陕西文艺》(即《延河》)上刚刚发表过两个短篇小说,都是注释演绎"阶级斗争"这个"纲"的,而且是被认为演绎注释得不错。接待作陪的人员组成考虑到方方面面,大学革委会主任、革命演员、革命工程师等,我也算革命的工农兵业余作者。陕西最具影响的几位作家几棵大树都被整垮了，我怎么也清楚我是猴子称王地被列入……

最紧迫的事便是衣服问题。我身上穿的和包袱里装的外衣及衬衣，几乎找不到一件不打补丁的，连袜子也不例外。我那时工资三十九元，连我在内养活着一个五口之家，添一件新衣服大约两年才能做到。为接待外宾而添一件新衣造成家庭经济的失衡，太划不来了。我很快拿定主意，借。

借衣服的对象第一个便瞄中了李旭升。他和我同龄，个头高低、身材粗细也都差不多。他的人样俊气且不论，平时穿戴比较讲究，我几乎没见过他衣帽邋遢的时候。他的衣服质料也总是高一档，应该说他的衣着代表着70年代中期我们那个公社地区的最高水平。"四清"运动时，工作组对他在经济问题上的怀疑首先是由他的穿着诱发的，不贪污公款怎么能穿这么阔气的衣服？我借了一件半新的上装和裤子，虽然有点褪色却很平整，大约是哔叽料吧，我已记不清了。衬衣没有借，我衬衣上的补丁是看不见的。

我带着这一套行头回到驻队的村子。我的三个组员（工作组）经过一番认真的审查，还是觉得太旧了点，而且再三点示我这不是个人问题，是一个"政治影响"问题，影响国家声誉的问题……其中一位老大姐第二天从家里带来了她丈夫的一套黄呢军装，硬要我穿上试试。结果连她自己也失望地摇头了，因为那套属于将军或校官的黄呢军装整个把我装饰得面目全非，或者是我的老百姓的涣散气性把这套军装搞得不伦不类了。我最后只选用了她丈夫的一双皮鞋，稍微小了点但可以凑合。

第二天中午搭郊区公共车进西安，先到作家协会等候指令。《陕西文艺》副主编贺抒玉见了，又是从头到脚地一番审视，和我的那三位工作组员英雄所见一致：太旧。我没有好意思说透：就这旧衣服还是借来的。她也点示我不能马虎穿戴，这不是个人问题，而是有"国家影响、政治影响"的大事。我从那时候直到现在都为这一点感动，大家首先考虑国家面子。老贺随即从家里取来李若冰的蓝呢上衣，我换上以后倒很合身。老贺说很好，其他几位编辑都说好，说我整个儿都气派了。

接待作陪的事已经淡忘模糊，外宾是些什么人也早已忘记，只记得其中有一位女作家，中年人，大约长我十余岁。我第一眼瞧见她首先看见的是那红嘴唇。她挨我坐着，我总是不由得看她的红嘴唇，那么红啊！我竟然暗暗替她操心，如果她单个走在街上，会不会被红卫兵逮住像剪烫发、砍高跟鞋一样把她的红嘴唇给割了削了？

那顿晚餐散席之后我累极了，比学大寨拉车挑担还累。

现在，因为工作关系我常常接待外宾并作陪吃饭，自然不再为一件衣服而惶惶奔走告借了；再说，国家的面子也不需要一个公民靠借来的衣服去撑持了；还有，我也不会为那位日本女作家的红嘴唇被削而操心担忧了，因为中国城市女人的红嘴唇已经灿若云霞、红如海洋了。

尴尬
——《生命历程中的第一次》之二

我的宿办合一的住屋的门框上贴着一副白纸对联,内容选用毛泽东诗章中的摘句:借问瘟君欲何往;纸船明烛照天烧。眉批为:送瘟神。门框右上角吊着一只灯笼,也是白纸糊的。乡间通常是在死了人过白事时才用白纸写对联,那种用白纸糊的灯笼也是专门接灵送鬼的引路灯。自从被大人操纵着的孩子们用这些东西装饰了我的门面儿的那一刻起,我便立即意识到我死了。我已从轰轰烈烈的人世进入阴气逼人的冥冥之域,成为冥国鬼域的一个小鬼了。

那年我二十四岁。

我完了。我已经无数次地重复过这种自我判断。完了自然首先是指政治上完了,那时候的社会准则和生活法则都是以政治为"纲"的,"纲"完了"目"还能张吗?作为"目"的文学理想也完了。那时候我刚刚发表过七八篇散文习作,即使这样短促的夭折也都由痛苦地承受转变为乖顺地接受了。然而这阴纸对联和鬼灯整上我的房门,我发觉我原以为完了死了而沉寂的心确凿地又惶惶起来，每一次进门和出门看见这两样丧气鬼氛的东西心里就发怵，都要经受一次心灵的折磨，无时无刻不在昭示着你是鬼而不是人了。我才明白死了的自己还要一张脸，还会尴尬和难堪。

我到现在也搞不明白，我的那样穷困的家庭环境，怎么会给予我如此根深蒂固的爱面子的心理。我期望那些东西尽快烂掉，然而这房子却是雨淋不着、风也吹不到的小套间，那些作为冥国鬼域标志的装饰物竟然保存了三个月之久。三个月里，我一日不下八次地接受它对我的心灵的警示和对脸皮的磨砺。

我最怕熟人朋友来看我，结果是最令我尴尬的姐姐和表妹先后都光顾了。姐姐50年代初随姐夫去青海支援建设，借了"文革"可以不上班的天赐良机第一次省亲。表妹在新疆上大学，为节约路费两年都不敢回乡，逮着可以免费乘车、免费吃喝的机会如愿以偿回家乡来了，自然是以革命和造反的堂皇名义归来的。姐姐引着我的小外甥进入房子，那个以调皮捣蛋而出名的小家伙一直抱着我姐姐的腰不敢松手，肯定是在进入房门瞧见鬼物而想到这是阎罗统治下的鬼魅世界了。表妹曾经和我在同一个教室里念初中，她的到来更使我自惭形秽而无地自容。她以一个大学生的昂然享受着免费旅游（串联）的革命优惠，我却已走到生命的尽头……在文化水平上，姐姐和表妹尽管构成了高低两级，劝慰我的话却是惊人的一致："想开点儿，你看看刘少奇、刘澜涛都给斗了游了，咱们算啥？"

刘少奇作为国家的象征，刘澜涛则是西北地区的领导人，我过去把他们的著作和讲话稿反复学习过，他们现在却成为我落难后应该活下去的一个参照了。然而我依然对自己万分痛心、万分悲伤，我不能再写文章更不敢再投稿了，我还活什么呢？

……

我后来才充分意识到这人生第一次的大尴尬对我的决定性好处。不单是脸皮磨厚了，而且心理承受挫折的能力也增强了，这恰恰是作为一个企图反映社会的文学理想所不可或缺的生命体验。生命体验显然不应混同于生活体验，这种生命体验是任何哲学或政治教科书所不能给予我的。如果从个人意愿和自觉性上来讲，我肯定不会自愿选择那种毁灭性的尴尬，然而生活却把我强迫性地踢到那个尴尬的旮旯里，强迫我接受人生的这种炼狱式的洗礼。更值得庆幸的，是在我刚刚步入社会而且比较风顺的二十四岁时。当我后来逃脱尴尬而确信自己并没有完的时候，第一次生命体验便完成了。

后来，用马尔科斯的叙述程式可以说成是多年以后，我又陷入一种人生的大尴尬，我充分而又清醒地能够对自己的过失做出判断，便不像头一次那么慌乱、那么懊悔、那么简单地以为就完了，而能够保持一种沉静的心境，而且能够对自己说，玩不完全在自己。尽管是一种清醒的沉静，仍然避免不了在一些特定场合的尴尬，我也清楚这种根深蒂固的爱面皮的痼疾依然附着我。两次大尴尬的经历之后，我完成了这一面和那一面的不同的生命体验，自家的直接体会就是，得按自己的心之所思去说自己的话、去做自己的事了。不然——

便不说，更不做。

沉重之尘
——《生命历程中的第一次》之三

八年前的那年春节刚过,浓郁的新春佳节的气氛还弥漫在乡村里,我就迫不及待地赶到蓝田县城去查阅县志。我已经开始了一部长篇小说的孕育和构思。我想较为系统地了解我所生活着的这块土地的昨天或者说历史。县志在我看来就是一个县的历史,又是一个县的百科全书。为了避免一个县可能存在的偏狭性,我决定查阅蓝田、长安、咸宁三县县志;这三个县在地理上连结成片包围着西安,属于号称"自古帝王都"的关中这块古老土地的腹心地带,其用心不言自明。

翻阅线装的残破皱褶的县志时感觉很奇异,像是沿着一条幽深的墓穴走向远古。当我查阅到连续三本的《贞妇烈女》卷时,又感到似乎从那个墓穴进入一个空远无边、碑石林立的大坟场。头一本上记载着一大批有名有姓的贞妇烈女们贞节守志的典型事例,内容大同小异,事例重复,文字也难免重复,然而绝对称得起字斟句酌、高度凝练、高度概括,列在头一名的贞妇最典型的事例也不过七八行文字,随之从卷首到卷末逐渐递减到一人只给她一行文字。第二本和第三本已经简化到没有一词一句的事迹介绍，只记着张王氏、李赵氏、陈刘氏的代号了，属于哪个村庄也无从查考，整整两大本就这样实扎扎印下来，没有标点，更不分章节。我看这些连真实姓名也没有的代号干什么？

当我毫不犹豫地把这三本县志推开的一瞬，心头似悸颤了一下。我猛然想到，自从这套不断被续修续编的县志编成，任何一位后来如我的查阅者，有的可能注重在"历史沿革"卷，有的可能纯粹为探究"地理地貌"，有的也许只对"物产经济"卷感兴趣，恐怕没有什么人对那些只记录着代号的两大本能有耐心阅览。我突然替那些无以数计的代号委屈起来，她们用自己活泼泼的肉体生命（可以肯定其中有不少身段、脸蛋、肤色都很标致漂亮的女人），坚守着一个"贞"字，终其一生而在县志上争取到三厘米的位置，却没有什么人有耐心读响她们的名字，这是几重悲哀？

我重新把那三大本揽到眼下翻开，一页一页揭过去，一行接着一行、一个代号接着一个代号读下去，像是排长在点名，而我点着的却是一个个幽灵的名字。那些干枯的代号全都被我点化为一个个活泼泼的生命在我的房间里舞蹈……一个个从如花似玉的花季萎缩成皱褶的抹布一样的女性，对于她们来说，人只有一次的生命是怎样痛苦煎熬到溘然长逝的……我庄严地念着，企图让她们知道，多少多少年以后，有一个并不著名的作家向她们行了注目礼。

我无言以对。

我喘着粗气，渐次平静；我又合上那三本《贞妇烈女》卷县志，屋子里的幽灵也全部寂然；看着那三本县志，我深切地感受到了什么叫历史的灰尘，又是怎样沉重的一种灰尘啊！我的心里瞬间又泛起一个女人偷情的故事。我在乡村工作的二十年里听到过许许多多偷情的故事,有男人的,也有女人的,这种民间文学的脚本通常被称作"酸黄菜",历久不衰,如果用心编撰可以搞成东方的《十日谈》。

我至今也搞不清楚,是那三大本里的贞妇烈女们把我潜存的那些偷情男女的故事激活了,还是那些"酸黄菜"故事里的偷情男女把这三本《贞妇烈女》卷里的人物激活了?官办的县志不惜工本记载贞妇烈女的代号和事例,民间历久不衰传播的却是荡妇淫娃的故事……这个民族面皮和内心的分裂由来已久。

我突然电击火迸一样产生了一种艺术的灵感,眼前就幻化出一个女人来,就是后来写成的长篇小说《白鹿原》里的田小娥。

1995年2月6日夜于西安

中国餐与地摊族
——意大利散记之一

到佛罗伦萨时,这几位中国作家全部再也忍受不了意大利式西餐了,便指使意大利司机开着车满城寻找中国餐馆。

我小有得意。是我对西餐最早最先倒了胃口,大伙起初还拿我逗乐,蒋巍(东北青年作家)说,看见忠实兄每次面对西餐的痛苦表情,反倒更刺激起我吃西餐的胃口,大伙便哈哈笑。我在首站西西里住的四天里,吃西餐很新鲜,离开这个美丽的孤岛之后便开始倒胃,每一顿西餐中唯一觉得可口的只有那种烤得焦黄酥脆的面包,而这种面包是自助早餐花样众多的面包族里最廉价的一种,类似于母亲在乡下的灶锅下用麦秸火烤干的馍馍。后来经过威尼斯、米兰,再到佛罗伦萨,代表团的几位作家便一个接一个控诉西餐的要命了,再也没有谁要笑我们"乡村土胃"了。我的小小得意也不必说出口,其实靠吃中国饭长到这个年纪的中国人,恐怕谁也很难使胃口一下子调整到洋西餐上来,吃稀罕当然可以,赖以为生就受罪了——五十步笑百步。

追寻中国餐馆不仅让受罪的胃得到了满足,意外的收获是让我真切地接触了几个在意大利的中国人。

在一条记不清叫什么名字的街道上找到了一家门面不大的中国餐馆，餐馆的名字也记不起来了。中国餐馆其实很好找，不仅是因为多，而且汉字招牌之十分突出、十分显眼。即使天黑，即使街巷里灯光依稀昏暗，无论大街，无论僻巷，一枚筒状的灯罩上几个蓝色或红色的汉字所标示的餐馆的名字，在满街满巷的意大利文招牌中，恰如中国城市里走过一个或几个金发碧眼的欧美白种人一样醒目易辨。

这家中国餐馆门面不大，也就是那种窄巴的小两间。老板是位青年男子，见我们进来并不显得十分热情，比招待一般客人热烈的程度有限。招呼我们坐下，一位更年轻的男招待便送来茶水，并问询点菜，随之又回前台给老板报菜去了。我们几位便坐下喝茶。年轻的男招待旋即又来了，瞅着我的脸问，中国作家代表团里有没有一位陈先生？我被人称呼惯了同志和老师（当过小、中学教师），却依然不能习惯先生的称呼。当他得到我就是陈先生的确认后，便喜形于色地到前台向年轻老板回报去了。年轻老板就来到我们的餐桌旁，说他刚刚看过中国侨联发行到海外华人中间的《侨声报》，报纸上有介绍我的文章，还配着我的一幅肖像图画，他是从那图画和我的脸孔对上号的。我也顿生奇异，讨过那张报纸，文章是中国作家协会李炳根朋友写的，那插图却是一幅漫画肖像，对我脸型和脸上的几道皱痕极尽夸张，连我都忍不住笑我的丑陋了。男招待和年轻老板都很得意各自观察顾客的眼底功夫。我也真佩服了漫画艺术的魅力，对我丑陋脸型和丑陋皱痕的极端性夸张，更使读者容易抓住特征，也使我无法躲避。

女老板接着来了。女老板被介绍说是年轻男老板的妻子。女老板不仅年轻也很漂亮，脸上的皮肤白皙，温柔敦厚的神色，没有夸张矫饰的热情，握手介绍认识之后便坐下拉起家常来。我这里之所以选择一个"拉家常"的词汇，确凿是和她交谈时的感觉，经过一年时间的沉淀后回忆那情景依然觉得是一种没有任何矫情娇气的交流。我们几位已经逛过意大利四个城市，全部在经过翻译的语言过滤中和意大利人做"学前班式"的交谈，都希望能直接说话而厌倦了那种过滤式的翻译，大家便争相争宠似的向女老板发问。

女老板姓王，中国温州籍，68级初中生，丈夫和她同籍同乡同等学力，而且都"上山下乡"接受过锻炼。他们大约80年代中期闯到意大利，落脚在佛罗伦萨，做餐馆生意，经营运气不错，已经买下这个两间门面的餐馆了。她和他都说经营靠运气，和她同样开餐馆的一位同乡已经破产且负债累累，论起精明和方方面面，似乎并不在他们两口子之下。她和他就特别庆幸自己的运气。她和他已经把属于各自那个支系的亲戚引到意大利三十多个人，大都在佛罗伦萨做事。他们对这些亲友的帮衬办法类似于互济会，大家给某个初来者凑一笔钱，帮他谋划一个挣钱的项目，然后由他去经营，等他赚了钱以后再偿还。这样的互济手段居然十有八九都获得成功，他们夫妇两大支系的亲友三十多人在佛罗伦萨不仅站住了脚跟，而且还都混得可以。

令我惊讶的是，这位女老板八十高龄的母亲早已移居佛罗伦萨，刚刚回温州探亲去了。从北京到意大利三次换乘飞机，旅途折腾二十七八个小时，我们几个人来时全都累得难以支撑，而这位年过八旬的温州老太太几乎每年都要做一次佛罗伦萨到温州的往返旅行，真是够精神的了。

她说她挣是挣了一点钱，然而也累得够呛，从早到晚都需要小心谨慎地做好每一件事。到了晚上关门之后，心底的寂寞也日复一日、年复一年地加深加重。"忙活一天晚上打开电视想轻松一下,看不了一会儿突然在心里冒出一句,电视上说的这些事与我有什么关系?马上就觉得虽然身在这个国家,仍然是无法跟这个国家贴近。这样长年累月下去,你说人的心里会是什么感觉?"她很真诚地反诘,显然不是要我和我的朋友回答的,只是需要一种交流和理解。

她说80年代初刚来佛罗伦萨时,这个城市的华人不过二三百人,中餐馆也只有几家,几年间,通过合法和不合法的移民手段,这个古老却够不上大都市的佛罗伦萨城里,根本无法统计有多少中国人,中国餐馆已经接近三位数了。更惊人的是,她说罗马城里已有近三百家中国餐馆,有多少中国人就更难以估计了。急骤增加的华人多数属于非法移民,多数是从德国、法国转道偷渡到这个亚平宁半岛上来的。据说在欧洲,意大利对待非法移民的处治措施是最宽松的,德、法严厉甚至可以说惨无人道,所以那些没有技术专长、文化不高的偷渡者有的是自己跑到意大利,有的是被上述国家驱赶过边境的。其中许多人在罗马等大都市的郊区租赁尽可能便宜的地下室开办皮货作坊,雇工当然也是中国青年,因为无证生产自然属于秘密状态,拿我们的习惯称呼为"地下黑工厂"。这些作坊的产品往往敢于贴上名牌的标签招摇上市。警方的打击也是周期性的一松一紧,类似我们国内每隔一段时间便搞一次的"集中突袭"行动。每当此时,这些作坊主和雇工便闻风而逃,关了作坊门,背上麦包逃遁到郊区的山林里风餐露宿,多则一周,少则三五天,风声一过,他们又悄悄返回城里潜入地下继续作业。比起这些地下作坊的人来,他们两口子已算是很值得羡慕的了,生意经营得不错,早已取得合法居住的权利,而且雇佣着一个意大利女孩招待。

后来到了罗马，我们有了随意逛街的机会，在商业区，在旅游景点，常常能够看到许多摆地摊的男女青年，地上铺一张约一米见方的塑料单子，有的摆置的是各种式样的打火机，有的摆着儿童玩具，有的就只有单调的雨伞，屁股下坐着一只自我装备和储存货物的大提包。这些摆摊族里的中国青年一眼就可以辨认出来。另外就是黑人，据介绍说多是埃塞俄比亚的偷渡者，以这两种人为地摊族的主体，另有一些棕色的脸色混杂其中。我和蒋巍企图和一位在垃圾箱盖上摆着打火机的中年女同胞拉话，她在问清我俩的身份后反倒说出一些心里不大平衡的话："你别以为我做这营生丢人，我一月挣一千美金，就卖这打火机就挣这么多，比国内挣得多。"我和蒋巍便再说不成什么话了。转身走去的一瞬，这女人慌慌匆匆用塑料单裹了打火机混入人群溜掉了，我随即看见一个巡警正迎面走过来，我的心里便有一种说不清是什么滋味的难受。

说来每每看见那些地摊族，不用问，除了中国人便是埃塞俄比亚人。我自然知道埃塞俄比亚即使在经济发展滞缓的非洲都是最贫穷落后的国家之一，我们年轻的同胞就无可选择地与埃塞俄比亚青年坐地成为一摊之族了。我那时候心里的感觉确实昂扬不起来，倒是切实地感觉到了国家和民族的某种十分强烈的概念，心头涌起一种虔诚的呼唤：哦哦！让我们的国家快快繁荣富强起来，让我们的黑头发黑眼睛的子孙最起码不要到别人脚下去摆地摊，不要做被警察驱逐追赶的兔子，慌忙逃溜的动作丢失的绝不仅仅是他们个人的风度……

在罗马遇到了另一种生活形态的中国青年人，她叫卢放，在西南某医学院毕业后到罗马某大学进修意大利语，毕业后被一家意大利人开的中医医院聘任，而且已取得永久居住权。她很有涵养，很高兴给我们充当和两位意大利女孩交谈的翻译，据说她的月收入也是一千美元，然而她的自信和内秀构成一种明显的东方女性的魅力，她的谈吐和气质令那两个意国女郎也由衷钦敬。然而像她这样的同胞又能占那些开地下作坊和摆地摊的几十分之一呢？

在米兰的一家中国餐馆听到一件更令人无言以对的事。这位女老板是荷兰籍的老华侨后裔，几年前到米兰来开办了一家中餐馆，生意不错。她被恐吓威逼，损失了一笔款子。干这种类同绑票勾当的正好又是中国人，似乎还有一个什么"红色旅"的暴力组织。女老板不愿意说出更具体的详情，似乎不单单是被威胁的苦衷。她摇摇头无奈地说，这些中国孩子盲目跑到这里来，没有专长也没有技术，有的是连初中也没念完的农村孩子，能干什么呢？摆地摊虽然不大体面，总还算自食其力挣钱吃饭，一些连任何苦也不想吃的人，除了冒险抢劫还能怎么活？

意大利的"黑手党"名噪全球。现在又有了一个"红色旅"，中国偷渡过去的年轻人的暴力组织，施暴的对象几乎都是赚了钱发了财的华人，我又能再发什么慨叹呢？当然，说穿了，所谓什么"红色旅"，不过是一伙纠集起来的小股子盗匪蟊贼罢了，和"黑手党"不能相提并论。然而我又想着我们这个古老而伟大的民族总是向欧洲输送摆地摊的"族员"的现象，何时才能自然中止呢？且不说"红色旅"之流。

我在西安几所大学和大学生对话时，总是忍不住超出文学的话题而引出这一段见闻，对于意大利风光反倒无心描述了。

我发觉我的这些见闻和感慨几乎无一例外地引起大学生们的强烈呼应，既有文科也有理科的同学，正是在那种强烈的呼应里，我从意大利回来潜隐在心灵深处的那种挫伤得到了弥补，感到了一种真切的希望。

贞洁带与斗兽场
——意大利散记之二

在关中乡村流传的许多"酸黄菜"式的民间笑话里,有一个放心带的故事,说有位商人四季出远门做生意,那时交通工具不发达,顶好顶快也就是轿子马车或单骑骡子,往返很费时日,多则三月半载,至少也少不了月里四十。他一出门,就把大妻小妾留在家里守活寡,终于听到了大妻状告小妾与佣人有不干不净的事情。处置这种辱没门庭的事对于商人来说非常简单,辞退一个休掉另一个就是了。然而麻烦接着发生,小妾随之也向商人打小报告,说大妻与长工有染。商人在恼火万状中反倒醒悟,把大妻小妾都休了可以再娶,把佣人长工全部辞退再雇新的人来也不困难,问题在于自己一出远门就旷日持久,再娶的妻妾与新雇的长工佣人再发生偷情的事怎么办?于是商人终于苦思冥想出一条万全之策,在他又要出门进行商务活动之前一夜,把两件铁打的放心链子强迫大妻和小妾套锁到下身,然后便放心地出门上路了。

这个商人与小镇铁匠铺的铁匠共同设计锻造的放心带或者叫放心链的东西是个什么形状,传说笑话里很含糊,任何听到这个笑话的人，在痛快淋漓地笑过之后，并不认真去研究那个铁链钢带的实际可行性——效果。然而，万万始料不及的事不期而遇，在意大利国家博物馆里，我看到这样一件中国乡村笑话里的钢铁锁链式的带子，名字叫贞节带。

那是一条类似于健美运动员穿的那种简化到只遮苦阴部的带子，不过不是任何纺织布料而是坚硬的钢铁。一块一片真正的钢铁连缀成一条腰带，是用来箍绑女人的腰的；同样的钢铁薄片连接成一条带子，一头与前腰的铁带相连接，通过腹部兜住阴部和屁股，再和后腰里箍缠的铁带相扣接。兜着屁股的铁片中间留着一个空心大孔，肯定是设计和制作者为大便通过的悉心设计；而最富于匠心、竭尽智慧、显示天才的设计，自然是表现在最核心最要害的部位，即对女人生殖器的防卫措施，那儿的铁片同样留着一道孔，无须阐释便可以想到是给小便的出路；那孔是竖立式偏长形状，宽窄的估计和把握也经过精心的算计；最绝的活儿是在偏孔的边沿上，有一圈倒立起来的约二寸长的三角形尖刺，其锋锐的程度有如锥尖锯牙……想想有哪个情种能够对抗这道监守围墙的钢铁蒺藜？设想某个风流种子看到这钢铁蒺藜时会是怎样的猴急猴急？而被扎上这道钢铁蒺藜式的贞节带的女人又是怎样的心理和生理的屈辱和痛苦？

这件匠心独运的钢铁作品挂在意大利国家博物馆的墙上，外面用一只玻璃罩子罩着；如果不是在一个国家级的博物馆里看到这样一件展品，我也许会怀疑是某个恶作剧者的游戏之作，类似于中国乡村民间笑话里的虚拟之物。我在这一刹那突然明白了什么叫欧洲的中世纪；中世纪的全部黑暗和野蛮浓缩具象为这件贞节带，正是中世纪挥舞的旗帜。

据说这件贞节带主要是为罗马帝国的大将军小士官们铸造

的。在他们出征另一个民族的前夜，先用这件万无一失的钢铁制品封锁了自己的妻子，然后才放心地扛着盾牌和利矛去进行征服之战。到他们征服了也践踏了一个民族的尊严和家园而凯旋时，在接受国王的嘉奖之后，回到家便掏出钥匙打开妻子腰里贞节带上的锁。我又陡生疑问，如果某个将军或士官战死在异国他乡的沙场上了，那么他妻子的这副贞节带恐怕就要箍勒到死而无法解除了，因为唯一的那把钥匙只能由丈夫装在腰里，他死了钥匙也就和腐烂的肌肉一起埋入泥土。腰际戴着这种钢铁锁链的女人如何睡觉、行走？如何日复一日无时无刻不在承受肉体的折磨和心灵的屈辱？漫长的人生之路对她们来说将意味着什么？

我想用相机拍下这件中世纪挥舞过的旗帜，结果被告知说不许拍照。敢于把这么一件怪物堂而皇之展览在国家博物馆里，主办者的勇气和坦率已经令我钦佩，而不许拍照的禁令却让我留下遗憾。我便久久注视这件怪物，我在想到我家乡那个民间笑话的同时，又想起来我刚刚出版的长篇小说里的一个女人，这个女人惹得某些脸孔一本正经而臀部还残留着"忠"字的当代中国人老大不顺眼。

我在查阅《蓝田县志》时查到了三大本的《贞妇烈女卷》。第一本上全部记录着某村某妇女夫死守节、抚养儿子、孝顺公婆的千篇一律的事例，第二第三本里只记载着张王氏、李赵氏的代号式的名字，我索然无味便一把推开。推开的一瞬心里突然悸颤了一下，想到多少年来凡是来此查阅县志的人，恐怕没有谁会有耐心读完两大本人物名字，而且不是真实名字，仅仅只是两个姓氏合成的代号。我忽然替那些贞妇烈女委屈起来，她们以自己活泼泼的血肉之躯换取了县志上不足三厘米的位置，结果是谁也没有耐心阅读她们。我便一行一行、一字一字看下去，如果这些屈死鬼牺牲品们幽灵尚在，当会知道在她们死去多少多少年后，终于有一个从来不敢标榜著名的作家向她们行了注目礼……田小娥的形象就在那一刻里产生了。

　　我们漫长到可资骄傲于任何民族的文明史中，最不文明、最见不得人的创造恐怕当属对女人的灵与性的扼杀，我们有称得经典的伦理纲常和为推行这经典而俗化了的《女儿经》，然而我们似乎没有设计制造贞节带的记载。我们有贞节牌坊，我们有县志上的贞妇烈女卷，我们以奖励为主导方式弘扬那些嫁鸡随鸡嫁狗随狗、鸡狗早夭了还为鸡狗守节守志的女人们。南欧的罗马人不如我们含蓄，也不懂得以褒奖为主的方法，赤裸裸锻打出来这么一种钢铁家伙去强行封堵。历史证明了我们祖宗的高明和罗马人的简单甚至可以说愚蠢，他们那样招人眼目的锁链不久（对历史而言）就被彻底废除了，而我们祖先行之有效的方法却延续到20世纪初，比他们的寿命悠久了几个世纪。我所查阅的几个县的县志大都是抗战前编修的，依然堂而皇之、不惜工本弘扬着代号们为"鸡狗"殉道的节和志，即使从五四算起也有十多二十年了，还在依然故我地立贞节牌进登县志……我便有个恶毒的想法，在我们的博物馆里，起码在妇女解放史的专题性展览馆里，应该展出县志上的贞妇烈女卷本，这东西与罗马人的贞节带有异曲同工之妙。

　　……

　　此前我曾参观过古罗马斗兽场。这个闻名古今、闻名东西方的斗兽场，在我远远地瞅见它的残垣断壁时竟无任何惊讶与新奇的感觉，对比起来远远不及贞节带对我灵魂的震慑。这原因恐怕在于中学的历史教师。

　　年轻的历史教员是一位非常优秀的老师，然而他无论如何也无法解决中国历史和世界历史进程中枯燥无趣的纪年或频繁如麻的王朝更迭的事件。当讲到中世纪的黑暗和野蛮时,对古罗马斗兽场的情景却讲得有声有色,生动得使我几乎忘记了这是在上历史课。野兽从怎样的地下暗道被放逐出来,奴隶又从怎样的地下囚室爬到场地上与野兽搏斗,我听得毛发倒竖、惊心动魄,这主要出自幼年时对野兽的恐惧。我们家乡最凶残的兽类只有狼,而狮子、老虎比起狼来又厉害了多少倍呀!一个奴隶面对一只饿过多日的狮子、老虎,直到被撕成碎块连骨带肉吞噬下去的情景,即使最缺乏想象力又缺乏同情心的人也要闭上眼睛。

也许是我上了些年岁,对野兽的残暴多了一些承受力,直到我站在古罗马斗兽场的场地上时,竟然是一种冷寂心境。我很自然地企图印证历史老师的描绘,企图印证小说《斯巴达克斯》的描写和同名电影里的印象,而眼下的一切都面目全非了。圈形的高耸的围墙大部分坍塌,残缺不全,如同一只凶兽牙齿七零八落豁豁牙牙的嘴;场内的看台也大都坍塌了,依然可以看出那个时候国王贵妃和普通看客的尊卑台阶;囚禁奴隶、关锁野兽的地下洞穴也塌窑了,兽和人放逐出来的通道壕沟也壅塞不畅了……历史把鲜红的血和苦涩的泪已经风干风化,历史演进中人类的耻辱也被风吹日蚀得只余一张空干的破皮了。

我的年轻的历史老师绘声绘色讲述人类历史上最野蛮的这一幕情景时,肯定不会料想到一个背馍上学、一日三餐全是开水泡馍的听讲学生,以后会站在真实的斗兽场的废址上印证他生动的讲述。又怎能完全冷寂呢?

当希特勒、墨索里尼和东条英机把整个世界变成一个大斗兽场的时候,当我们在某个时期以"文化大革命"的名义鼓励人与假想的敌人搏斗的时候,人类的如斗兽场发明者的本性在多次重复演练，才是真正令人触目惊心的。

……

贞节带是一种理论和法律的产物，贞节牌坊同样是一种观念和道德法绳的产物，同样残忍，同等野蛮，然而在它们产生的那个时代却同样堂皇、同样神圣、同样合理；斗兽场和希特勒、东条英机同样自信他们的理论和这理论掀起的屠杀奴隶、屠杀世界的战争；"文革"的阶级斗争已无须批判……各个民族生存发展史中留下来的耻辱都钉到耻辱柱上了，然而那钉住的其实只是一张风干了的再无任何蛊惑力量的破皮。

幽灵呢？破皮风干之前原有的幽灵还有没有呢？会不会在某天早晨以一种更具蛊惑力量的装饰，重新向这个世界挥舞贞节带？

1995 年 6 月 28 日于雍村

那边的世界静悄悄
——美、加散记之一

按照国内某些传媒和传闻给人的先入为主的印象,像美国和加拿大这些属于自由世界的国家,一切都是自由的,自由到想干什么就干什么,完全随心所欲的形态,甚至自由到混乱无序的程度。走马观花式地到这两个国家走了一遍,才发现不是那么一回事,似乎也根本不像国人对自由的想当然式的理解,反而觉得那边的人起码在某些地方还很呆板,某些方面还不如国内自由。

我们说得最多的是言论自由,可以在大街上骂总统而不担心被传讯。我所走过的五六个城市没有看见谁这样骂过,甚至连一些吵架骂仗的场面也没有发现。在纽约的地铁车厢里,无论白人黑人,还是黄皮肤的亚洲人,大家都静悄悄地坐着或站着,有的看书,有的看报纸,什么也不看的人就呆呆地端坐着或站着,没有人说话,没有旁若无人、声贯车厢的交谈,更没有肆无忌惮的浪谝和浪笑,偶尔有认识的人打招呼或说点什么,也是轻微到只让对方听见就行了。有时很空有时又很挤的车厢里都是静悄悄的,只有地铁穿行在地下隧道里的机械运行时单调的回响,就这么二十四小时昼夜不停地运行着。据说美国法律没有关于在地铁里大声喧哗违法的条律，车厢里也没有张贴悬挂不许喧哗、不许吐痰、不许乱扔果皮纸屑的牌子。大家都不说话显然不是美国种系的人生性寡言，也不是法律制约或罚款强迫制裁的结果，那是一种社会生活的无形的公约、自然的习惯、个人的修养。你大声喧哗、浪说、浪谝、浪笑干扰了别人，你也同时会被别人在心里斥为缺乏修养的人而不受尊敬。

有次在地铁里碰到一位演说的黑人，他肯定是从前面的车厢窜到我坐的这节车厢，放下一只黑提包就开始讲演。我听不懂英语，但从他说话的腔调、表情和打出的颇为有力的手势来判断，对什么事义愤不平因而情绪激昂慷慨。陪我的朋友悄悄告诉我，这个黑人在骂纽约市市长。说那个混蛋市长竞选时曾许诺改善失业者的生活，结果当上了市长就把许诺忘记了，失业者的救济金没有增加一个钢镚儿……令我惊讶的是，他长达十余分钟的演讲过程中，车厢里寂然无声，看书读报的人依然津津有味地阅读，闭目养神的人懒得睁开眼睛，无论白人还是黑人，几乎没有谁有兴趣看演讲者一眼，更没有凑热闹瞎起哄的现象。那黑人演讲完毕就从皮包里掏出一件什么小物品推销，一件也没售出，就提着包窜到后边一节车厢去了。他走了，车厢里仍然没有丝毫反应，对黑人演讲者的行为没有任何褒贬和议论。是美国人对这种事见多不怪习以为常，还是生性冷漠？

在人群聚集的场合，没有我们的城市里那种嘈杂的市声。无论大饭店或小饭铺，无论白人开的西餐馆或华人开的中餐馆，食客选好食物就坐在餐桌上静静地吃喝，没有猜拳行令，没有喧哗，即使结伴而来的三五朋友在一桌进餐，交谈也是小声地进行，绝不影响临近餐桌的食客……为了贴近美国社会生活的各个角落，我坐火车也坐公共汽车，所有这些公共场合，男男女女的乘客也都和地铁饭馆里一样安静地旅行或进食，使人感到一种清净、一种轻松、一种和谐。

而居民聚居区更是一种难以理解的静谧。在大波士顿的一个中产偏下阶层聚居的小城里，各式各色的尖顶木板小楼房鳞次栉比，一般都是三层或两层的私有住宅。我住在一位华人家里，首先惊讶的便是这里的安静，从早到晚听不到人说话的声音，不必说引车卖浆提篮卖蛋的吆喝，连孩子嬉耍的声音也听不到。早晨起来走出后门，树上是一片鸟鸣，邻近一位看上去年过七旬的老头往草地上撒着面包渣儿，鸟儿便从树上扑落下来，在老人的脚下啄食。松鼠也从树上溜下来，与鸟儿争食。凡有街树的地方，到处都可以看见松鼠在树枝间跳跃，动物和鸟儿对居民的信赖达到了无防无虑的状态。

这个几万人聚居的城镇从早到晚都是静悄悄的，家家的汽车来也悄然无声，走也悄然无声，没有喇叭鸣笛之声。唯一破坏这宁静的是偶尔传来的狗叫声，美国人爱养狗，一般都在屋子的狗居室里，但每天都要遛狗，狗的叫声大都是遛狗时牵出屋子的叫声。在这里住着，我望着稠密的尖顶楼群，对这里的安静总有一种不可思议的感觉，总是无端怀疑那些漂亮的建筑物里是否都有人居住，然而从家家门口停放的汽车判断是不容置疑的。人居住在这样恬静的环境里，即使有什么窝火的情绪也都容易平息舒缓下来，起码有利于心脑血管有毛病的人养息。

如果说公众场合的良好秩序凭的是每个公民的自觉来维持，那么对酒的严格限制却带有法律的严肃性制约。美国的大小餐馆都不许售酒，各种饮料应有尽有，可乐、咖啡、果汁等等，都是不含酒精的，连啤酒也不许在餐馆销售，一边吃饭一边喝酒是不可能的。酒类只许在酒的专卖店和酒吧里销售，那里有世界各国的名牌酒供你选择，然而晚上十二时以后全部停止售酒。

在温哥华的最后一晚，朋友让我看看温哥华的夜景，转转大街小巷，看看夜里的海滨和夜色中的原始森林，反正明天到飞机上可以睡觉，我便兴趣十足地去了。转得夜深了，朋友问我想吃点什么、喝点什么。我说什么也不想吃，只想喝一瓶啤酒。转着找了几条大街和小巷，所有尚未关门的饭馆和酒类专卖店都拒绝出售，而且很有礼貌地摊开手笑一笑，说这是国家规定的。那一夜尽情感受了一个环绕在海滨和原始森林之中的现代化城市的夜色，唯有缺少了一瓶啤酒的遗憾。其实，这遗憾的另一面，是我对那几位店主的尊敬，他们尊重政府关于酒的法则，其实是公民对国家的尊重，也是一种职业道德。

和一位律师吃饭，在朋友家里自然可以喝酒了，然而律师说，他这种职业是不允许喝酒的。这个规定的唯一目的，是怕律师喝得神经兴奋说胡八道。为执行这一规定，律师的管理机关说不定某一天通知某律师到医院去突然抽血化验，一旦发现血液里有酒精，便停止律师一季度的营业，连犯两三次便取消律师资格。这位律师朋友说，自己的职业本身就以法律为神圣的，自己如果不遵守律师自身的职业规定，连自己心理上都难以自信起来。这显然又是一个职业道德和人本身修养的内质性话题了。

如果从这几个方面来对照我们，我们显然比美国加拿大人自由度大得多。而这究竟是一种光荣的自由，抑或是一种丑陋的习惯？按某些传闻，似乎美国自由到可以为所欲为的说法，显然只是一种猜想。

我不可能在短促的时间里了解这些国家的政治集团和商业集团的内部结构，我对那里发达的交通和城市设施也大开眼界，然而我更注意或者说更感兴趣的是，看看美国的最普通的人是怎样生活着，最底层的美国人以怎样一种形态和情绪过他们的日子。结果却发觉这个号称自由世界里的人们过着静悄悄的生活。

现代文明显然不单是物质一面，现代人自身的文明修养、高尚的操守，从根本上决定着一个社会的基本形态；而健康健全的心理形态，对于整个民族的复兴复壮来说，是决定性的素质；如此，才能形成一个既有益于生理健康又有益于心理情绪的生存环境。

1995 年 7 月 1 日于雍村

北桥，北桥
——美、加散记之二

在大波士顿郊区三四十公里的康克尔镇，有一座小木桥，名叫北桥，桥下是一条悠悠静静涌动着黑色水流的泥河。二百二十年前的4月19日夜，美国"独立战争"的第一声火枪的枪声，就是在这座小木桥头打响的。

北桥从此便成为现代美国历史的启明星。或者说，在北桥的火枪枪声里诞生了一个美国。

北桥从此便成为美国历史和现实中最富声望的桥。康克尔小镇因为拥有北桥而成为闻名于世的一个镇子，波士顿人则因为"独立战争"的策源地而自豪和骄傲。

酿成这个伟大事变的起因却是一个小小的冲突。英国殖民者从东印度公司输入大量茶叶，严重危及当地人的经济利益，当地居民便自发"揭竿"，把刚刚在波士顿海岸卸船的茶叶包扔进大海，用我们的习惯用语来说，矛盾一下子就激化了。这事件在我听来似乎有点耳熟，很容易把它和英国人输入鸦片到中国海岸所引发的冲突联系……英国人首先被激怒了，立即下达戒严令，不许当地居民乱说乱动。而崇尚自由的新大陆居民,对古老的英国殖民者以往那种妄自尊大和呆板的清规戒律的做派早已不能承受,也看不顺眼,可以说积怨积火已如欲喷的火山熔岩。这个晚被发现的大陆的居民与英国殖民者的冲突的实质,与世界上所有曾经被殖民过的民族无以数计的各类形式的冲突毫无二致。

康克尔小镇有一个农民自发的民间自卫组织。英国人在下过戒严令之后,决定摧毁这个民间武装的小团体,用意自然是要扑灭任何可能蔓延成灾的火星,时间定在 4 月 19 日夜里。居住在波士顿城里的一位年轻医生在天黑时得到了这个泄露的军事机密,星夜骑马疾驰三十多公里来到康克尔,把英军偷袭的消息报告给处于灭顶之灾的自卫武装。这个自卫武装团体一致决定反抗,虽然仓促,却有准备,最短暂的也最恰当的战术准备迅即做出并立即实施。当英军士兵经过三十多公里急行军赶到北桥桥头时,桥的那一头的丛林和草地里已经按各个最有利的位置潜伏着自卫的农民,武器是火枪。

当英军士兵怀着偷袭的窃喜列队跨上北桥,灾难便降临了。从北桥的正面和两侧骤然爆起的枪声,把他们出发时的全部美丽的窃喜葬入桥下的泥河。河是真正的泥河,没有一般河流通常都有的沙滩,密不透风的森林几个世纪以来的落叶沉淀在河床上,河水因此而发黑,人或马都不可能蹚过去。无法料及的强硬抵抗,首先使偷袭者从心理上先输掉了,接续的便是溃不成军的慌乱和全线崩溃。然而英国人的呆板做派还是不变,无论桥上桥下倒下了多少同伴,后边的士兵依然列队整齐,不乱间隔继续涌上北桥。桥那头的民兵几乎不用变换射击位置,只需尽快地填充弹药,然后喷射到一堆堆送到枪口上来的目标身上。当地农民嘲笑英国人一切都按固定的程式运动的做派,这回是用火枪完成的。

从北桥之战开始，随后就风起云涌般掀起一场震撼世界的伟大的"独立战争"。北桥随后便日益璀璨起来。那位报信的年轻医生也一代又一代地璀璨在美国人的心里。纪念这位英雄医生的方式不是玉碑，也没有雕像，而是一行马蹄印迹。在波士顿城里一条街道的人行道上，水泥地面上镶嵌着一行马蹄铁驰过踩下的间距很大的蹄痕，是黄铜，被无以数计的脚踩得闪闪发亮。

这个北桥现在是美国国家公园，一切都按那场战争发生时的原样保存着。低浅的丘陵被原始森林和野花野草覆盖着，树木不再人工增植也不许砍伐，枯死的树木任其枯死、倒掉以致腐烂，也不作清理；茅草也是二百二十年前的野草的家族的延续，不许烧荒也不许刈割，更不要人工栽培的新的花草品种；河依旧是那条泥河，野苇茅草丛生的泥岸，没有一丝人工修整的痕迹，至今仍然没有人敢于涉水过河；桥是用粗刨的原木架构的，没有油漆，桥栏被游人的抚摸磨损得咪溜光滑，粗的细的木纹清晰可辨；北桥通往公园各处的几条大路也是用黄褐色的砂砾泥土铺就的，一切都按1775年的原样保存下来，让一切到此游览的世界各地的游客充分感受当年的自然环境的气氛。成群的鸟儿掠过头顶，从这一片树林喧嚣到那一片树林，多是一种通体墨黑的梭子体形的鸟儿，颇类似于我自幼见惯的知更鸟，然而叫声却相去甚远。不知这鸟儿是二百二十年前的原种，抑或是后来迁居的新族？

桥头有一块纪念碑，大约记述了这儿发生过的事件的简单经过。更令人注目的是那座雕塑，一个刚刚成年而仍未脱净稚气的乡村小伙儿，右手握着一支火枪，左手按着一把犁杖，弓着背，猫着腰，沉静而又机敏地瞅着前方，前方十多米处就是北桥。他的农民服装上扎着一条武装带，再也找不出比民兵更恰当的称谓了。这个雕塑我一眼看见就似曾相识，无论抗日战争还是国内革命战争，中国南方北方的战场上到处都是这种武装起来的乡村青年类似的模样。

在桥的那一头，即英国士兵接近桥头的道路旁边，贴着地皮栽着一块小小的石碑，作为偷袭北桥而战死的英国士兵的墓碑，却是战争的胜利者为失败者立下的。碑文很短也很耐人寻味，没有仇恨，没有诅咒，也没有胜利者的骄傲，有的只是一种惋惜。碑文大意说，这些年轻人跑了三千多英里从英国来到北桥，死在这里；此刻，他们的母亲还在梦里想念儿子哩！

用这样动人的惋惜和怜悯的口吻、用这种人性和人道的泛爱的胸襟对死亡的敌手表示哀悼，可能是对那种殖民者又是失败者最深刻、最深沉的心灵和良知的谴责。在波士顿市区，在华盛顿就任"独立战争"总司令的那棵大柳树旁边，同样为两位战死在这里的英国将军各立着一块小小的石碑。从北桥打响第一枪，到这里时整个战局就发生了一个根本性转折，这里的战斗是一场扭转战局的决定性胜利。在华盛顿的塑像周围，摆着缴获自英军的三门火炮。这里用白色的栅栏围护着一株大柳树，华盛顿在指挥这场决定性的战斗胜利之后，就在这棵柳树下成为三军统帅，也接受了三军战士排山倒海的欢呼和膜拜。北桥的初次交战华盛顿没有参与，稍后便从他的农庄赶来投入了，再后来就走到了这棵柳树下，然后就把英国殖民者赶走了。处于绝对的领袖地位的华盛顿，在筹建美利坚合众国和大选的时刻，脱下戎装回到了他的农庄，继续当他的农夫去了。据说华盛顿出于这样的理由，即不以军人的身份参加选举，要以一个农民或者说普通公民的身份参选，为此他老老实实当了一年农夫。尽管这行为里不无虚伪，即尽管他一年后以农夫的身份堂而皇之参选总统，其实选民们投给他的一票主要还是投给"独立战争"的那位无可替代的总司令的；

如果不是这样，比他优秀一百倍的任何农民也不可能当选第一任美国总统。即使如此，有一点虚伪也还是可爱的，不属于令人恶心倒胃的伪装；仅此一个农夫的姿态，对于他那样功勋卓著的总司令来说，已经是难能可贵的了。

我还是对那几块为战败战死的敌方将军和士兵立石碑的举动感兴趣。今年9月，我在北京见了翻译《白鹿原》章节为英文的汉学家苏珊女士，和她聊起4月访美的印象，就谈到了这几块为敌手所立的石碑和碑文。和她一同到北京的一位美国男子却以不屑的口吻说，在越南他们可就没有这份情致了。我不觉一震，十年越战对美国普通民众来说至今还是一块化解不开的积食。许多美国母亲至今仍如那碑文所说，正在梦里思念战死在越南的儿子哩。那块为英国死亡士兵栽下的石碑，现在确实栽到数以万计的战死在越南的美国士兵的母亲心上；那种出于人性和人道的宽容胸襟的碑文，深刻而又深沉地谴责着当年决定发兵越南的那位总统，即使卸任多年，他依然不能逃避灵魂的谴责。在越战结束近二十年后，约翰逊政府时期的国防部长麦克纳马拉，写了一本书，对越战作了反思和忏悔，感动了一些人。看来，对于被殖民而又争得了胜利的一方来说，对殖民者又是失败者以怎样的方式表示谴责，都是比较轻松、比较容易做到的，可以是义正词严的，也可以是机智幽默的，可以是这样，又可以做到那样一种谴责的方式。然而一旦角色转换，美国人自己自觉不自觉地扮演了当年英国入侵者的角色，到越南，还有朝鲜，他们也就像二百二十年前被驱逐、被打败、被消灭的英国人一样，先被朝鲜继之又被越南人所仇恨、所驱逐、所战胜。无论如何都不可能产生给北桥牺牲的英军士兵立碑那种心怀和情致了，倒是朝鲜和越南人把这种碑文的石碑栽到了美国总统和美国母亲的心头，真是得其所哉！罪恶的心理阴影比战争的硝烟要难以消弭得多，甚至要遮蔽折磨几代人。

然而我还是难忘北桥，不单是那里保存完美的原始风景。我是4月初到北桥参观的，与美国友人约4月19日再来，据说每年的这一天都要举行别开生面的庆祝活动，人们穿起当年农民的服装，装扮成武装的民兵，重新表演当年发生在北桥的故事。今年正好是北桥打响"独立战争"第一枪的二百二十周年，纪念活动更加隆重更加丰富多彩。然而因为活动安排的冲突终于丢失了良机，留下了遗憾。

1995年12月25日

感受文盲
——美、加散记之三

从洛杉矶飞往温哥华的班机起飞以后,我和王教授不约而同对视。教授说:"好像飞机上没有中国人。"我说:"这回麻烦了。"

这是跨越国界的飞行。按照国际航班的公例,在一个国家进入另一个国家的海关之前,须先填写一张入境卡,我和王教授的麻烦就出在这张卡上。卡上的文字是英文,而我们两人谁也读不出一个英语单词,更不要谈书写了,这张卡片就成为一道名副其实的关卡了。此次旅行之前,其实就担心着这个麻烦,然而却心存着一份侥幸,这个航班上说不定会有中国人可以帮帮忙。此前我俩从北京飞往波士顿的途中,就是靠一位赴美留学的青年代替填写那张卡片的。一次侥幸会给人轻易地造成又一次侥幸心理的产生,况且明知在美国和加拿大的中国移民人数逐年骤增。其实在王教授开口之前,我早已把整个座舱巡视过了,一色的白色人种,点缀有几个黑色和混血的男女,偏不见一个中国人,甚至连一个容易混淆的日本人和韩国人也没有。侥幸毕竟是侥幸,可指望者渺渺。

空姐来了，发给每个乘客一张入境卡。我接过那张卡片就用手势向她表述我没有书写能力。从眼神和手势判断，她明白了我的无能并示意我等一等。

我就等着，王教授也等着。我手里捏着那张卡，有点百无聊赖的意味。卡片是淡黄色的，看一眼是无可奈何，再看一眼仍是奈何不得，溜一眼前后左右那些以英语为母语的乘客或随意或斯文或认真地填写卡片的种种神态，我突然想起母亲。在我们家里，母亲是唯一的文盲，父亲不在家时，她常把远方姐姐的来信递给我说："给妈再念一遍。"有时候纯粹是一张毫无保存价值的药费单子或什么字条，她不敢轻易扔掉："你看这里是个啥单子有用没用？"我那时候确曾感到过小小年纪能识文断字的优越，却很少能体会文盲母亲的心情。现在轮到我必须做出把这张鬼卡片送到别人手里去帮助辨识的动作了，我才真切地体会到了作为一个文盲的感觉，颇觉用"睁眼瞎子"譬喻文盲真是一个准确而又绝妙的词汇。

那位空姐开始收回入境卡了，她在我俩跟前时笑着点点头就走过去了，两张只字未填的卡片由我俩继续拿着。

教授对我做出无奈的眉眼："咋办？"我还给教授一个同样无奈的眉眼："这个麻烦只好交给美国人民了。"教授说："反正不至于把咱们再运回洛杉矶吧？"我说："那就要看这航班上的美国人民友好不友好了。"

过了一阵子，那位空姐专程走到我和王教授的座位前，又是做眉眼，又是打手势，眉眼做得很生动，涂红的嘴唇尤其生动，手势也打得十分灵巧，然而表达的意思却无法传递给我们哪怕百分之五十，她也无奈地笑了。教授终于从她指向空中的一个手势领悟出来，她们用广播询问过机舱里的所有乘客，看看谁懂中文，帮助两个不懂英文的中国人填一下入境卡,结果是一个也没有。她对于王教授能理解她的手语眼语很高兴,不断地颔首点头,随后就示意我们继续拿着那个卡片等待。她又忙她的事去了,一会儿推着装满饮料的推车来了,一会儿又推着小推车送便餐来了。每一次来时似乎倒成了熟人,一个友好坦诚的微笑,把一样一样的饮料拿起来供我选择,因为不识英文,就无法判断里面的内容,想随便拿一样,能喝就喝,不能喝扔掉算了。她依然耐心地继续把各色包装的饮品拿给我看,随之又拉开抽屉,我终于看见了可口可乐的熟悉装饰,便自己挑出来。她也高兴地笑了,有点得意兼调皮的样子。

　　我和王教授便不再担心被重新拉回洛杉矶了,尽管这卡片依然空白,也不明白最终的结束方式。我反而有点感动,想到前几日从波士顿到洛杉矶的飞行。尽管这是美国国内航班无须填写入境卡,送行的友人还是不放心,把我俩领到登机验票入口处,对一位值班的女孩说,这两个中国人不会英语,希望上下飞机能予以关照。她立即填写了两张通行卡片交给我和王教授。友人解释那卡片的内容,注明了我们需要帮助的问题,只要交给飞机上的空姐或空弟就行了。我和王教授就坐下等待验票登机,却也想在飞机上需要帮助的肯定不只是我们,因为这卡片的设置早就为许多人帮过忙、解决过麻烦了。验票登机的时间即到,验票人员也提前到来分列登机口两侧,乘客们开始提携行李排队。那位给我们开通行卡片的女子突然走过来,示意我们跟她走。她对验票的人说了几句,就领着我俩第一批踏进了通道,直到走进飞机。她从我手里把那张她填写的卡片拿过去,交给一位当班的空姐,又说了几句,就转身走开了。我和王教授坐到自己的座位上,大约五六分钟之后才见乘客们涌进机舱来,真是懊悔没有对那位卡片女子说一句感谢的话。我对王教授说:"这位美国女子好像没有使用微笑却把我们感动了。"王教授说:"对于顾客来说,其实只要服务质量好就够了。"

飞机抵达温哥华。我和王教授走到机舱门口,发现那位空姐正在等着我俩。她领着我俩随着人流穿过长长的走廊,走到出口也是海关验卡处,让别人先走,直到只剩下我俩时,她把那两张依然空白着的入境卡交给了加拿大的守关人员,又交代了些什么,转过身来又那么含着调皮意味地笑笑就匆匆走了。

我现在直接面对加国的守关大汉了。大汉长得又粗又高,坐在出口的钢铁栅栏上,满不在乎地瞅着我们,随即拨打了电话。一会儿工夫就有一位黑衣黑裙黑头发的中年女人走来了,终于看见了一位中国人。加国大汉拿着卡片又掏出钢笔,由那位黑衣女士用中文发问,又用英语翻译给他,便一项一项填写着,脸上现出多一番劳累的不悦,所以仍然大大咧咧地坐在栅栏上,而宁可让旁边的椅子闲着。当问到我们的职业和在温哥华的接待单位时,王教授报出了我们的作家职业。那大汉倚在墙上的脊背挺直起来,随之从栅栏上跳下,瞬即转换出一脸笑来:"作家?噢!作家!欢迎你们到温哥华。"他伸出一只手,前倾着身子做出一副友谊而又滑稽的姿态,憨憨地笑着送我和王教授通过他把守的关卡。

1996 年 10 月

口红与坦克
——美、加散记之四

想到这个题目并最终确定下来,仍然觉得有点滑稽,甚至有那么一点荒谬。口红是什么,坦克又是什么?口红派什么用场,坦克又派什么用场?把两件风马牛不相及甚至完全对立的东西焊接成文章标题,首先倒是应该坦白,并非出于哗众取宠、出奇制胜的念头,而是一年前在华盛顿街头看到的一尊雕塑的强烈印象。

那是一辆坦克,涂抹着如同实战坦克的铁黑颜色,体积也与实战坦克一般大小,只是没有现实主义的工笔细刻,它是一种粗线条的勾勒和大轮廓的模拟。从艺术上说,可能属于现实主义与现代派的杂交或中性改良。创造者显然并不是要展示这种常规武器的最新产品,甚至无意显示那一代产品属于何种型号,只是作为一种常规武器中极具杀伤力的战争的形象,赫赫然摆置在美国首都的一条大街上,准确点说是在大街一旁比较宽阔的一块草地上。它没有实战坦克最要害的那个部件——炮管,所以它永远也不可能去发射杀人毁物的炮弹。那根炮管被置换为一支口红,长短和粗细恰好类似炮管。这支口红端直地挺竖在坦克上,戳向天空，偏圆的顶头的红色，像一团火焰，像一瓣玫瑰，或者更像姣美性感的女人的嘴唇？

宽敞的车道，川流不息着各种色彩、各种形状的轿车。人行道上，匆匆着或悠悠着世界各地各种肤色的男人、女人、大人和小孩。这辆驮载着一支口红的坦克，就这样与现代都市和谐地统一在一起，构成一道看上去美丽却不只让人仅仅感觉美丽的风景。我在第一眼瞅见它时，不仅没有丝毫焊接的感觉，而且有一种心灵深处的震撼，这震撼的余波一直储存到现在而不能完全消弭。

这尊雕像的内蕴其实最明了不过，可说是一个十分陈旧的主题，然而又是迄今为止困惑着人类的一个共同的鲜活的话题，雕塑家用简练到简单的笔法，把一个牵涉所有国家和民族的生存理想的大话题凝铸为一组看来不可思议的"焊接"，如此明了，如此简练，又如此强烈。同类题材、同类意旨的美术作品，最富名望的莫过于毕加索的那只和平鸽，还有一尊颇震撼人心的"铸剑为犁"的雕像，早已沉潜在各个民族一代又一代人的心灵深处，然而这尊象征意旨明朗、透彻的雕塑，依然昭示着人类最切近的生存忧虑和生存理想。

人们在雕塑前驻足、凝眸、沉思、留影。白毛的欧洲人、黄肤的亚洲人和黑脸卷毛的非洲人都在这儿驻足，把自己的情感寄托给雕像，又把雕塑创造者的美好愿望储存心间；企望这个世界能给他们的妻子女儿一支口红，永远不要发生某天早晨或深夜坦克碾过菜园和牛栏的惨景。德国人和日本人同时在欧、亚两个大陆这样干过，美国人在朝鲜和越南这样干过，苏联同样在捷克和阿富汗如此干过。

用口红取代坦克。

这种强烈的艺术创造让一切平庸的艺术制作感到羞愧和难

堪。然而它传达给我的又恰恰不单是艺术创造本身。相信看到这尊雕塑的任何人,都会把他关于战争的全部记忆(直接的或间接的)都激活了。不仅如此,每每通过传媒看到世界某个角落坦克正在发射炮弹的画面或图片,我便联想到华盛顿街头的那尊雕塑。雕塑毕竟是雕塑,艺术也毕竟只是艺术,可以唤醒世界千万计的男女,可仍然阻止不住实战坦克的行动,坦克却仍然碾碎着那些地区该当涂口红的漂亮的嘴唇。

那个被国际法庭判处绞刑的东条英机和他的同僚战犯,几乎每年都要受到某个大臣乃至某个首相的参拜和祭奠。尽管此举受到整个亚洲和世界的谴责和侧目,闹剧和丑剧依然年年上演。我感到的不单是闹剧丑剧的可笑,而是惊讶参拜者露骨的虚伪,因为哪怕是一个小孩都会明白,即使烧一万吨香蜡纸裱、叩一万次响头、念一万次佛,都不可能使那些战犯的罪恶魂灵得到安宁,更不可能得超度了,至于那些在"教科书"和展览图片上屡屡偷偷摸摸搞小动作的人,不仅使世人看到了一个虚伪的灵魂,更看到了他们面对口红和坦克的现实的选择的可能性。

倒是那场世界大战的另一个发动国的现任首脑,在犹太人被害的坟墓前祭献的一束鲜花,尤其是出人意料的那一个长跪动作,告慰的不仅是长眠地下的被蹂躏的灵魂,重要的是使活着的我们看到了一个民族的大气。足以结束一个时代仇恨的一跪,必定成为历史性的一跪——他选择了口红。

那个靖国神社的门前广场,倒是应该有这样一尊坦克驮载口红的雕塑,让那些死去的灵魂继续反省,也使那些活着的虚伪的灵魂反省出一个"小"来。

1996 年 10 月

伊犁有条渠

到了伊犁,朋友便说林则徐。我近四十年未见过面的老同学,一见面先说林则徐;新结识的伊犁地区的作家朋友,一松开握着的手便说林则徐;当地的州和县的领导干部给我介绍林则徐;维吾尔族和哈萨克族的朋友同样热烈地对我讲述林则徐。

车子驶过伊犁郊区漂亮的公路,一条清渠伴着公路在绿杨下流淌,朋友便指给我看,这是林则徐当年流放伊犁时修的,叫湟渠。走进伊犁老街,朋友又指给我看一条小巷,林则徐在伊犁接受朝廷惩罚的两年多时同里,就住在这条小巷里的一院平房内。从乌鲁木齐来伊犁的路上,朋友又说,林则徐1842年也是循着这条路走过的。这条路是沿着天山向西伸展的,天山依然是暗褐色的如同生锈的铸铁,山脚下是无边无垠的秀美的草地。在刚刚落成的林则徐纪念馆里,朋友指着一架木头车说,林则徐发配新疆从西安上路时,就坐进了这辆木轮马车,历时四个多月,经过乌鲁木齐再走进伊犁。我便怀着一种崇拜而又好奇的心情绕车观看一圈,只见两个硕大的木制车轮,木板割制的车厢,两根很粗的车辕木。坐着这样的一架木车历经四个多月的行程,尽可以让人随意去想象旅途的种种艰辛了。

在伊犁,林则徐留下了一道永不磨灭的光环。把他弄到这里来的道光皇帝原本目的是出于惩罚性的羞辱,没想到的是,这却使被惩罚者的精神人格获得了不朽,这常常成为古今中外的一个历史法则,尤其是漫长的封建专制的中国以及相对短暂的人妖颠倒的"文化大革命"时期,往往被惩罚者最后胜利,成为历史不灭的光环,而惩罚者自己却最终被历史羞辱。

我在杨树和柳树列岸的湟渠边徘徊,湟渠的水是泛着乳白色的清流。这水的颜色不同于北方的河的水色,也不同于南方的江的水色,更相异于海水的颜色。这水来自天山,是天山积雪融化而成的天上之水,伊犁河便是汇聚这雪山之水而独具色彩的河流。伊犁河从中国的伊犁流到哈萨克斯坦那边去了。湟渠之水是林则徐率众从伊犁河截流引来的。

这水从1844年引流成功到现在,流过一百五十余年,依然充沛而又欢畅地流着,流进号称塞外江南的伊犁的田地和果园,流进农舍的水缸和牧民的饮马槽,一百五十余年来就这样滋润着这块美丽的土地和多姿多彩的各民族子孙。我企图揣度一个戴罪受罚遭羞辱的人,以怎样的气魄和襟怀在山地和沙滩上亲自踏勘出百余公里水渠的大略走向和具体定位来;一个年过半百的老人,又以怎样的勇气和耐心亲自组织调度汉、维吾尔、哈萨克和锡伯等民族的人民,去开凿修建伊犁地区最宽最长的这条渠。是什么东西铸就林则徐强大的心理力量,踏倒了加给他的惩罚、羞辱,克服了半百之躯的衰老,依然故我地在流放之地实施这项惠佑民众的水利工程?当他在漠风透骨的边陲踏勘和奔走的时候,想没想过那个把他发配到这里来的皇帝在干什么,以及用巧舌和唾液把他喷吐得满脸腥臊的穆彰阿、琦善之流此刻又在干什么呢?

我们绵延两千余年的封建历史，无论正史抑或野史，最生动的篇章，其实就是忠臣的热血和奸党的口水。尘封冷寂的历史摆在书架上，却仍然无情仍然冷峻：造成一个王朝兴与衰、存或亡的决定性因素，不仅是忠臣义士的热血，而更是奸党的口水。口水往往胜过热血，这是漫长的封建历史过程中各家王朝不断重复的悲剧，是不争的史实。但到清家道光帝这一次重演，口水战胜热血就有点不同了。因为这不只是清家王朝的兴衰与存亡的事了。面对英帝国的蛮横侵略，奸党们的口水不单是吐到林则徐的脸上，而是吐到整个中华民族的脸上；奸党们的口水摧折的不单是林则徐的一顶花翎，而是整个民族的脊梁。我们在中国最后一个封建王朝的衰败和灭亡过程中，看到了一场也许是最生动、最惊心动魄的口水战胜热血的悲剧。它给我们的最不可接受的心理刺激或者说历史教训是，摧毁一个国家和民族的尊严的不仅是侵略者的坚船利炮，居然还是更具内腐蚀力的口水。几个奸党的口水所喷吐出来的条约，使整个民族蒙羞受辱了一个世纪。及至今天我站在林则徐的湟渠沿儿上，似乎还能嗅到那口水的腥臭气味。

我终于来到湟渠的渠首。

湟渠进水的渠首工程修建在东巴扎尔。

东巴扎尔是一个小镇，由三条质地良好的沥青铺设的公路组成一个标准的三岔口，高级轿车、大型货车、长途客车和手扶拖拉机在三股道上穿梭，这样偏远的小镇使人感觉不到荒僻，显现着一种蜕皮图新的气氛。小镇对面是一道砂石堆积的荒坡，有两股道路便绕着那荒坡左右延伸。站在小镇一家小饭店的店门旁朝下望去，便是湟渠渠首的建筑。

那是一条绿色的河川。伊犁河的主要支流之一的喀什河，紧紧贴着东巴扎尔小镇的脚流向远处。河水自然是乳白色的天山雪水,河床不宽,水量充沛,有异于旱季里所有北方河流的干滩景象。河的两岸是丛生的柳树组成的婆娑的林带。湟渠从这里破开喀什河的河岸,把天山之水引进百余公里的人工修凿的大渠,这水便不再自然地流失,而变得无价了。这湟渠紧紧贴着东巴扎尔小镇的崖坡,和喀什河并排比肩流过一段距离便分手了,流向伊犁腹地,就在千村万舍的门楼下和葡萄园里喧闹。我站在山坡上久久眺望那远去的喀什河和烟柳婆娑的绿波,久久眺望那相伴着的湟渠和同样被烟柳荫护着的渠水在视野消失。

我和朋友在东巴扎尔镇的小饭店就餐,是一大碗用羊肉汤和西红柿烩煮的揪面片,这是我在新疆的首选食品,甚至超过了手抓羊肉。小饭店是一个维吾尔族青年开的,门面不大,小老板的肚子却够大的。他是炉头、主勺,炒菜烩面十分熟练,上唇的一绺黑色胡须浪漫自信。揪面片的是两个更年轻的维吾尔族小伙子,在案板上揉面搓面,往锅里一边揪着面片,一边说着生硬的普通话,神情却透着调皮,透着这个民族素常的幽默,只有那个女孩是腼腆的,黄色卷曲的头发,眼睛是淡蓝的,尤其是那翘起的鼻尖,秀丽又可爱。

我吃着揪面片,在露天的东巴扎尔小镇上,歪过头就可以瞅见坡坎下的喀什河和湟渠渠首建筑。这个渠首工程是林则徐亲自督建的,据说安排在渠首工程的民工是清一色的锡伯族人。我现在就餐的这个三岔口小镇,当年是否为锡伯族人安营扎寨的场地,不得考证。然而这小镇上肯定叠加着林则徐的脚印,因为这小镇是观察喀什河流向和湟渠走向的最佳位置……许多年以前,自从我在中学历史课本上知道了那一场鸦片战争,也就记住了一个叫做林则徐的中国人。许多年以后,我在西部边陲伊犁的东巴扎尔小镇上,寻觅这个人的足迹,发着英雄的血和奸党的口水的慨叹。

塞外荒漠上的东巴扎尔，系结在喀什河上的一个小镇，留给我一个鲜活的历史记忆。

1998 年 11 月 6 日于蒲城

灿烂一瞬
——凉山笔记之一

到神秘的卫星发射地西昌来，原本没有期望能亲眼观看卫星腾空的壮观。这是可遇不可求的事，谁也不会料知什么时间要实施卫星发射。真是令人喜出望外，我们真的就遇上了，去参观一颗被命名为"鑫诺"的卫星发射。

这是1998年7月18日下午，即使记性很差的我仍然记住了这个日子。这个时月无论在中国的南方、北方或者东西部，都是一年中最炎热的日子。在森林和草地覆盖着的大小凉山，也是热风袭人。汽车出西昌城，沿着安宁河谷走，沿途可以看到低矮的灰色的村舍，吆喝着羊群的山民和背着竹篾背篓的女人，路边上隔一小段距离便有几位站岗值勤的武警，显然是为即将到来的发射临时布岗。然而那些放羊的汉子和背着竹篓的农妇仍然悠悠地走他们的路，即将到来的神秘的卫星发射对他们来讲似乎平淡无奇，许是早已看惯了。

汽车驶过安宁河桥，便盘旋而上一座青山。山根有一片高高矮矮的漂亮的建筑群，彩色的旗帜在建筑物的最显眼处飞扬，酝酿着一种节日般期待的浓郁的气氛。朋友指给我看一幢建筑，那是总指挥部。我便不是通过想象而是仿佛看到了那里边的一切，我已经许多回在电视上看到过火箭和卫星发射过程中总指挥部里的程序和紧张的气氛。汽车就从总指挥部的墙角擦身而过，神秘的总指挥部触手可及，指挥部里紧张而又神秘的气氛鼻息可感。当这种过去作为军事机密的科学进入和平利用的新时代以后，便自己动手撕开其不必要的神秘幕布，给平民和外行人一个感知的机会，于是便有了这个置于半山上的视角尤佳的观望台。然而我仍然继续陷在神秘之中。

从这里向西望去，安宁河两岸连绵着的群山肃穆着。在那个被选定为发射场的河湾里，一边的山绕出一个大圈儿来，形成一方三面环山的幽幽的天地。银白色的发射架在绿色环绕的山谷里透出一缕娇娜，像万绿丛中一个飘飘欲仙的靓女。

当中国第一颗卫星"东方红"号升入太空的时候，那种振奋性的记忆至今犹存。我那时候在家乡灞河岸边的一个公社（乡）工作，在"以阶级斗争为纲"的喧嚣里提心吊胆地做事，面对着的却是年复一年的普遍的贫穷和我自己的困窘。我的孩子的被窝是用烧得发烫的河石烘热的，这是我夫人最原始也最英明的发明。她在灞河滩里找到一块又薄又扁、光滑漂亮的暗绿色河石，在灶锅的柴火里烧得发烫，然后塞进孩子的被窝。我那时买不起一只暖壶或一只热水袋，依然虔诚地听取"忆苦思甜"，会上因为拥有一只竹皮热水瓶或一双胶质雨鞋的感恩戴德的叙说⋯⋯当收音机里传出《东方红》乐曲的时候（这乐曲不是素常发自树杈上的大号喇叭而是来自太空），我感到了由衷的自豪，我们国家做成了一件了不起的大事！这样的大事令人扬眉吐气、腰杆挺硬，纵然肚腹里装着酸菜和杂粮，纵然给孩子的被窝里塞着烧热的石头取暖。国家在现代科学技术方面的巨大成就，使原始式的贫穷的我们依然欢欣鼓舞，腰杆增加了硬度。

轰然一声巨响，我感到了脚下大地的颤抖。我的眼睛还迷乱在白烟和烈焰翻卷着的火团之中，火箭托着的卫星早已峭立在白云和蓝天里头了。火箭尾巴喷着耀眼的火焰，端直直冲向白云悠悠的天际，洒下一条乳白色的线带。火焰喷发出啪啪啪的连续性爆炸似的响声，从河谷里一路震响到长空，威风凛凛又卓尔不群。乳白色的线体大弯角转向，朝着东南方延伸，愈来愈纤细以至从肉眼里消弭。

令人陶醉的灿烂一瞬。

晚霞羞羞地洒满青葱的山峰和河谷。人类智慧的轰然一爆，观者的我在那一瞬间感觉到了一股壮怀激烈的欢畅。当生活中太多的诸如种种腐败的丑行噎得人忧愤不堪的时候，这样的一声轰鸣陡然使我感到了情感的超越，涨起某种对于腐败丑行的鄙夷。腐败者在灯红酒绿中继续腐败，撑着国家和民族脊梁的人在神秘的山谷默默成就着大事。

安宁河在夕阳里愈加妩媚多姿，拥着两岸婆娑的柳烟向东款款而去。最现代的科学技术隐蔽在最偏僻的丛山之中，隐身在灰蒙蒙的村舍围墙和背着背篓的女人之中，羊群散落在山坡上，耕牛拽着犁具在田地里来去翻耕，路边简陋的烟酒店里聚着赤膊的闲人在闲聊。似乎这一切看起来都不可思议地统一在这河谷里。

那样震撼人心的轰然一响，那样动人的灿烂一瞬，使我长期感到神秘又是十分遥远的距离全部消失了；眼见的可靠的壮景，使人在那一瞬间突然心底踏实起来，做我们自己应该做的事去。

1998 年 11 月 13 日于蒲城

神秘一幕
——凉山笔记之二

四川西南部的大凉山和小凉山,在我的感觉里是除了西藏最为神秘的地方。

年轻时读过作家高缨写的小说《达吉和她的父亲》,随后又看了由小说改编的同名电影,那隐蔽在青山和河湾里的一幢幢茅草屋舍,女人俏丽的花裙和胸前挂着的精美的银器饰物,尤其是男人头上装饰着的那一根独角似的帽子,令一个自幼生活在内地关中的人感到新鲜又神秘。后来,我一次又一次地在电影和电视上看到火箭和卫星发射的壮观景象,一次又一次引发的是壮观之后的神秘,是一个无知的外行对于距离自己太远的尖端科技的神秘感觉。这颗卫星发自西昌,在凉山。然而这些都是后来不断叠加的印象,最初关于凉山神秘的印象,却是来自红军长征彝海结盟那个历史性的一幕。

记不得是多大年龄时的事了,反正是少年时期,我知道了红军长征的故事。究竟是历史教员先讲的,还是我阅读连环画先知的,记不清了,也无关紧要。长征路上所发生的大大小小的故事,对于少先队员的我都有一种绝对的征服力量。然而仅就神秘感而言，却是刘伯承将军与彝族头领小叶丹歃血为盟的故事。随着年龄的增长和人生阅历的丰富，对于作为世界上"闻所未闻的故事——长征"，当然更多些了解了，然而歃血为盟的神秘依然雾罩在心头。

几十年后，1998年7月19日，我终于有机缘拜谒歃血为盟之地——那隐蔽在青山秀岭之中的彝海，揭开从少年时代潜存到今天的那个历史性细节的神秘一幕了。

汽车在山上盘旋前进，公路在森林覆盖的山梁和沟壑之中盘旋。森林是人工培植的森林，也是我所见过的人造林中最壮观、最具规模的森林。这是飞机撒播的树种，历经数年的精心呵护而培育成功的一片绿色。它是对1958年大毁坏的忏悔，是中国人从愚昧走向觉醒回报给大地的一份真诚的祭礼。汽车每一次转向拐弯，人的眼前便是一方新的姿色。色彩和光线千姿百态，那是天光地韵和绿叶在山坡、在山崮、在沟坡沟底自然杂合的色调，每走一步你都能感到那色调在变化流动。那种美你只能感到目不暇接，你只能感到心旷神怡。你不可能找到任何一个词句或一堆话语把它描绘准确，因为那气韵、那色调、那景象本身是瞬息万变的，人类创造的色彩（包括最出色的画家的调色板）是单调的，人类创造的语言也就显得更贫乏了。那叫自然。西昌人营造和呵护的这一片大自然的景象是西昌人的心灵诗篇。

进入纯自然的原始森林又是别有一番天地和景致了。大片的天然草地和望不透的树木，使人惊叹和欢愉的同时亦不由得庆幸，1958年野蛮的大毁坏的斧头尚没有砍到这里。每一座山和每一条沟的每一寸空间，都呈现着一份不同的色彩和韵致。一团一团的白云一次又一次戏弄着太阳，阳光短暂地隐没和再一次复出，这千峰万沟的群山就气象万千了。即使最干枯、最寡情的人到了这样的山地也不会无动于衷，即使心灵世界最低迷的那一根神经也会苏醒过来，陷入一种美的陶醉。那叫原始的大自然。

彝海的一座山顶上。这实在称不得海，而只能算是一个大水潭。如果按水潭的概念确实是够大的了。据说在凉山，有许多这样的水潭或者水池，而被称作彝海的水池或水潭其实是较小而又极普通的一个，然而却是知名度最高的一个，也是截至目前为中外游人观瞻最频繁的一个，长征中带有神秘色彩的歃血为盟就发生在这里。这凉山上颇多的水潭或水池的绝妙之处，一是处于海拔两三千米的高山顶上，蔚为壮观，也为带着原始韵味的群山酝酿出一方水的妩媚和娇娜；二是这水潭既不是汇聚小溪小泉之水而成，亦不是天雨汇集，而是来自地下，你找不到水的出处，水却在这儿聚潭聚池了不知多少万年。

我站在彝海边上，仅仅只是以一种崇敬的心情来追寻革命历史的一块碑石，一块雾罩着神秘色彩的碑石，却无法沉重。即使我和同来的作家朋友努力追问查询，企图捕捉最生动最鲜为人知也最为准确的历史性细节的一枝一叶，显然再也无法进入沉重。我完全可以想象当年结盟的红军统帅和士兵面临的困境乃至绝境，尽管这感受在事件的发生地比教科书（或连环画）上更贴近更具体也更深刻，然而无法进入当年哪怕是一个红军伙夫彼时彼地的焦虑与危机……我只是已经成为历史的那神秘一幕的参观者和崇拜者，不可能重新进入沉重的体验。

彝海是平静的，水波不兴，如一面蓝色的镜子。绿树密密匝匝环绕着水，鸟儿在啁啾。阳光从枝叶间流泻下来，在水面上撒下一片闪闪烁烁的斑驳色彩。一只小水鸭在水里游过，波纹随兴随隐。当年那一群衣衫褴褛的红军士兵暂聚在这里，期待即将发生的那个历史性细节的彝海也是这样平静吗？一如许多万年以前一直平静过来的平静吗？

紧拥着彝海南沿儿的是一片缓坡，向西铺展而去。泛着淡黄的绿草，随着缓坡起伏着的曲线而起伏着，无名的各色花朵在曲线的任何部位都点缀出迷离和妩媚。野蜂和蝴蝶便成了草和花的君王，随意拈惹，真是蜂乱而蝶忙。缓坡倚靠着山，山上是密不露隙的森林。随着山势渐次升高，森林的色彩也渐次浑厚而深沉，直到遥远的树梢和白云相接相抚的峰巅处。

刘伯承和彝族首领小叶丹歃血为盟的故事无须再叙写，这是任何中国人都熟知的。我现在才听说，血是一只公鸡的血，印象里似乎一直以为是他们两人割破手指的血呢。后来为此我专门查了字典，在"歃血为盟"词条下注释着：古代举行盟会时，宰杀牲畜，并以牲畜的血涂抹嘴唇，表示精诚团结，结为同盟。我便释然，用公鸡的血和着酒原是合乎古代传统规矩的。不过酒却确凿不是任何酒，据说一时找不到酒，便舀来彝海之水权且做酒，滴进公鸡的鲜血，刘伯承和小叶丹双方都饮下了。这彝海之水自地下涌出，聚潭许多万年而不散不竭，便如自酿了几万年的一池美酒。彝海之水促成了一种神圣的事业和一种真诚的精神的结盟，便成就了带着神秘色彩的历史性一幕，便没有重复石达开在大渡河上的天朝悲剧。

在一块稍微平坦的草地上，摆着三块青石，这是当年刘伯承和小叶丹以及翻译站着喝血酒的位置。稍后的草地上，有一尊漂亮的雕塑，自然是把那历史性一幕的短暂的细节凝聚定格而成的形象。夏日高原强烈的阳光照在草地上，照着那雕塑，照着那三块青石。我坐在刘伯承站过的那块石头上，依然无法感受当年将军的心情，依然无法进入沉重，依然无法挥去那雾罩了几十年的神秘，而愈觉神秘了。

现在人们从中国的南方、北方到此游览，观赏凉山大自然奇异的景致，瞻仰当年在这里发生的神秘的一幕，自然会汲取种种自以为珍贵的东西。历史不能重复体验，而动人的细节却永久存活在后来人的心里，历史便不会泯灭。

不会泯灭的历史性细节还发生在这神秘的一幕之后。刘伯承与小叶丹歃血为盟之后，刘伯承将军率领的红军赢得了时间，强渡过了大渡河。晚来的国民党军队便杀害了小叶丹，继续搜捕小叶丹的亲属。小叶丹的夫人和孩子在凉山彝族同胞的保护下，流亡逃躲了整整十四年，直到西昌解放。夫人把当年毛泽东赠送给小叶丹的一面绣有"中国工农红军"的红旗整整保存了十四年，新中国成立后就交给人民政府了。我的神秘的感觉终于雾散，眼前扬起灿烂的节日的礼花，纷纷的花雨莫如说血雨，有小叶丹的一滴，一个凉山彝人的血。

我的家乡有民谚说：摘不到瓜，拔蔓；逮不住雀儿，砸蛋。活画出那些邪恶的人凶残而又虚弱的无赖嘴脸。中国民间邪恶的人和封建政权里邪恶的势力莫不如是。

人民终于进入和平发展的理想时代了。在这样荒僻的凉山修筑出漂亮的柏油公路，培育起如此美丽的森林，更不需赘述从奴隶制度下一步跨越到现代生活中的彝族人了。

美丽的彝海是一面天成的镜子。

1998 年 11 月于蒲城

骆驼刺
——车过柴达木之一

列车是在沉沉夜幕中进入柴达木的。我浑然不察不觉，已经置身于地理课本上用沙点标示着的这片大戈壁了。

早晨起来，睁开眼睛就感受到裹入柴达木巨大的无边无沿的苍茫与苍凉之中了。无论把目光投向哪里，火车刚刚驶过的来处和正在奔去的前方，车轮下路轨所枕伏的一绺直到目力所及的远处，灰青色、灰白色的沙砾无穷无尽。沙漠的颜色变化着，一会儿是望不透的青灰色，一会儿又转换成灰白色的，无论怎么变换，依然是构成主旋律的单调。在感受宽阔、浩瀚、博大、雄奇的深层，柴达木投射给人心理的苍茫和苍凉同样是切实的。偌大的火车在柴达木的腹地奔驰，恰如一只节状的油蜈蚣在缓缓地蠕动，总是让人产生没有指望走出的疑虑……

生命在这里呈现出异常简单的景象。整个世界简单到只剩下一两种绿色植物——骆驼刺和芨芨草。一株一株的骆驼刺，形似球状，零零散散撒落在沙砾上，没有簇聚，单株单个，据地自生。看不到印象中的森林和草地上那种或互相拥挤互相缠绕的复杂，或勾肩搭背倚杆爬高的姿势，或交头接耳唾沫相溅的喧哗。干旱和寒冷的严酷，使一切绿色生命望而却步，只有骆驼刺以最简单的形式生存下来，形成柴达木唯一的点缀。

骆驼刺，短而又细的枝，针状的叶，无媚无娇，仅仅只是一个绿色的生命体。骆驼刺，开一种细小到几乎看不出的花，和孕育它的沙地一样的颜色，也应是花中最不起眼的色彩了。然而它的功能却与任何花相比都毫不逊色，授粉、结籽，在沉静的等待中迎接雨水，便发芽了。

远处是昆仑山，寸绿不见，如铁打钢铸似的摆成一道屏障。白如棉絮的云团，在或高耸或低缓的峰巅和峰谷间缠绵。

一条泥浆似的河出现了。名曰饮马河，再恰切不过的好名字，却使人感到徒具虚名。赭红色的水，几乎看不见流动，细小到无法与河的概念联系起来，充其量只算得小河沟罢了。然而毕竟有水，便是理直气壮的河了。有水，不管赭红色也罢，浑如泥浆也罢，就能孕育繁衍出绿色的生命，各色水草，就围绕着水的走向蓬勃起来，蜿蜒出荒漠戈壁上一道惹人眼热的绿色。自然，拥挤和缠绕、簇聚和绣集、勾肩搭背和攀爬倚仗便如任何草地一样发生了，不可避免地形成了。然而，在苍茫而又苍凉的柴达木，饮马河毕竟流出来这一缕生动和一缕活泼，一缕让人遏制不住想要拥抱的俗世绿色。

毕竟使人难忘的还是骆驼刺。在柴达木，在毫不留情地虐杀一切绿色生命的干旱、暴风和严寒里，只有骆驼刺存活下来了。骆驼刺接受了严酷，承受了严酷，适应了严酷，保持而且繁衍着庞大的家庭，便可骄傲于所有的严酷，成为点缀和相伴柴达木的唯一秀色。

1999 年 12 月 21 日于礼泉

盐的湖
——车过柴达木之二

恰好在我划拉着几笔感触印象的时间里,火车已经进入盐的湖了。

骆驼刺和芨芨草所营造的单调而又令人敬畏的绿色消失了。消失得干干净净,一丝不留,堪称绝杀。一望无际的平坦得令人目眩的沙地,呈炭灰色。湿漉漉的泥沙地表,使人立即想到刚刚落过雨,再远也只能是昨天夜里下了一场透雨。应该是柴达木一年中难得的一个细雨润物的夏夜,还以为天公专意为我们这一帮远客额外的恩赐。错觉!错了!这里是盐湖,盐水千万年来就那么腌渍着泥沙,千万年来就是这种湿漉漉的如同雨淋的景象,让一拨一拨初踏此地的人产生错觉,空喜一场。这是盐湖。我乘坐的列车刚刚驶入盐湖的边沿。这是世界上储藏量最大的一个天然盐场,据说可以供现有的世界人口吃上十多万年。这盐湖在中国青海省的柴达木沙漠里。

白花花的类似浓霜一样的盐出现了,结晶在湿漉漉的沙地的表层,地表的下层蕴含着浓稠的盐的汁液。任何植物,包括英雄的骆驼刺和芨芨草，也招架不住盐汁的浸泡和腌渍，连一丝生存的侥幸都不存在。这里不存在一滴淡水，无由生长一寸绿色，不哺养任何一个或大或小或蹦跳或匍匐的兽类和禽类。这是一个绝生地。

然而这里出产一切生命都不可或缺的盐。国家从 20 世纪 50 年代就开始勘探和采掘。我们的血液、肌肤和骨头里，早就注入了这里的盐。血液能够活泼地在身体里涌流，肌肤柔韧而富于弹性，骨头质地坚硬而具承载力，皆有赖于这盐湖里的盐。我便虔诚地感激那一代又一代工作在这绝生之地的工人和专家，他们的一生都在这里采掘着盐。

列车上骤起的小小的惊呼和骚动，是真正的盐湖的湖水惊乍起来的。一片汪洋！不，其实根本不是任何海和洋的颜色，也不是我所见过的湖的颜色。这里是一片灰白色的浑浊的水。无边无沿、无法望尽的灰白色的水的世界，却看不到一根水草，不见一只与水相嬉戏的鸟儿，不见一个搅水翻浪的水中生物，甚至连一只蠓虫和甲虫都不存在。

上边是蓝天和白云，下边就是这浑浊的灰白色的水，没有遮掩也没有骚扰，没有一缕响声和一丝动静。水便平静到如同死亡了一般，无波无纹，无光无色，使人怀疑这水是不是真正的水，因为作为水的素常的印象和水的相关的表征全部丧失了。

然而，这确凿是水，饱含着浓稠的盐汁的水。随意到湖里用手搅拂一把水，待风干之后，留在手上的盐足够一家人吃一顿午餐。这是什么水哦！是盐，是盐的湖。

盐湖的地名叫察尔汗，蒙语，盐的世界的意思。

1999 年 12 月 22 日于礼泉

天之池

茫茫灰雾笼罩着，雾就在眼目之下。从高处探望下去，眼下就是一片茫茫的密不透隙的灰色的雾。谁也无法料知这雾什么时候会扯开散去。人愈是疑虑，那雾似乎愈是浓厚，似乎根本没有散去的希望。人就不由得焦虑，甚至抱怨自己选择了一个倒霉的日子：痴心向往的长白山天池，已经站在她的裙边，却看不见她的面目。

这雾确也像一张面纱——世界上那些严守宗教禁忌的妇女遮掩在面庞的那一张，严密封盖着的是怎样一副含羞带娇的玉容呢？

群峰壁立，结臂连襟，或挺拔或浑实的十六座峰体，气势磅礴，恰似披甲挂胄的武士；火山岩浆铸就的武士，无疑是经受过超高温炼烧的纯洁忠贞之士，守护在这里已经有亿万年了。面对这样忠诚的卫士，我便静下心来，即使花一天时间的等待和守候，又何谈真心痴情！

久久的期待中，那雾终于扯开了。先是一缕，后是一角，稍一显现，随即逝去。刚刚露出的那一缕一角，瞬间又覆盖上雾的面纱了。然而就在那一绺一角露出的瞬间,呈现出湖蓝色的长裙的一幅裙褶,镶嵌着无数宝石或碎金,闪闪眨眨,扑朔迷离……你期待着的人正从楼梯的转角处下来。你屏声静息地等待着一睹芳容,却看见那长裙在楼梯的转角处飘忽一闪,露出炫目的脚腕的雪白,那长裙又消失了,没有下楼,又折回楼上去了……留在心里的是浅尝辄止的更高涨的欲望,期待那面纱彻底抖落,至少再撩开一绺一角的机缘,看到半边脸颊一次回眸也可慰藉。

灰色的雾又变化成为白色的了,白色的面纱又转变为灰青色的了。什么时候又在那一边峰峦间挂起连天接地的五彩虹帐。阳光挑逗嬉戏着,然而那雾的面纱却绝不扯散。

纵眼望去,莽莽苍苍的群山浪波一般起伏着、簇拥着,推向烟云浩渺的远处。阳光和云彩给群山投射出变幻不定的色彩,一片深情一片嫩绿转换着、交替着,海浪般涌动翻腾起来,只是听不到呼啸。无声的波浪铺天盖地,从眼目所及的远处一幅一幅推过来,拍打着赤裸的铁渣似的长白山的主峰,我的胸脯也随着波涌感到脚下的节奏起伏了。放开思维之缰任其飞翔,怎样想象亿万年前这儿曾经是一片汪洋的景象?怎样想象亿万年以来地心之火在那一片汪洋之上雕塑出横亘千里的长白山脉的伟功!哦,真想潜入那依然保持着原始形态的丛林,捡拾一块小小的未经人手和兽爪触碰过的火山岩石。哦,那密林覆盖的千里群山之中,肯定有一只修炼千年终究成仙的狐狸,在山崖侧畔在白桦树后的野花丛中投来羞羞的一笑。哦,在那一笑撞击心灵的一瞬,顿然感悟到俗世的肉身和肉身的世俗。

灰色的雾和白色的雾终于散去了。没有一丝风,不知这雾为什么会自动扯开散去。从火山岩石和岩灰堆积的山峰豁口望下去,那灰白的雾眼看着淡了稀薄了,转眼间就散失净尽了。神秘的面纱徐徐地揭去了，令人灵魂震颤的景象出现了：一片幽深的蓝色，平静闲适地躺在群峰的足下，阳光爱抚着投射下来，那一袭长裙的色彩变幻莫测，胸脯淡了腹上浓了腿脚又浅淡了；愈是颜色浅淡的裙褶里，万千的宝石和碎金的闪光愈是璀璨。山顶上的千年积雪倒映不出影像，被深沉的蓝得发青的水融解了。白云白雪和山峰都无法在其中投下倒影、留下印记，她太深了，抑或是太娴静了，不把任何献媚者收入眼睑？只有太阳是可以骄傲的，可以在那一袭长裙的每一寸裙褶的宝石上撩拨起闪光，她却依然沉静……雾的面又徐徐地遮盖过来了。

　　留在我灵魂深处的，是羞色里的纯净。至纯至洁的天池之水，便自然蓄蕴着羞羞的神色。不洁不净的东西可以以各种华丽和妖艳取悦于世，唯独那羞色难以仿造；纯活的云、纯净的花和纯洁的心灵，我们都可以发现隐隐的羞羞之色；被把玩过的玉石即使有绝世的雕琢，被汗手油指抚摸过的花朵即使十分美艳，被龌龊充塞着的心灵即使做一万次美容，都不可能再从它们的眼神里泄出一丝一缕的羞色了。

　　天池的羞色来自她的水，上承天雨，下聚涌泉，皆无任何中间导流环节的污染；她的深厚（373米）使那些喜欢拈水嬉浪者望而却步，避免了汗渍；她高踞海拔两千多米的长白山巅，绝除了灰土、烟尘和有害气体的浸染，保持着一份至纯至净至洁，那沉静里的羞色正是与天生丽质俱来的一种气韵，而这气韵在一切作为风景胜地的水境中都不可能找见了。

　　游移不定的眼神是否反射着心灵里的大九九小九九？混浊的眼色是否浮游着心底的脏？无光无亮的眼色是否透射着平庸与无奈？急切而又卑琐的眼神是否袒露着心灵深处那狂狷和卑怯交织着的火与烟的浊流？再到哪里去寻觅如你——天上之池——一样

的羞色?

告别天之池,告别长白山,留一份纯净,留一份羞色,陶冶情感,滋润心灵。

1999 年 12 月 24 日于礼泉

威海三章

"天尽头"的咒符

朋友说,你到了威海,应该去领略一下"天尽头"的风光。随之又附加一句警告,如果你不怕丢官的话。

这种警告自然纯属调侃和玩笑,谁也不会上心、不会在乎的,于是便踊跃着来到天的尽头了。

天尽头,其实应该是陆地的尽头,是陆地伸进黄海最远的那一块巨礁,是中国版图上属于山东省辖的海岸线伸入海域最东端的那个"尖儿"。我现在就站在这个号称"天尽头"的"尖儿"上,真有一种走到尽头的感觉了。满眼都是涌动着的灰黄色的波浪,波涌迭起的浪堆掀起雪白的水花,骤起骤散,骤散又骤起,一刻也不停歇。风是平和的,海浪和波涌便呈现着宽容和优柔。

一直都生活在内陆西安的我,每一次面对大海,襟怀里感知浩渺阔远的无与伦比的气象的同时,总是潜伏着一缕不知所措的茫然。大海对我来说太陌生了。第一次看见大海是陌生的,第十次看见大海仍然是陌生的。二十年前在青岛第一次看见大海,不必说是新鲜而又陌生的；又一次在西西里岛上看见的几乎是黑色的地中海仍然是陌生的；在珠海，在台湾海峡的这边和那边，面对苍茫海天的陌生和新鲜，以及潜伏在深处的那一缕不知所措的茫然……毫无办法，海距离我太远了。

其实，我每一次站在海边的礁石上，都产生过走到天尽头了的感觉。其实，海岸上的任何一块礁石都是陆地的尽头。然而只有这里独占着天尽头的名头，而且起码有两千多年悠久的历史，恰恰却是因为民间俗成的一个恶谥或咒符。

恶谥或咒符来自千古一帝秦始皇。始皇帝一统天下，东巡到此，心情自然是好到不能再好的程度了，已经走到天的尽头了，就在这里筑造大桥以延伸视线，观赏日之出海。在《秦桥遗迹》的碑石上，刻着摘自《三齐略记》的一节文字：始皇造桥观日，海神为之驱石竖柱。始皇感其惠求见。神曰："我丑，莫图我形当与帝会。"帝始入海四十里，与神见，左右有巧者，潜画其像。神怒曰："帝负约，可速去。"始皇转马前脚才立，后脚遂崩，仅得登岸。这个神话故事虽然也称得神奇与美妙，却毕竟只是一个传说的神话，类似的神话在中国的所有历史或地理的风景点上都津津乐道着，没有人认真地刨根问底。因为所有神话和传说都无法推敲其合理性，更谈不上事实的考证了。这个传说里的那个巧者的形象颇耐人回味，自以为偷偷摸摸的行为可以掩人耳目，却忘记了是在无所不察的海神的眼下，搞这样的小动作只是弄巧成拙，坏了始皇帝的好事。

始皇帝从天尽头返回秦都咸阳时，暴病死在路上。这个天尽头从此便蒙上了一层黑色的恶谥、不祥的咒符，已经走到天的尽头了，已再无路了。据说许多历史上的官人多避讳此地，宁可不图一时观海之眼福，也不想让恶谥、咒符在心里罩上一道阴影。

真是有点底虚过甚了。

街心的碑

到威海的当天晚上，出去观赏这个海滨城市的夜景。走到一个三股车道交叉的三角地带，有一小块街心草坪，时值5月，青草正绿，茸茸可爱。草坪里散落着一株株枝干苍劲却不高耸的松树，错落有致，枝叶参差出一抹绿色的流云。草地中间竖立着一块玉石三棱碑。看了碑文才知是收回威海卫纪念碑。街道上灯光朦胧，碑文有多处被风雨侵蚀变得模糊的字句，读来十分吃力，便只好放弃阅览。

隔日下午，得了闲空儿，心中仍念念着那块碑上的文字，不堪留下遗憾，就专意奔着这块三棱碑来了。

碑文有如下内容：

甲午战败，俄租旅大，法租广州湾，英人借口均势，于民国纪元前十三年七月一日即光绪二十四年五月十三日租借威海全湾十英里以内之地，及湾内各岛，并规定于必要时可利用威海及后山一千五百平方英里为军事上之设备。民国八年巴黎会议，我国山东问题交涉失败，威海收回几成绝望……

（民国）十九年四月十八日，经国民政府外交部长王正延与英使兰普森几经周折，正式签订收回威海专约二十条，协定六条。于同年十月一日正式收回，前后租期共三十二年有二月。

碑文里摘记的这一部分内容所概括的那一段历史中的耻辱，我早在中学的历史课本中领受过了；对国家和民族的耻辱的心理承受能力，从识字伊始直到现在，一直都在经受着这种磨炼。然而，我还是在这个碑石下无法不心动，想来大约是这样几处触及我的敏感和易痛之处：

历史教科书毕竟是文字，我站在被租借过的威海卫的街心和收回威海卫的纪念碑下的感觉，是教科书上的文字阅读无法产生的。历史的耻辱就浸润在我脚下的土地里，青草和松树就是从耻辱浸润过的泥土里蓬勃起来的。

这篇碑文有几句话尤使人感到刺激，之一便是"英人借口均势"。这个"均势"最本质、最龌龊的含义便是，从一头被宰割分食的牛身上，英人抢到手的肉还不够多，还不"均"，于是便提出再"补贴"上威海卫这一块。我现在更贴切地理解了中国的一句成语"弱肉强食"，真是语言中的经典。我又想了，进入现代文明国家的英国人、俄国人和法国人，仅仅在百余年前，还是争相宰割中国人的起码不大"文明"的人，为宰割分赃而喊着争着的"均势"，任何文明的遮羞布都是无济于强盗的原形的；今天的文明只说明今天，同样抹不掉、遮不住他们祖先的野蛮。这样，羞耻应该是双重的——

我们承受的是被宰割的历史的耻辱。

他们承受的是宰割别人的耻辱的历史。

这个碑石立在这里，昭示的应该是这样的意蕴。

哦！刘公岛

站在威海的海岸上，刘公岛就横在眼前，避绕不过，不是因为岛子太大，恰是因为距离太近。小小的一个岛。

登刘公岛时，有白色的雾笼罩着海。

赴刘公岛的船上，湿漉漉的雾气拂面而过，海面变得迷茫混沌，心里也是难以理清的复杂，既有参观一个陌生岛屿的稀奇与新鲜，又潜伏着挥之不去的悲伤与苍凉，又兼蓄着凭吊千古英魂的虔诚与神圣。这个小小的刘公岛，该当是中国海疆里知名度最高的一个岛了，不是它的风景、风光、风水的奇巧或神秘，恰恰是它蒙受的耻辱。中日甲午战争就发生在这里。这个小小的刘公岛，替代一个国家和民族首当其冲遭遇了凌辱和羞耻，也替代一个国家和民族记录下中国第一代水兵将士献身的庄严和凛然。

我登上刘公岛的诸种复杂心理中的最强烈的一点，还是准备接受历史的耻辱的洗礼。那生铁铸成的粗可搂抱的炮筒，曾经发射过抗御倭寇侵略的炮弹，现在供游人抚摸。那座指挥北洋水师的提督衙门，现在成为游客温习耻辱和心祭忠烈的祭坛，提督丁汝昌就自杀在他的这个衙门里。那一枚鱼雷是从德国进口的，应该是当年最顶尖的武器了，躺在这里让后来的我们叹惋。

我更铭记住了一个历史性的细节。"致远"舰管带邓世昌为掩护旗舰"定远"号开足马力直撞日军旗舰"吉野"号，被敌炮击中要害，锅炉爆炸，顷刻沉没。这个悲壮的过程在电影《甲午风云》里得到充分表现，然而关于邓世昌的一个细节却被舍弃了。邓世昌坠海后，侍从泅水将救生圈送来，邓世昌拒绝救护，自沉自杀。他的爱犬随之凫水来到身边，用嘴叼着邓世昌的发辫，救他浮出水面。邓世昌将爱犬按入水中，一起沉入大海。这是怎样超乎艺术想象的一个生活细节，一个铸成历史悲剧的生活细节！

中国第一支水军在甲午海战中全军覆没，除了历史和军事学家总结的种种败因和教训之外，有两个事实值得后人反复咀嚼：

一是当时的北洋水师的总军力排亚洲第一世界第四,舰艇总吨位达四万吨,"二十五艘舰艇齐泊于刘公岛前,舳舻相接,旌旗蔽空,盛极一时",然而战争的结局是全军覆没。二是所有舰艇的将士,不仅没有逃跑投降的,且一个个都是战死,或是自杀,直至提督丁汝昌。应该说,从纯粹的军人的素质和牺牲精神来说,他们是第一流的军人,然而依然挽救不了战争的败局。

丁汝昌、邓世昌们代表一个国家和民族抗击另一个国家的侵略和征服,然而他们撑不起一个腐朽王朝的腐败乃至溃烂的肌体,活着也承受不了失败的耻辱。无论从一个军人,还是从一个民族的精神来看,他们接受后人的崇拜,都是这个民族脊梁里永远不可缺失的钙。

温习耻辱,铭记耻辱,不再复仇。无论战犯认罪也好,不认罪也罢,忏悔也好,不忏悔也罢,首先是我们自己该当图强。

哦!刘公岛。心中难言的隐痛之岛。

2000 年 7 月

致日本读者
——《白鹿原》日文版序

从少年时代对文学发生兴趣，到从事写作的四十年时间里，我断断续续先后阅读过大约十余位日本作家的小说作品，自然都是中文译本。这些题材各异、风格迥然不同的优秀件品，对我的艺术探索曾经产生过有益的启示。然而，更使我得益匪浅的，是对相邻的日本民族的真实的了解，正是通过这些色彩斑斓的小说的阅读逐步拓宽、逐步加深的，远远超出了历史和地理教科书上对日本的条理化介绍。这正是优秀的文学作品最原始、最基本的功能，对一个民族、一个时代的社会心灵的透视。

林芳女士将我的长篇小说《白鹿原》翻译成日文，由日本国最具影响的"中央公论社"出版，在我来说是感到十分欣慰的。我首先产生的是一种心理的平衡，作为日本文学作品读者的我，想到自己的作品变成我不认识的日文进入日本社会，似乎于心里完成了一种回报或者说交流。中国传统礼仪云：来而不往非礼也。随着《白鹿原》进入陌生的日本读者手中，原来的单向交流就变成双向性的了。我"往"而还"礼"了。

在我看来，作家创作劳动的全部意义，就是为了实现如上述的交流。作家把自己独特的生命体验和艺术体验凝聚为作品，就是为了和读者实现交流和沟通，达到两颗心灵的验证和呼应。经过林芳女士不懈的、卓越的劳动，使我的小说《白鹿原》打破了语言的局限和障碍，得以与日本读者实现交流和沟通，也使我有机缘与许多日本人握手，成为朋友。我向林芳女士致以深深的敬意和谢意。

1996年5月4日于陕西渭南

在《当代》，完成了一个过程

我的第一部中篇小说《初夏》，写于 1981 年元月，发表在 1984 年的某期《当代》杂志上，历经三年多时日。这个过程对我后来的写作是难忘的，也是一个重要的不可或缺的过程。

这部中篇从初稿到定稿，大约写过四次，从最初的六万字写到八万字，再到最后发表出来的大约十一万多字。这是我写得最艰难的一部中篇，写作过程中仅仅意识到我对较大篇幅的中篇小说缺乏经验，驾驭能力弱。后来我意识到是对作品人物心理世界把握不透，才是几经修改而仍不尽如人意的关键所在。

80 年代伊始，农村改革的潮声初起。我那时候感觉到了这潮声在各个阶层引起的种种反响，企图写出那种感觉，然而仅仅停留在新潮与死水的认识层面上。我尚未意识到新的生活的潮声冲击的不仅仅是一潭死水，不仅仅是人的旧的观念和僵死的教条，而是人的心理秩序的紊乱。由旧的观念长期统治所形成的心理秩序被冲击了，旧的平衡被颠覆了，开始呈现紊乱和无序。而要达到新的平衡和新的结构秩序，便有一个精神和心灵的痛苦历程。我投笔的目标，应是作品人物的这个心理历程的解析，那样才能较为准确地揭示那个时期的生活真实,即心理真实。只是我的这个艺术觉醒来得晚了一点,或者说在这三年四稿的反复修改中终于摸索到了这个窍,修改终于跨出了关键性的一步。这一步对于《初夏》来说仅仅只是一部作品的完成,重要的是对我后来的全部写作更具有意义,即进入人物的心理真实。

在这个过程中,令人感佩的是《当代》的编辑,尤其是老朋友何启治,所显示出来的巨大耐心和令人难以叙说的热诚。他和他们的工作的意义不单是为《当代》组织了一部稿子,而是促使一个作者完成了习作过程中的一次跨越,得到了属于自己的一次至为重要的艺术体验,拯救了一个苦苦探索的业余作者的艺术生命。

友谊便由此而加深了,信赖便由此而更加深刻。何启治那时候就相约,写第一部长篇小说给人民文学出版社。我那时候正在中篇小说的浓厚的写作兴趣中,长篇尚未想过。他说什么时候写他不管,一旦写了就要给人民文学出版社。此后的近十年间,每有人民文学出版社或《当代》编辑到陕西出差或组稿,老何都委托他们来看看我。《白鹿原》写成后,自然只能交给老何了。所幸的是,《白鹿原》在《当代》的发表和在人民文学出版社的出版要顺利多了。

《初夏》的反复修改和《白鹿原》的顺利出版,正好构成一个合理的过程。艺术要经历不断的体验才能找到属于自己的个性,这个过程对作家来说各个不同,然而谁也不可或缺,天才们也无法找到取代捷径。

我的第一部中篇小说《初夏》发表于《当代》。

我的第一部长篇小说《白鹿原》最早通过《当代》和读者见面、交流。

《当代》在我从事写作的阶段性探索中成就了我。再说任何感谢之类的话不仅庸俗,也见外了。

1999 年 5 月 7 日

何谓益友

一

我终于拿定主意要给何启治写信了。

那时的电话没有现在这样便当,通信的习惯性手段依赖书信。我之所以把给何启治写信的事作为文章的开头,确是因为这封信在我所有的信件往来中太富于记忆的分量了,一封期待了四年而终于可以落笔书写的信,我将第一次正式向他报告长篇小说《白鹿原》写成的消息。

这部书稿是1991年腊月二十五日写完最后一句话的。我只告诉给我的夫人和孩子,同时嘱咐她们暂且守口,不宜张扬。我不想公开这个消息不是出于神秘感,仅仅只是一时还不能确定该不该把这部书稿拿出来投出去。这部小说的正式稿接近完成的1991年的冬天,我对社会关于文学的要求和对文学作品的探索中所触及的某些方面的承受力没有肯定的把握。如果不是作品的艺术缺陷而是触及的某些方面不能承受,我便决定把它封存起来,待社会对文学的承受力增强到可以接受这个作品时,再投出书稿也不迟；我甚至把这个时间设想得较长，在我之后由孩子去做这件事；如果仅仅只是因为艺术能力所造成的缺陷而不能出版，我毫不犹豫地对夫人说，我就去养鸡。道理很简单，都五十岁了，长篇小说写出来还不够出版资格，我宁愿舍弃专业作家这个名分而只作为一种业余文学爱好。无论会是哪一种结局，都不会影响我继续写完这部作品的情绪和进程，作为一部历时四年写作的长篇，必须画上最后一个标点符号才算了结，心情依旧是沉静如初的。

　　1992年初，我在清晨的广播新闻中听到了邓小平南行的讲话摘录。思想要再解放一点，胆子要再大一点，等等等等。我在怦然心动的同时，就决定这个长篇小说稿子一旦完成，便立即投出去，一天也没有必要延误和搁置。道理太简单了，社会对于具体到一部小说的承受力必然会随着两个"一点"迅速强大起来。关键只是自己这部小说的艺术能力的问题了，这是需要检验的，首先是编辑。我便想到何启治，自然想到他供职的人民文学出版社。人民文学出版社是文艺类书籍出版系统的高门楼，想着这一层还真有点心怯，"店大欺客"与否且不说，无论如何还是充不起要进大店的雄壮之气来。然而想到一直关注着这部书稿的老朋友何启治，让他先看看，听他的第一印象和意见，那是令人最放心的事。

　　春节过后，我便坐下来复阅刚刚写完的《白鹿原》书稿，做最后的文字审定，这个过程比写作过程轻松得多了。大约到2月末，我决定给何启治写信，报告长篇完成的消息，征求由我送稿或由他派人来取稿的意见。如果能派人来，时间安排到3月下旬。按照我的复阅进度，3月下旬的时限是宽绰富余的。信中唯一可能使老何会感到意外的提示性请求，是希望他能派文学观念比较新的编辑来取稿看稿，这是我对自己在这部小说中的全部投入的一种护佑心理，生怕某个依旧"左"的教条的嘴巴一口给唾死了。

信发走之后，我才确切意识到《白鹿原》这书稿要进人民文学出版社这幢高门楼了。

二

几乎在爱好文学并盲目阅读文学作品的同时，就知道了北京有一家专门出版文艺书籍的出版社叫人民文学出版社，这是从我阅读过的中外文学书籍的书脊上和扉页上反复加深印象的，高门楼的感觉就是从少年时代形成的。随着人生阅历和文学生活的丰富，这种感觉愈来愈深刻，对于一个业余作者来说，这个高门楼无异于文学天宇的圣殿，几乎连在那里出书的梦都不敢做。就在这种没有奢望反而平静切实的心境下，某一日，何启治走到我的面前来了，标着人民文学出版社的牌子。

这件事的记忆是深刻的，因为太出乎意料而显得强烈。1973年隆冬季节，西安奇冷。我到西安郊区区委去开会，什么内容已经毫无记忆了。会议结束散场时，一位陌生人拦住了我，操着不大标准的普通话（以电台播音员为标准），声音浑厚，在他自我介绍之前，我已知道这是一位外来客了。在我周围工作和相交的上司、同辈和工作对象之中，主要是关中东部口音，其次是永远都令人怀疑患了伤风感冒而鼻塞不通、说话鼻音很重的陕北人，那些从天南海北到西安来工作的外乡人久而久之也入乡随俗出一种怪腔怪调的关中话来，我已耳熟能详。这个找我的人一开口，我就嗅出了外来人的气味，他说他叫何启治，从北京来，从北京的人民文学出版社来，找我谈事。我便依我的习惯叫他老何。之后的二十多年里，我一直叫他老何，没有改口。

我和老何的谈话地点，就在郊区区委所在地小寨的街角。他代表刚刚恢复出版工作的人民文学出版社来西安组稿，从同样是刚刚恢复工作的陕西作家协会（此时称陕西省文艺创作研究室，以示与旧文艺体制的区别）创办的《陕西文艺》（即原《延河》）编辑部得到推荐才来找我的。他已读过我在《陕西文艺》发表的一篇短篇小说《接班以后》，认为这个短篇具备了一个长篇小说的架势或者说基础，可以写成一部二十万字左右的长篇小说。我站在小寨的街道旁，完全是一种茫然，且不用吓了一跳这样的夸张性习惯用语。我在刚刚复刊的《陕西文艺》双月刊第三期上发表的两万字的短篇小说《接班以后》，是我平生发表的第一篇小说，也是我自初中二年级起迷恋文学以来的第一次重要跨越（且不在这里反省这篇小说的时代性图解概念），鼓舞着的同时，也惶惶着是否还能写出并发表第二第三篇，根本没有动过长篇小说写作的念头，这不是伪饰的自谦，而是个性的制约。我便给老何解释这几乎是老虎吃天的事。老何却耐心地给我鼓励，说这篇小说已具备扩展为长篇的基础，依我在农村长期工作的生活积累而言完全可以做成。最后不惜抬出他正在辅导的两位在延安插队的知青已写成一部长篇小说的先例给我佐证。我首先很感动，不单是老何说话的内容，还有他的口吻和神色，在我感到真诚的同时也感到了基本的信赖，即使写不成长篇小说，做一个文学朋友也挺好，应该是我文学生涯以来认识的第一个北京人。二十多年过去，我们已经相聚相见过许多回，世界已经翻天覆地，文学也已地覆天翻，每一次见面，或北京或西安，或此外的城市，都继续着在小寨街头的那种坦诚和真挚，延续着也加深着那份信赖。

我违心地答应"可以考虑一下"，然后就分手回我工作的西安东郊的乡村去了。老何回到北京不久就来了信，信写得很长，仍然是鼓励长篇小说写作的内容,把在小寨街头的谈话以更富于条理化的文字表述出来,从立意、构架和生活素材等方面对我的思路进行开启。我几乎再也搜寻不出推辞的理由,然而却丝毫也动不了要写长篇小说的心思。我把长篇小说的写作看得太艰难了,肯定是我长期阅读长篇小说所造成的心理感受。我常常在阅读那些优秀的长篇小说时一回又一回地感叹,这个作家长着一颗怎么样的脑袋,怎么会写出让人意料不到的故事和几乎可以触摸的人物?好在这时候上级突然通知我去南泥湾"五七"干校劳动锻炼改造,我便以此为由而推卸了这个不可胜任的压力。我去陕北的南泥湾干校之后,老何来信说他也被抽调到西藏去工作,时限为三年,然而仍然继续着动员鼓励我写长篇小说的工作。随着他在西藏新的工作的投入,来信中关于西藏的生活和工作占据了主要内容,长篇小说写作的话题也还在说,却仅仅只是提及一下而已。这是1974年的春天和夏天,"批林批孔"运动又卷起新的阶级斗争的旋涡……这次长篇小说写作的事就这样化解了。我因此而结识了一位朋友老何。

三

老何再一次到西安来组稿,大约是刚刚交上80年代的夏天,我从文化馆所在的灞桥古镇赶到西安,在西安饭庄——"双十二事变"中招待过周恩来的百年老店,招待老何吃一顿饭。那时候尚不兴公款请客吃饭。我刚刚开始收入稿费(千字十元),大有陈奂生进城的那份高涨的心情,况且是从小寨街头一别七八年之后的第一次共餐。我要了西安饭庄的看家菜葫芦鸡,老何直说好吃。多年以来的几次相见相聚中,老何总会突然歪过头问我:"那年你在西安请我吃的那个鸡真不错,叫什么鸡?"

他是为创刊不久的《当代》来组稿的。我仍然畏怯这个高门楼里跃出的为文坛瞩目的《当代》,不敢轻易投寄稿件。直到我从短篇小说转入中篇小说的第一部《初夏》写成,才斗胆寄给老何。这个中篇小说是我的写作生涯中最艰难的一部,历经三年多时间,修改重写四次,才得以在1984年的《当代》刊出。我曾在一篇短文中回味过这个至为重要的过程:"在这个过程中,令人感佩的是《当代》的编辑,尤其是老朋友何启治所显示出来的巨大耐心和令人难以叙说的热诚。他和他们的工作的意义不单是为《当代》组织了一部稿子,而是促使一个作者完成了习作过程中的一次跨越,得到了属于自己的一次至为重要的艺术体验,拯救了一个苦苦探索的业余作者的艺术生命。"我说以上这些话是真诚的,更是真实的。《初夏》历经三年时间的四次修改和重写,始得以发表,不仅是鼓舞,最基本的收益是锻炼了我驾驭较大规模、较多人物和多重线索的能力,完成了从较为单纯的短篇小说的结构到中篇小说结构形式的过渡。此后我连续写作的几部或大或小的中篇小说,不论得失如何,仅就各自结构的驾驭而言,感到自如得多了,写作过程也顺利得多了。正是从自身写作的这个意义上,我是十分钦敬老何这位良师益友的。

《初夏》之后,我正热衷于中篇小说各种结构形式的探索,老何在一次见面中问我,有长篇写作的考虑没有。我很直率地回答,没有。这是实话实说。由他的突然发问,我立即想起十多年前在小寨街头第一次见面的那一幕,心里竟是一种负压感,天哪!他还没有忘记长篇小说的事。他却轻松地说,你什么时候打算写长篇的话,记住给我就是了。

再后来的一次会面,他又问到长篇小说写作的事。我觉得对他若要保密，是一种有违良知的事，尽管按着我的性情是很难为的事情。我便告诉他，有想法，仅仅只是个想法，正在想着准备着，离实际操作尚远。我那时候确实正在做着《白鹿原》的先期准备，查阅县志、党史、文史资料，在西安郊县做社会调查，研读有关关中历史的书籍，同时酝酿构思着《白鹿原》。我随即叮嘱他两点：不要告诉别人，不要催问。我知道我的这部长篇小说不会在"短促突击"中完成，初步计划实际写作时间为三年。我希望在这三年里沉心静气地做这件大活，而不要在人们的议论、哪怕是好朋友的关心中写作，更不要说编辑的催逼了。过多的谈论、过分关心的问询以及进度的催问，都会给我心理造成紊乱、造成压力，影响写作的心境。按着我的性情，畏怯张扬，如同农家妇女蒸馍馍，未熟透之前是切忌揭开锅盖的。

然而还是有压力产生。我已经透露给老何了，况且是在构思阶段，便觉得很不踏实，如果最终写不成呢，如果最终下了一个"软蛋"又怎样面对期待已久的老朋友呢！甚至产生过这样的疑问，按照我当时写作的状况，中短篇小说虽已出版过几本书，然而没有一篇作品产生过轰动性效应，我清醒地知道自己的分量和位置，而老何为什么要盯着我的尚在构思中的长篇小说呢？如他这样资深的职业编辑，难道不知面对名家之外的作者所难以避免的约稿易而退稿尴尬的情景吗？因为我在构思中的《白鹿原》没有向他提及任何一句具体的东西，我自己尚在极大的不自信、无把握之中。直到今天，我仍然不得其解，老何约稿的依据是什么？

后来的几年里，证明着老何守约如禁。每有一位人民文学出版社的编辑到西安组稿，都要带来老何的问候，进门握手时先申明，老何让我来看看你，只是问个好，没有催的意思，老何再三叮嘱我不要催促陈忠实。我常常握着他们的手说不出一句话。直到1991年的初春时节,老何领一班人马到西安来,以分片的形式庆祝人民文学出版社建社四十周年,在西安与新老作家朋友聚会。这个时候,《白鹿原》书稿已经完成三分之二,计划年底写完。见面时老何仍然恪守约律,淡淡地说,我没有催的意思,你按你的计划写,写完给我打个招呼就行了,我让人来取稿。我也仍然紧关口舌,没有道及年底可以完稿的计划,只应诺着写完就报告。

这一年的夏天,先后有两家大出版社向我邀约长篇小说稿,一位是在艰难的情况下给我出过中篇小说集子《初夏》的上海文艺出版社的老张,我忍着心向她坦诚地解释老何有话在先,无论作品成色如何,我得守信。另一位是作家出版社老朱,她到西安来组稿,听人说我正在写一部长篇,我同样以与老何有约在先须守友道为由辞谢了。我坚守着与老何的约定,发端自十七八年前小寨街头的初识,那次使我着实吓住了的长篇小说写作的提议,现在才得以实施,时间虽然长了点,却切合我的实际。

直到1991年末写完全部书稿,直到春节过后的1992年早春的某天晚上,可以确定《白鹿原》手稿复阅修饰完成的时间以后,我终于决定给老何写信报告《白鹿原》完全脱稿的消息了,忐忑不安地要奔文学书籍出版界的高门楼了。

四

老何很快复过信来,他将安排两位同志于3月25日左右到西安。果然,3月24日下午,作协机关办公室把电话打到我所在地区的灞陵乡政府,由一位顺道回家的干部传话给我,让我于25日早8时许到火车站接北京来客。

给我捎信传话的乡上干部刚出门,村子里的保健医生搀着我母亲走进门来,说我母亲的血压已经高过二百以上,必须躺下。母亲躺下后就站不起来了,半边身子麻木僵硬,就发生在我注视着的眼皮底下。医生很快为她挂上了用以降血压的输液瓶儿。我的头都木了,北京来客此时可能刚刚乘着火车开出京城。真是凑巧了,傍晚时分还有夕阳霞光,天黑以后却骤然一场大雪。我几乎一夜未曾合眼,守护着母亲,看着院子里的雪逐渐加厚到足可盈尺。离天明大约还有一个多小时,我请来一位村人照看母亲,就踏着积雪上路了。大雪真好,从我家大门口起始,走过两个村庄和村庄之间的原野,我给处女的雪原和村巷踩出第一溜脚印。我赶上了第一班远郊公共汽车,进入作协大院时尚未到上班的钟点。我要了一辆公车赶到西安火车站,等候许久,高门楼里来的尊贵的高贤均、洪清波终于走出车站来,时间大约8时许。

高贤均和悦随意,一见面就不存在陌生和隔膜,笑起来很迷人。洪清波更年轻,却戴着一副厚厚的眼镜,不大说话,笑起来有一缕拘谨的羞涩,显得更加迷人。我当时想,从高门楼里出来的人怎么到了地方省份还会有拘谨的羞怯?我把他们安排到招待所,由他们自己去找饭吃、找风景玩,就匆匆赶回乡下去了,只说还有两章没有"通"完,没有告诉他们还有突然躺倒吊着药瓶的母亲。我当时家分两地,夫人和孩子住在城里,我住在乡下老屋写我的书稿,母亲是过春节时从城里回到乡下,尚未回城却病倒了。这样,我一边守护着母亲监视着吊在空中的药液的降速,一边在隔壁书房审阅最后两三章手稿的文字,想到高、洪两位朋友正住在西安等着拿稿子,我第一次感到了心里的紧促和压迫,这是《白鹿原》从起头到完成四年以来从未有过的催逼感。

过了两天,我一早赶到西安,包里装着这部书稿。在远郊公共汽车上,我一直抱着这摞书稿,一种紧张中的平静和平静里的紧张。

我一路上都在斟酌着把这摞书稿交给高、洪时该怎么说话才合适，既希望他们能认真审读，又不想给他们造成压力，所以以不提任何写作的构想和写作的艰难为好。这样，在作家协会招待所的客房里，我只是把书稿从兜里取出来交给他们，竟然连一句话也说不出来，那时突然涌到嘴边一句话，我连生命都交给你们了，最后关头还是压到喉咙以下而没有说出，却憋得几乎涌出泪来。其实基于一种自己对文学的理解，只需让编辑去看书稿而无须阐释。下午，我又匆匆赶回乡下老家照看母亲，连请高、洪两位新结识的朋友品尝一下葫芦鸡的机缘也没有，至今尚以为憾事。

　　我由此时开始进入一种完全的闲适状态。我不读任何小说，有了平生里从未发生过的、拒绝以至逆反阅读现代文学书籍的奇怪的心理状态。却突然想读古典诗词，我把塞在书架里多年未动过的《词综》抽出来，品赏那些古色古香的墨痕之中的韵味而惊叹不已。按常规我把《白鹿原》书稿的审阅过程设想得较长，初审、复审和终审，一部近五十万字的书稿走完这个轮番审阅的过程，少说也得两月以上，因为编辑们不可能只看这一部书稿，他们要开会、要接待四面八方的来访者，还要处理家务事。在他们统一结论之前，估计很难给我一个具体的说法。所以，我就在少有的闲静中等待，品赏一个个诗词大家的妙句。出乎意料的是，在高、洪拿着书稿离开西安之后的第二十天，我接到了高贤均的来信。我匆匆读完信后"嗷嗷"叫了三声就跌倒在沙发上，把在他面前交稿时没有流出的眼泪倾泻出来了。

　　这是一封足以使我癫狂的信。信中说了他和洪清波从西安到成都再回北京的旅程中相继读完了书稿，回到北京的当天就给我写信。他俩阅读的兴奋使我感到了期待的效果，他俩共同的评价使我战栗。我由此而又一次检验了自己的个性，很快便沉静下来，进入一种前所未有的舒缓静谧之中。我也才发现此前二十多天的闲适之表象下隐藏着等待判决的紧张和恐惧，只是明知那个结果尚遥远而已。这个超出预料的判决词式的信件的提前到来，就把深层心理的恐惧和紧张彻底化释了。我的全部用心都被高、洪理解了，六年以来的所有努力都是合理的，还有什么事情能使人感到创作这种劳动之后的幸福呢！随后对唐诗宋词的品赏才真正进入一种轻松自悦的心理状态。

老何随后来信了，可以想象的兴奋和喜悦，为此他等待了几近二十年，从1973年冬天小寨街头的鼓励鼓动到1992年春天他在北京给我写《白鹿原》的审阅意见，对于他来说是太长了点。对于我来说，起码没有使这位益友失望，我们的友谊便不言而喻。随后便是如何处理书稿的种种琐细的事，我都由他去处理，我完全信赖高门楼里的这一帮编辑了。

五

《白鹿原》先在《当代》分两期连载，之后由人民文学出版社出书，中央人民广播电台和西安人民广播电台差不多同时连播，在读者和文学界迅即引起反响，这在我几乎是猝不及防的。书稿写完时，我当然也有一种自我估计，如若能够面世，肯定不会是悄无声息的，会有反应的。然而反应如此之迅速如此之强烈，我是始料不及的；尤其是社会各个阶层，非文学圈子的读者的强烈反响，让我第一次如此深刻地感受到读者才是文学作品存活的土壤。

1993年8月，《白鹿原》在京召开的研讨会，也是我平生所经历的最感动的一次会议。会后某天晚上，老何和高贤均找到我住的宾馆，主动与我商议修改原先的出书合同的事。按原先的出书合同，千字三十元，是90年代初人民文学出版社执行的最高稿酬标准了。按这个标准算下来，近五十万字的书稿可得稿酬约一万五千元，这是从签订合同时便一目了然的计算，我也很兴奋一次可以拿到万元以上的大宗稿酬而进入万元户的行列了。现在，何与高给我在算另一笔账，如若用版税计酬，我将可以多得三四千元。《白鹿原》按计划经济的征订数目近一万五千册，这在1993年的新华书店发行征订中已是令人鼓舞的大数了。按百分之十的版税和近十三元的书价算下来，比原合同的稿酬可以多得三千多元吧。他们已经对比核算过了，考虑到我花六年时间写这一本书，能多得就争取多得一点吧。我尚未用版税方式拿过稿酬，问了半天才算明白了其中的好处，自然是乐意的。然而更令我感动的是他们替我所做的谋算，以至于如此细心。作为一本书的作者，面对这样体贴入微的编辑，说什么感谢之类的话都显得多余而俗套。

在《白鹿原》行世之后的几年里，有一些认真的或不甚认真的批评文字，无论我，无论老何、老高或人文社的其他编辑，尚都能持一种平和的心态，这是文坛上再正常不过的事。然而有一种批评却涉及作品的存活，即"历史倾向性"问题，我从听到时就把这种意见看成是误读。在被误读误解的几年里，涉及《白鹿原》的评论和几种评奖，都发生过一些不大不小的麻烦。在这些过程中，老何、老高们坚守着自己对《白鹿原》的观点，当我事后了解某些情况时，真是感慨而又感佩，甚至因为《白鹿原》给他们添麻烦而负疚，反倒劝慰他们。他们均表示，此种事已经不属和我的友谊或照顾关系的庸俗做法，而是涉及关于文学本身的重大话题。

大约是1997年酷暑时月，某天晚上老何打来电话，告诉我一个消息，说陈涌对某位理论家坦言，《白鹿原》不存在"历史倾向性"问题，这个看法已经在文学圈子里流传开来。我听了有一种清风透胸的爽适之感，关于"历史倾向性"问题的释疑解误，最终还是由陈涌这样德高望重的文学理论家坦率直言。老何便由此预测，茅盾文学奖的评奖可能因此而有了希望可寄。约在此前半年，我和他在京见面时，老何还在为我做宽慰性的工作。说茅盾文学奖评奖的可能性不大，对《白鹿原》而言评不评此奖意义不大，有读者和文学界的认可就足够了。我也基本是这样的心态，评奖是一码事，而"历史倾向性"问题是另一码事。我和他在评奖这件事上仍然保持着一种平常心态。现在，陈涌的话对《白鹿原》评茅盾奖可能出现的转机仅只是一种猜估，对我来说解除"历史倾向性"问题的疑虑和误读才是最切实际的。我也忍不住激动起来，评奖与否且不管，有陈涌这句话就行了。有人说过程不必计较，关键是看结果。在《白鹿原》终于评上茅盾文学奖这个结果出来以后，我恰恰感动的是那个过程。尤其在误读持续的几年时间里，人民文学出版社的老何、老高、小洪等一群坚守着文学意义的编辑，才构成了那个使我难以磨灭的动人的过程。至此，这个高门楼在我的感觉里融入了亲切温暖的感觉。

高门楼的人民文学出版社，凭着一帮如老何、老高、小洪这样的文学圣徒撑着，才撑起一个国家的文学出版大业的门面，看似对一个如我的作者的一部长篇小说的过程，透见的却是一种文学圣徒的精神。作为一个自以为文学神圣的作者，我结识老何、老高、小洪们，是自以为荣幸也以为骄傲的。

2001年2月20日于原下

六十岁说

四十五年前读初中二年级时,我在作文课上写下平生的第一篇短篇小说。这篇大约三千字的小说习作是第一次文学创作,不再属于此前作文的意义。我对文学创作的兴趣由此萌发,这种兴趣持续了四十五年,至今依旧新鲜而恭敬。即使"文革"扫荡一切作品和作家的时候,这种兴趣仍然没有转移或消亡,转变为一种隐蔽性的阅读。我说过我的人生的幸运和不幸,正是从在作文本上写作第一篇小说起始的;正是这一次完全出于兴趣性的写作,奠定了文学在我人生历程中的主题词。

近年来,多种媒体和多路记者几乎无一不问及我的人生感悟和文学创作的感悟。我也几乎无一例外地首先向他们解释,我不大使用感悟、悟道一类词,我喜欢启示。即人生历程中得到的启示,文学创作中思想和艺术的启示。正是这些启示,提升着我对历史和现实的思想穿透能力,也提升着我对文学和艺术本真的体验,完成一次又一次创造理想。在这个漫长的艺术探索过程和人生历程中,有两次自我把握和两次反省成为关键性的选择和转折。

一次是在1978年初,当中国文学复兴的春潮涌动的时候,我正在灞河水利工地任副总指挥。我在完成了家乡的这个工程之后离开了，调入文化馆。我那时候对我的把握是，文学创作可以当作事业来干的时代终于出现了。第二次把握是1982年。这一年我从业余写作进入专业写作。我曾在一篇文章中写到过当时的直接的唯一的感觉，即进入我的人生最佳生存状态。我几乎在得到专业创作条件的同时，决定回归老家。一是静下心来回嚼二十年的乡村工作和生活，进入写作；二是基于对自己知识的残缺性的估计，需要广泛读书、需要充实，更需要不断更新，这都需要一个可以避免纷扰的安静环境来实现。我选择了老家农村。直到《白鹿原》完成，正好十年。这两次把握，一次是人生轨道的转换，一次纯粹属于自身生存环境的选择。

两次反省。一次是1978年秋天。当新时期文学如雨后春笋般从解冻的文坛发生时，我很鼓舞也很冷静。冷静是出于对自身具体情况的判断。我以为排除"文革"中那些极左思想不难，而要荡涤自有阅读能力以来所接受的极"左"的非文学的观念不易。我选择了读书，借来了一些世界经典作家的经典作品，以真正的文学来摒弃思维和意识中的非文学观念，目的仅仅只有一点，进入文学的本真。这次反省大约持续了四个月，到1979年春天，我获得了文学创作和艺术表现的强烈欲望。我把文学当作事业来干的行程开始了。

第二次反省发生在80年代中后期，即《白鹿原》写作的准备阶段。我那个时候的思维是最活跃的一段。尤其是文学创作理论中的人物心理结构学说，引发了我对自己以往创作的颠覆。自我的不满意以至自我否定，同时就孕育着、膨胀着一种新的艺术创造理想。这种痛苦的反省完全是自发的。发生在《白鹿原》的准备和后来的整个写作过程中，对我来说是一个关键。

多年以后的今天回过头来看,在人生的两个重要阶段上,我把握了自己,主要是以自身的实际做出的选择。在艺术追求的漫长历程中,在两个重要的创作阶段上,进行两次反省,对我不断进入文学本真是关键性的。如果说创作有两次重要突破,首先都是以反省获得的。可以说,我的创作进步的实现,都是从关键阶段的几近残酷的自我否定、自我反省中获得了力量。我后来把这个过程称作心灵和艺术体验剥离。没有秘密,也没有神话,创造的理想和创造的力量,都是经过自我反省获取的、完成的。

仅仅在半月之前的一个上午,我完成一篇五千字的散文,在原下老家一个人兴奋不已。仅仅在十天前一个晚上,读完畅广元教授的一本文化文学批评专著,进入一种最欣慰的愉悦。四天前的那个下午,我写完一篇万余字的短篇小说,竟然兴奋不已。两天前的晚上,在杨凌参加杨凌文联成立的会场里,见到残疾人作家贺绪林,听说他的一部三十万字的长篇即将由人民文学出版社出版,我感动而又感奋,同样愉悦。这样,我几十年来不断重复验证自己,文学创作才是我生存的最佳气场。

直到我走进朋友们营造的这个隆重而又温馨的场合,我依然不能切实理解六十这个年龄的特殊含义,然而六十岁毕竟是人生的一个最重要的年龄区段。按照我们传统文化和传统习俗的意思,是耳顺、是感悟、是悟道、是忆旧的年龄。这也许是前人归纳的生命本身的规律性特征,我不可能违抗生命规律。但我现在最明确的一点是,力戒这些传统和习俗中可能导致平庸乃至消极的东西。我比任何年龄区段上更强烈更清醒的意识是,对新的知识的追问,对正在发生着的生活运动的关注。这既是作为一个作家的生命意义所在,也是我这个具体作家最容易触发心灵中的那根敏感神经的颤动。

我唯一恳求上帝的，是给我一个清醒的大脑。而今天所有前来聚会的朋友和我的亲人，就是怀着上帝的意愿来和我握手的。

2002 年 7 月 31 日于原下

在乌镇

车溪河紧紧贴着两岸人家的墙根流淌。这一岸的正门,隔河对着那一岸的后门和后窗。河不宽,水量却充沛,人是无法涉水而过的,就有好多座拱起来的桥,把车溪河两岸的人家连接起来。这条河让我联想到人体的主动脉,镶嵌在这个古老镇子的躯体之中,无声无响地涌动着,也滋润着这一方古镇,竟然有一千余年了。

一千余年的古镇或村寨,无论在中国的南方或北方,其实都不会引起太多的惊奇,就我生活的渭河平原,许多村庄的历史可以追溯到公元纪年之前,推想南方也是如此,这个民族繁衍生息的历史太悠久了。我从遥远的关中赶到这里来,显然不是纯粹观光一个江南古镇的风情,而是因为中国现代文学的开拓者、奠基者之一的茅盾先生,出生并成长在这里。这个镇叫乌镇。乌镇的茅盾和茅盾的乌镇,就一样萦绕于我的情感世界,几十年了。

我和朋友们先乘那种古老的小木船游了一通车溪河。船的尾部设一支既能划水又能导向的木桨。木桨用一颗圆头铜钉固定在后帮上,在摇船人的手中十分灵便自如地翻摆着。正门对着河的那一排人家,大多保持着原有的古色古气的门楼,偶有几幅新式装潢的门面。对岸的那一排房屋,是十分随意因地制宜的后门和后窗,呈现着所有作为后部的凌乱与驳杂。从那些尚未关死的后门和后窗里,可以窥见室内墙壁的饰物,可以瞥见围着桌子把玩麻将的老头儿老太太,平静而又悠闲,似乎古老乌镇的老头老太就应该是这个样子。我无法想象少年茅盾玩戏在这条河边时的景象是什么样子。

游览在车溪河上,我的思绪里便时隐时浮着先生和他的作品。周六下午放学回家的路,我总是选择沿着灞河而上的宽阔的河堤,这儿连骑自行车的人也难碰到,可以放心地边走边读了。我在那一段时日里集中阅读茅盾,《子夜》《蚀》《腐蚀》《多角关系》以及《林家铺子》等中短篇小说。那时候正处于"三年困难"时期,教育主管部门在中学取消体育课的同时,也取消晚自习和各学科的作业,目的很单纯,保存学生因食物缺乏而有限的热量,说白了就是保命。我因此而获得了阅读小说的最好机遇。我已记不清因由和缘起,竟然在这段时日里把茅盾先生所出版的作品几乎全部通读了。躺在集体宿舍里读,隐蔽在灞河柳荫下读,周六回家沿着河堤一路读过去,作为一个偏爱着文学的中学生,没有任何企图去研究评价,浑然的感觉却是经久不泯的钦敬。四十余年后,我终于走到诞生这位巨匠的南方古镇来了,这镇叫乌镇。未进乌镇主街之前在车溪河的泛舟,恰如无意排定的如水般的思绪的酝酿和沉浮。

从车溪河的一座宽敞的石拱桥上过去,才进入乌镇,头一条东西走向的街巷叫观前街,茅盾故居就在这条街巷里。街巷石条铺地,洁净清爽。两边或高或矮或宽敞或窄狭的门面,挤挤挨挨不留间隙。令我感到奇异的是,所有面向街巷建筑的前檐的墙壁,几乎一律是用松木板镶嵌而成,而且一律不刷油漆、不涂饰料、不作装潢，裸露着松木木板的原本颜色，一圈一圈木纹丝路乃至一个个或大或小的树旋儿都清晰可辨。墙是木板墙，门是木板门，窗是可装可卸的木板窗扇。站在街巷里往前看去，尽是略为陈旧的米黄色木板壁垒，油然而生思古的朴拙。我便惊奇，这样原封不变的整个镇子的建筑如何保存得下来，五十多年来频仍的运动的劫难何以逃躲？

　　茅盾故居坐北朝南，宽大的门面，高耸的屋脊，当是观前街上最气魄的宅院之一。四开间砖木结构的楼房分为东西两院，都有前屋和后楼，中间是庭院。东院购置建造在先，称为老屋，后建的西院顺理成章被称为新屋。东西两院之间有一道隔墙，下有门道，上有楼梯沟通。在窄窄巴巴的小铺店小门面构成的建筑群里，茅盾故居就显示出大家富户的气派，即使今天我站在作为纪念馆的庭院里，依然能感受到当年家业兴旺的气象。

　　这个宅院的创业者和奠基者是茅盾的曾祖父。原也是乡村小户穷家的农民，却经商有道，在汉口发了财，便嘱茅盾的祖父在乌镇置地造屋，先东院后西院，遂成这幢完整气派的建筑。我在这里看到茅盾落生的那间屋子，倒也没有什么特殊的感觉，天才落生在任何一间屋子都是合宜的，也无关紧要。我更感兴趣的是那间家塾，内有三张至今仍油光锃亮的小方桌。茅盾就是在这间屋子的某一张桌子上铺开纸笔和书本的，一位中国新文学的大师开始了启蒙。他的老师是他的祖父沈砚耕和父亲沈永锡。家业富足以后首先就让子孙读书，是这个民族亘古不变的传统，南方是这样，我生活的关中也是这样。只有揭不开锅、交不出学费和买不起笔墨纸砚，才忍心让孩子失学。茅盾的祖父和父亲在教着五岁的茅盾开始念书写字的时候，寄望自然是深厚至殷的。我想他们肯定没有料及这个在他们膝下一句一句背诵、一笔一画练习着毛笔字的后人，后来会成为一个写作新小说的作家。

老屋后楼下层的一间作为客厅，茅盾的祖母曾在这间屋子里养蚕。据说少年茅盾曾参与搭手和祖母一起干。由此自然联想到我曾经在中学课本上学过的《春蚕》，文中那个因养蚕而破产的老通宝的痛苦脸色，至今依然存储在心底。我却顿然意识到养蚕专业户老通宝的破灭和绝望，茅盾在自家的深宅大院里是难以体验感受得到的。他少年时期的生活和读书，得益于这个宅院的创业者；他后来作为一个新文学的作家，眼睛和心灵却又投注到如曾祖父踏上商道之前的无以计数的日趋凋敝的老通宝们的茅屋小院里去了。于今想起在中学课堂上学习《春蚕》时的感觉，竟然没有因为老通宝是一个南方的蚕农而陌生而隔膜，与我生活的关中地区的粮农、棉农、菜农在那个年代的遭际也没有什么不同。这种感觉对我一直影响到现在，不大关注一方地域的小文化色彩。一个儒家学说，又在同一个历史进程中颠簸着的同一个民族，要寻找心理秩序和心理结构的本质性差异，是难得结果的。

从故居出来，站在观前街上，再回头观瞻这幢宅院，脑海里倏忽跳出了破旧的蛋壳，曾经诞生过一只公鸡的蛋壳。追寻这只蛋壳为什么会生出这样一只伟大的公鸡是没有答案的，其意义也几近于无。于这只公鸡来说，那对于黎明近乎本能的呼唤啼叫，才是中国南方也是北方无以计数的老通宝们的期待……

2002 年 11 月 4 日于原下

原下的日子

一

新世纪的第一个农历春节过后,我买了二十多袋无烟煤和吃食,回到乡村祖居的老屋。我站在门口对着送我回来的妻女挥手告别,看着汽车转过沟口那座塌檐倾壁、残颓不堪的关帝庙,折回身走进大门进入刚刚清扫过隔年落叶的小院,心里竟然有点酸酸的感觉。已经摸上六十岁的人了,何苦又回到这个空寂了近十年的老窝里来。

从窗框伸出的铁皮烟筒悠悠地冒出一缕缕淡灰的煤烟,火炉正在烘除屋子里一整个冬天积攒的寒气。我从前院穿过前屋过堂走到小院,南窗前的丁香和东西围墙根下的三株枣树苗子,枝头尚不见任何动静,倒是三五丛月季的枝梢上爆出小小的紫红的芽苞,显然是春天的讯息。然而整个小院里太过沉寂太过阴冷的气氛,还是让我很难转换出回归乡土的欢愉来。

我站在院子里,抽我的雪茄。东邻的屋院差不多成了一个荒园,兄弟两个都选了新宅基建了新房,搬出许多年了。西邻曾经是这个村子有名的八家院，拥挤如同鸡笼，先后也都搬迁到村子里新辟的宅基地上安居了。我的这个屋院，曾经是父亲和两个堂弟三分天下的"三国"，最鼎盛的年月，有祖孙三代十五六口人进进出出在七八个或宽或窄的门洞里。在我尚属朦胧混沌的生命区段里，看着村人把装着奶奶和被叫作厦屋爷的黑色棺材，先后抬出这个屋院，再在街门外用粗大的抬杠捆绑起来，在儿孙们此起彼伏的哭号声浪里抬出村子，抬上原坡，沉入刚刚挖好的墓坑。我后来也沿袭这种大致相同的仪程，亲手操办我的父亲和母亲从屋院到墓地这个最后驿站的归结过程。许多年来，无论有怎样紧要的事项，我都没有缺席由堂弟们操办的两个叔父一个婶娘最终走出屋院、走出村子、走进原坡某个角落里的墓坑的过程。现在，我的兄弟姊妹和堂弟堂妹及我的儿女，相继走出这个屋院，或在天之一方，或在村子的另一个角落，以各自的方式过着自己的日子。眼下的景象是，这个给我留下拥挤也留下热闹印象的祖居的小院，只有我一个人站在院子里。原坡上漫下来寒冷的风，从未有过的空旷，从未有过的空落，从未有过的空洞。

　　我的脚下是祖宗们反复踩踏过的土地，我现在又站在这方小小的留着许多代人脚印的小院里。我不会问自己也不会向谁解释为什么又重新回来，因为这已经是行为之前的决计了。丰富的汉语言文字里有一个词儿叫龌龊，我在一段时日里充分地体味到这个词儿的不尽的内蕴。

　　我听见架在火炉上的水壶发出"噗噗噗"的响声。我沏下一杯上好的陕南绿茶。我坐在曾经坐过近二十年的那把藤条已经变灰的藤椅上，抿一口清香的茶水，瞅着火炉炉膛里炽红的炭块，耳际似乎萦绕着见过面乃至根本未见过面的老祖宗们的声音，嗨！你早该回来了。

第二天微明，我搞不清是被鸟叫声惊醒的，还是醒来后听到了一种鸟的叫声。我的第一反应是斑鸠。这肯定是鸟类庞大的族群里最单调最平实的叫声，却也是我生命磁带上最敏感的叫声。我慌忙披衣坐起，隔着窗玻璃望去，后屋屋脊上有两只灰褐色的斑鸠。在清晨凛冽的寒风里，一只斑鸠围着另一只斑鸠团团转悠，一点头，一翘尾，发出连续的"咕咕咕、咕咕咕"的叫声。哦！催发生命运动的春的旋律，在严寒依然裹盖着的斑鸠的躁动中传达出来了。

　　我竟然泪眼模糊。

二

　　傍晚时分，我走上灞河长堤。堤上是经过雨雪浸淫沤泡变成黑色的枯蒿枯草。沉落到西原坡顶的蛋黄似的太阳绵软无力。对岸成片的白杨树林，在蒙蒙灰雾里依然不失其肃然和庄重。河水清澈到令人忍不住又不忍心用手撩拨。一只雪白的鹭鸶，从下游悠悠然飘落在我眼前的浅水边。我无意间发现，斜对岸的那片沙地上，有个男子挑着两只装满石头的铁丝笼走出一个偌大的沙坑，把笼里的石头倒在石头垛子上，又挑起空笼走回那个低陷的沙坑。那儿用三脚架撑着一张钢丝罗筛。他把刨下的沙石一锨一锨抛向罗筛，发出连续不断千篇一律的声响，石头和沙子就在罗筛两边分流了。

　　我久久地站在河堤上，看着那个男子走出沙坑又返回沙坑。这儿距离西安不足三十公里，都市里的霓虹此刻该当缤纷，各种休闲娱乐的场所开始进入兴奋期。暮霭渐渐四合的沙滩上，那个男子还在沙坑与石头垛子之间来回往返。这个男子以这样的姿态存在于世界的这个角落。

我突发联想,印成一格一框的稿纸如同那张罗筛。他在他的罗筛上筛出的是一粒一粒石子,我在我的"罗筛"上筛出的是一个一个方块汉字。现行的稿酬标准无论高了低了贵了贱了,肯定是那位农民男子的石子无法比的。我自觉尚未无聊到滥生矫情,不过是较为透彻地意识到构成社会总体坐标的这一极,这一极与另外一极的粗细强弱的差异。

这是新世纪的第一个早春,这是我回到原下祖屋的第二天傍晚。这是我的家乡那条曾为无数诗家墨客提供柳枝,却总也寄托不尽情思离愁的灞河河滩。此刻,三十公里外的西安城里的霓虹灯,与灞河两岸或大或小村庄里隐现的窗户亮光;豪华或普通轿车壅塞的街道,与田间小道上悠悠移动的架子车;出入大饭店小酒吧的俊男倩女打蜡的头发涂红(或紫)的嘴唇,与拽着牛羊缰绳背着柴火的乡村男女;全自动或半自动化的生产流水线,与那个在沙坑在罗筛前挑战贫穷的男子……构成当代社会的大坐标。我知道我不会再回到挖沙筛石这一极中去,却在这个坐标中找到了心理平衡的支点,也无法从这一极上移开眼睛。

三

村庄背靠白鹿原北坡,遍布原坡的大大小小的沟梁奇形怪状。在一条阴沟里该是最后一坨尚未化释的残雪下,有三两株露头的绿色,淡淡的绿,嫩嫩的黄,那是青蒿,长高了就是蒿草,或卑称臭蒿子。嫩黄淡绿的青蒿,不在乎那坨既残又脏经年未化的雪,宣示了春天的气象。

桃花开了,原坡上和河川里,这儿那儿浮起一片一片粉红的似乎流动的云。杏花接着开了,那儿这儿又变幻出似走似驻的粉白的云。泡桐花开了,无论大村小庄都被骤然爆出的紫红的花帐笼罩起来了。洋槐花开的时候,首先闻到的是一种令人总也忍不住深呼吸的香味,然后惊异庄前屋后和坡坎上已经敷了一层白雪似的脂粉。小麦扬花时节,原坡和河川铺天盖地的青葱葱的麦子,把来自土地最诱人的香味,释放到整个乡村的田野和村庄,灌进庄稼院的围墙和窗户。椿树的花儿在庞大的树冠和浓密的枝叶里,只能看到绣成一团一串的粉黄,毫不起眼,几乎没有任何观赏价值,然而香味却令人久久难以忘怀。中国槐大约是乡村树族中最晚开花的一家,时令已进入伏天,燥热难耐的热浪里,闻一缕中国槐花的香气,会使焦躁的心绪顿然沉静下来。从农历二月二龙抬头迎春花开伊始,直到大雪漫地,村庄、原坡和河川里的花儿便接连开放,各种奇异的香味便一波迭过一波。且不说那些红的黄的白的紫的各色野草和野花,以及秋来整个原坡都覆盖着的金黄灿亮的野菊。

  5月是最好的时月,这当然是指景致。整个河川和原坡都被麦子的深绿装扮起来,几乎看不到巴掌大一块裸露的土地。一夜之间,那令人沉迷的绿野变成满眼金黄,如同一只魔掌在翻手之瞬间创造出来神奇。一年里最红火最繁忙的麦收开始了,把从去年秋末以来的缓慢悠闲的乡村节奏骤然改变了。红苕是秋收的最后一料庄稼,通常是待头一场浓霜降至,苕叶变黑之后才开挖。湿漉漉的新鲜泥土的垄畦里,排列着一行行刚刚出土的红艳艳的红苕,常常使我的心发生悸动。被文人们称为弱柳的叶子,居然在这河川里最后卸下盛妆,居然是最耐得霜冷的树。柳叶由绿变青,由青渐变浅黄,直到几番浓霜击打,通身变成灿灿金黄,张扬在河堤上河湾里,或一片,或一株,令人钦佩生命的顽强和生命的尊严。小雪从灰蒙蒙的天空飘下来时,我在乡间感觉不到严冬的来临,却体味到一缕圣洁的温柔,本能地仰起脸来,让雪片在脸颊上在鼻梁上在眼窝里飘落、融化,周围是雾霭迷茫的素净的田野。直到某一日大雪降至,原坡和河川都变成一抹银白的时候,我抑制不住某种神秘的诱惑,在黎明的浅淡光色里走出门去,在连一只兽蹄鸟爪的痕迹也难觅的雪野里,踏出一行脚印,听脚下的雪发出"铮铮铮"的脆响。

我常常在上述这些情景里,由衷地咏叹,我原下的乡村。

四

漫长的夏天。

夜幕迟迟降下来。我在小院里支开躺椅,一杯茶或一瓶啤酒,自然不可或缺一支烟。夜里依然有不泯的天光,也许是繁密的星星散发的。白鹿原刀裁一样的平顶的轮廓,恰如一张简洁到只有深墨和淡墨的木刻画。我索性关掉屋子里所有的电灯,感受天光和地脉的亲和,偶尔可以看到一缕鬼火飘飘忽忽掠过。

有细月或圆月的夜晚,那景象就迷人了。我坐在躺椅上,看圆圆的月亮浮到东原头上,然后渐渐升高,平静地一步一步向我面前移来,幻如一个轻摇莲步的仙女,再一步一步向原坡的西部挪步,直到消失在西边的屋脊背后。

某个晚上,瞅着月色下迷迷蒙蒙的原坡,我却替两千年前的刘邦操起闲心来。他从鸿门宴上脱身以后,是抄哪条捷径便道逃回我眼前这个原上的营垒的?"沛公军灞上",灞上即指灞陵原。汉文帝就葬在白鹿原北坡坡畔,距我的村子不过十六七里路。文帝陵史称灞陵,分明是依着灞水而命名。这个地处长安东郊自周代就以白鹿得名的原,渐渐被"灞陵原""灞陵""灞上"取代了。刘邦驻军在这个原上,遥遥相对灞水北岸骊山脚下的鸿门,我的祖居的小村庄恰在当间。也许从那个千钧一发、命悬一线的宴会逃跑出来,在月黑风高的那个恐怖之夜,刘邦慌不择路翻过骊山涉过灞河,从我的村头某家的猪圈旁爬上原坡直到原顶,才舒出一口气来。无论这逃跑如何狼狈,并不影响他后来打造汉家天下。

大唐诗人王昌龄,原为西安城里人,出道前隐居白鹿原上滋阳村,亦称芷阳村。下原到灞河钓鱼,提镰在菜畦里割韭菜,与来访的文朋诗友饮酒赋诗,多以此原和原下的灞水为叙事抒情的背景。我曾查阅资料企图求证滋阳村村址,毫无踪影。

我在读到一本《历代诗人咏灞桥》的诗集时,大为惊讶,除了人皆共知的"年年柳色,灞陵伤别"所指的灞桥,灞河这条水、白鹿(或灞陵)这道原,竟有数以百计的诗圣、诗王、诗魁都留了绝唱和独唱。

> 宠辱忧欢不到情,
> 任他朝市自营营。
> 独寻秋景城东去,
> 白鹿原头信马行。

这是白居易的一首七绝。是诸多以此原和原下的灞水为题的诗作中的一首,是最坦率的一首,也是最通俗易记的一首。一目了然可知白诗人在长安官场被蝇营狗苟的龌龊惹烦了,闹得腻了,倒胃口了,想呕吐了,却终于说不出口、呕不出喉,或许是不屑于说或吐,干脆骑马到白鹿原头逛去。

还有什么龌龊能淹没脏污这个以白鹿命名的原呢?断定不

会有。

我在这原下的祖屋生活了两年。自己烧水沏茶，把夫人在城里擀好切碎的面条煮熟。夏日一把躺椅，冬天一抱火炉，傍晚到灞河沙滩或原坡草地去散步。一觉睡到自来醒。当然，每有一个短篇小说或一篇散文写成，那种愉悦，相信比白居易纵马原上的心境差不了多少。正是原下这两年的日子，是近八年来写作字数最多的年份，且不说优劣。

我愈加固执一点，在原下进入写作，便进入我生命运动的最佳气场。

2003 年 12 月 11 日于二府庄

文学的信念与理想

我的文学信念形成的时间很漫长,是从不自觉到自觉的过程,也有去伪存真的问题。最初的很长一段时间里,单就个人的因素看,写作确实就是一种兴趣和爱好。它的萌发是一种兴趣,包括已经能发表很多作品的时候,在很大程度上还是一种个人的创作兴趣,一旦沾染上了文学,发表了些作品,同时也就产生了名利之心。再后来,把文学创作当作一种生活目标来追求的时候,毫不讳言,具体到个人出路的非常实际的问题时,我还是从自身考虑得多。尽管在陕西省已成为有影响的一个作家了,社会要求你的写作是要为革命,自然要附着一些当时流行的社会政治口号,把你的创作归列到那上面去。但具体到我写作的真实心理,仍然是兴趣。最初的兴趣是在中学读书时引发起来的,不自觉地连续练习写作。到高中毕业时,处在国家"困难时期"的非常重要的关头,是我人生最重要的转折点,也是我人生最困难的、最苦恼的一段时期。后来我回忆当时,不能进大学学习,对一个青年无论从个人出路、发展,还是从报效祖国、服务人民,即从公与私的角度,所有的路一下子都被堵死了,在一切都不可能的时候,我很自然地把自己的精神集中到文学爱好上来。这也是我当时唯一能选择的道路。这样，反而排除了一些轻易能够进入社会，包括谋一个好的工作这样侥幸的心理，反而归于一种死心塌地的沉静。进入这种自修状态，我的目标很明确，自修四年发表第一篇作品，就是我的大学学历完成的标志。那是我从最基本的文学修养开始练习，摸索写作的道路。在这一时期，最重要的是文字修炼，虽然也是在任何冠冕堂皇的场合都要讲是为革命写作，其实是以文学创作为寻找自己的人生出路，尽管如此，选择文学的动力还是对文学的兴趣。回忆那一段时间，我总以为，一种虽然时间不长却极度的恐慌和痛苦过去以后，我才进入学习的最好的沉静状态，开始了文学创作的准备。最初是广泛阅读，包括背诵，记日记，写读书笔记、生活笔记，这些笔记不仅锻炼了文字功力，而且锻炼了我观察生活的敏锐性。我很清醒，如果文字功力不足，想把发生、发展的事情表达出来，实现自己的人生理想，想当作家是不可能的。

到能发表一些作品，并在社会上产生比较多的影响的时候，文学创作仅仅作为个人生存的目的，反而淡化了，退居次位了，不是主要矛盾了。社会承认你是一个作家，你就要对自己创作的进一步发展提出更高的目标。这大约应该是到了 20 世纪 80 年代中期，我清醒地意识到，社会承认你作为一个人的创造价值，但社会同时也强迫你必须认识到它承认的是什么样的作家。换句话说，你要做一个什么样的作家才能与社会的发展趋势相一致，否则，你即使成了作家也难以获得一个作家的安慰和自信。这个意识在写《白鹿原》之前已经非常强烈了。在这个时期，我的创作已经在社会上有一些影响，短篇小说在全国获过奖，也出了几本中短篇作品集。后来出书的兴奋感渐渐地淡化了，强烈地意识到一种压力,作为一个作家,在陕西和在中国当代文学中,自己给自己打一下分,掂量一下自己的分量,就明白自己达到了什么样程度,包括生命年轮,五十岁都成为我很大的心理压力。这时候,文学信念开始形成,新的创作欲望膨胀起来,想在文学这个事业上形成属于自己的、应该不为人淡忘的东西,也就是努力为自己在文学的领域里占一席之地的想法强烈了。我同时也产生着另一面的心理危机,如果当代读者把我的全部作品淡忘了,这个作家存在的意义恐怕仅仅只剩下"活着"了。

原来我只有一句豪言壮语:应该在中国的图书馆里挤进一本书,哪怕是一篇文章也好。因为图书馆不是任何人、任何书都能挤进去的。一方面,这个时候的创作欲望,不再是在重要刊物上发表作品并获奖,也不是为了获得评论家给予的表扬,这些都很难再激起我的创作欲望;另一方面,与此相辅相成,关于对文学创作的理解也产生新的欲望。创作心态正是在这一时期发生了重大转折。80年代中期,文学创作和理论都非常活跃,所有新鲜理论不论是中国的还是外国的,对我产生了很大的影响,尤其是关于创作的人物心理结构学说、文化心理结构学说。过去很长一段时间里,到接触这个理论以前,接受并尊崇的是塑造人物典型理论,它一直是我所遵循和实践着的理论,我也很尊重这个理论。你怎么能写活人物、写透人物、塑造出典型来?文化心理结构学说给我一个重要的启示,就是要进入到你要塑造的人物的心理结构并解析,而解析的钥匙是文化。这以后,我比较自觉地思考中国人的文化心理,从几千年的民族历史上对这个民族产生最重要影响的儒家文化,看当代中国人心理结构的内在形态和外在特征,以某种新奇而又神秘的感觉从这个角度探视我所要塑造和表现的人物。最明确的作品是《四妹子》《蓝袍先生》,这是我的创作实验的两部作品。

特别是《蓝袍先生》发表后的反应,诱发了我强烈的创作欲望,鼓舞我进一步在更大的层面上深层次解析民族的文化心理结构,《白鹿原》就是在这样的创作思路下开始构想的。它展现的不仅是两个个别的、具体的、家庭的文化心理结构,而且是整个民族的精神和心理结构。从这一点上看,《白鹿原》里的各类人物,他们彼此间的诸多纠葛和命运的冲撞,其实仅是个载体。抓住对人物文化心理结构的解析,一条新的创作思路便在我的眼前敞开。我曾说过,我当时的思路和精神状态,是最活跃的,充满了新鲜感,好像进入一种新的精神天地、思想天地、艺术天地,整个形成了对思想和艺术世界极大的兴奋感和探秘感。到了这时,我才有信心完成《白鹿原》这部作品。由于有这些东西的引导让我感觉到了一个全新的境界,创作欲望和思想激情自然就达到了一个我从未有过的高涨状态。由于是个人生命体验性的东西,对人的鼓舞和心理自信的强化,就显得非常内在,不是谁轻易可以摧毁的。

作家探索的勇气和艺术创造的新鲜感所形成的文学信念是无法比拟的,我感觉好像要实现一个重要的创造理想,但是,也有达不到目的的担心存在。一个作家关键的东西是自我把握,自我把脉太重要了,不能简单地不加分析地听任社会上一些人对你的"褒"和"贬"。如果久久得意于自己的一时表扬,目光也会短浅起来,无法把才智发挥到极致。重要的是使自己不断跨越已有的成就,对自己不断提出更高的新目标和新要求。

关于"文学依然神圣"这个话题,主要是有感于现实而发的。90年代中期,我们的商品经济进入最初的活跃阶段,社会生活形态、人际关系受到猛烈的冲击和颠覆。颠覆未必是坏事,我们原有的观念太陈旧了,这个过程把那些陈腐的东西颠覆掉,但也未必产生的都是全新的、正确的、科学的生活观念。颠覆本身具有二重性,尤其是这个过程中对原来比较神圣的一些东西和情感,也都被轻蔑了。所谓"造导弹的不如卖茶叶蛋的",从事文学事业的作家也像造导弹的专家一样被贬值了,社会真正看重的是卖茶叶蛋的实际收入,而轻视造导弹或搞创作人的创造性的社会价值,人们普遍关注的不是劳动的意义,而是物质性的结果。这个结果甚至简单到单指个人收入。被中国人一贯认为神圣的文学,包括受敬重的作家头衔,在这个时候也不那么神圣了,这种精神劳动在普通人眼里未必能胜过卖茶叶蛋的,这是那个时段里最为形象的比喻。重要的是我们作家群体里包括文化界,也有一种无奈的自我调侃乃至对市侩观念的认可,对创作的发展造成了影响。"文学依然神圣"的口号是我在炎黄优秀编辑颁奖会上讲的,它虽然被社会传播了,但仍然有人怀疑:难道文学真的依然神圣吗?根据现时代的生活特征,文学果真还能神圣下去吗?作家、科学家都已经被边缘化了,挣钱人神圣了,是否确实把自己变成当代的唐·吉诃德了?生活实际上运转得也很快,我感觉从2002年的今天回头看五六年以前的生活,这中间的变化不小,应该说人们现在对文学的看法比以前要冷静和正常,这是重新经过选择、思考和鉴别的结果。

让人忧虑的是创作上的浮躁、快速化、平面化和理论上的平庸或者说庸俗化。这不是某一个作家、评论家或某一个地区的现象,而是带有普遍性的,整个文坛都在议论这个话题,各类报刊都在从不同的角度讨论这一问题。创作现在到了最快速化的时代,一年生产的长篇小说(不说中短篇)近千部,是过去"十七年"总和的几倍,远远超过"大跃进"时代了。这个快速创作量、出版量固然呈现出了繁荣的局面,但读者对文学界本身的不满足并没有因此而有所缓和。人们依然关注的是提高作品质量的问题，那种一般化地写以及媒体不着边际的"炒作"，严重地倒了广大读者文学阅读的胃口。这样一个局面，当然与浮躁的生活环境所产生的急功近利的浮躁心态有关，但从一个作家创作的角度讲，最致命的东西还不是这个，作家的能力、解析当代社会和历史生活的思想穿透力，关键还在这方面。现在大量历史题材的小说、皇帝小说（也没看很多，从电视上看），大多局限在权力的诉说之中，甚至有一种对封建权力的崇拜和对阴谋权力的某种兴趣，这种东西展开的故事往往很热闹，斗争很激烈，观众兴趣很大。但是，作为一个作家，我只问他的思想和立场是什么？作家透视历史宫闱的力量有没有？从历史发展的角度看，封建制度确有它辉煌的一面，但其作为人类历史发展过程的一段，毕竟是一个非常落后的社会制度，回头看看历史，我觉得作家首先要有穿透封建权力的思想和对独裁制度批判的力量，但是现在看不到，全部是把历史当作对有所作为的皇帝的歌颂，甚至在歌颂有所作为的那一面的同时，把其对老百姓非常残忍的一面或隐而不提，或全部抹杀了。作家的思想穿透力远远没有达到五四时代新文化先行者对于历史认识的力度。对现实生活的表现和揭示，也还停留在对当代共产党人的清官与贪官的浅层次辨析上，很难进入一种对人的心灵的关照，难以进入在这个时代中人民心灵的欢畅和痛苦的那种本质上的关照，而这恰恰是文学作品应该全力关注的东西。平面化和浅层化对此既难以发现就只好绕着走，似乎没有高招解决这一问题，但我相信许多作家都在做着各种努力。做努力是一方面，时间又是一方面，因为这是无法回避的。作家创作要提升档次，有文字表现能力包括一些新的表现手法、艺术形式等，对许多作家来说都不成问题，那还剩下什么制约着作家不能登上一个新的创作台阶？就是思想和境界。如果思想无法穿透生活深度，不能超出普通人很多，那么，作品怎会有思想的力度和深度的东西？自然不会引起读者的兴趣了。

作为一个作家的文学理想，当然是要创造出思想内涵包括文学形式上的一种全新的形态，一个作家如果没有属于自己思想和艺术形态上的一种全新的、有异于所有人的作品形态的作品，那么，这个作家是立不住的。各国的文坛都是这样残酷。作家希望创造出属于自己独有的艺术世界、艺术形态，但作品发表出来的结果却是属于人民的、民族的。一个作家的文学理想不能不涉及为民族精神的更新和发展提供点什么。每一个作品对作家来讲都是不一样的，作品的形成过程、体验的方式和结果都不一样，体验决定着作家的精神状态，也制约着艺术形态。体验是独特的、个性化的，表现它的艺术形式也是独特的、唯一的，这才有可能形成作家独特的创作风格，而最为关键的是作家本身不能削弱也不能淡忘自己对新的艺术形态的探索和追求，不能满足于已经取得的由相当成熟的艺术实践经验支撑的创作成就，这才有可能不重复自己也不重复他人。再就是要不断磨砺自己的思想，面对你所感兴趣的生活，不论是现实的还是历史的，必须有能力穿透到一个新的层面上才会有新的发现。应该说艺术和思想是互为交融的，一个新的艺术形态不会孤立地从天而降，它是与那种新的思想在穿透历史的过程中同步发现、同步酝酿、同步创造而成的。这需要不断更新相关的观念，尤其是像我这个年龄的作家，由于过去接受非文学的东西太多，不排除非文学的意识，就很难接近本真的文学，排除快，解禁快，排除得越彻底，接近本真文学的意识越纯，才能进行真正意义上的艺术创作。至于作品，不管其大小，哪怕是一个短篇，只要这些东西具备了，对一个民族建树自己的文化都是有益的。

作家应该留下你所描写的民族精神风貌给后人。不管是历史的还是现实的人生，一经作家用自己的生命所感受的体验后，表现出来的就应是这个民族在特定历史时段整个精神层面的一种比较准确的、具有普遍性的东西。我们从阅读国外作家的优秀作品中，常能对某个国家的某个时段里人的精神状态，包括人的快乐和痛苦，感受到有一种虽异样却颇深刻的体悟。作为一个作家也应该肩负起这样的责任，在这个国家和民族发展的历史上留下你的真实描绘，把这个时代人的精神形态和心理秩序艺术地告诉给后人，让他们从这些已经成为过去的现象里把握那个时代人的精神脉搏，并引发出有益的启示。在西方文化大量涌现的今天，作家们理应提供一个又一个优秀的文学文本，不是消极地保护民族文化，而是以创造优秀作品来丰富、更新、发展民族文化。有了真正优秀的作品，才能长民族文化的自信心，并在国际文化、文学的交流中赢得我们应有的平等地位。目前，并不具备这种文化平等交流、交换的条件，这不能简单地以经济发展做后盾，也不能用政治上的平等来取代，没有一定数量的优秀作品，交流、交换很自然地就形成了强弱之势，怎么能平等呢！这需要一代一代作家来完成。当然，作为一种社会责任，社会应该尊重和爱护作家，但作家的文学理想却必须把为民族创造优秀作品作为坚定不移的奋斗目标。如果我们没有这样的理想、意志和雄心，必然完成不了文化上平等的交流，甚至连一点回流的力量都没有。想一想看，就我们的出版而言，我们翻译出版了多少欧美国家以及日本、拉美国家的作品，包括古典的和现代的作家作品，而国外翻译出版中国的作品却是微乎其微，根本构不成一个比例。面对这种情况，说我们不具备与世界文学进行对等交流的条件，显然是一个不争的事实。文学和电影的状况一样，是西方向中国倾入之势，起码在目前尚无法改变，只能靠一定的政策来制约。把争取在多少年后达到一种平等的交流作为文学理想的一个重要的内容，我看是应该的。

没有优秀的文学文本，要改变外来文化的颠覆是不可能的，这种看法应该让作家普遍地深刻认识到。真意识到这一点了他就有"天降大任于斯人"之感，他也许就能静下心来，不再浮躁；他也就不会满足于一些小小的荣誉，小有成就就欢呼雀跃。说到底还是对文学创作这种劳动的意义的理解。这个问题本来不难解决，你只要往图书馆书架下一站，你只要抽出几本经典的作品来，认真读一下就会明白真正的文学是什么，就会意识到自己取得的某些成绩，虽然对个人而言是值得庆贺的事情，但你马上就会明白不应该耽搁太久，离高峰还很远，只能把这当作攀向另一个高峰的台阶，争取获得实现另一次突破的途径和力量，而不应沉醉太久而耽误了行程。常看到有人在很低的台阶上取得了很小的成绩时，以为就攀上最高峰了，尤其对那些具有潜在能力的作家来说，因为对文学的理解不足和艺术视野的狭窄，往往把他的天才和智慧浪费了。

我的创作原则没有变，"未有体验不谋篇"。尽管这一个时期没有写小说，但是写了很多的散文，对于文学的思考自觉不自觉地从来没有间断过。创作新欲望的产生，从我感觉上讲，也是对创作过渡到另一种理解的自然过程，我的习作是从短篇开始的，现在重新开始短篇小说写作，仍然很新鲜。就我而言，70年代末到80年代中期的写作，我感觉还是不断接近文学本身的过程，直到完成《白鹿原》，这个过程当为一个阶段的完成，也就是说完全接近文学的本身。现在我对短篇写作探索兴趣很大，短篇题材天地非常广阔,作家怎么写都探索不尽,尽管前人(中国人和外国人)创造了无以计数的短篇,仍然留给我们很大的创造余地,谁也不挤(影响)谁。现在才发现,我仍然是对关中现实生活的敏感程度远远超出对历史题材的兴趣和敏感性,《白鹿原》应该说是一个例外。我过去一直关注的都是现实题材,却突然写了一个《白鹿原》这样的历史题材,现在又重新面对我最容易触发心灵和神经敏感的现实生活,包括阅读报纸和感受运动着的生活。最近的五六个短篇都是这种题材的作品。我已经形成了这样的写作习惯,即使写短篇小说,也必须是一个短篇与一个短篇绝不应雷同,不能形成一个似曾相识的稳态模式。在我的创作感觉里,因为每一次体验到的内容不一样,就不可能用一种艺术形态表现它,甚至语言的色彩。每一个短篇都要找到一个新的适宜于表述这体验的艺术形式,它们各有姿态,包括语言姿态。这样的创作发展到以后会是怎么个样子我也不好把握。我的创作是靠感受,感受和体验不是按计划发生的,所以以后的状态真的不知道。

2002 年 8 月 12 日于原下

解读一种人生姿态

一

在散文《做一个简单的人》中，邢小利说他的朋友给他取了一个绰号，叫"邢直白"。这个绰号主要概括的是他的说话特征。

我和小利在一个单位的院子里和一幢住宅楼上工作生活了近二十年，关系可以说不远不近，疏疏朗朗，为公事打交道自然免不了，为私事打交道也是常有的，却不大留意他的说话方式。听到"邢直白"这个绰号，我想了想，不禁惊讶它的传神。如果就性情而言，"直白"这个绰号还真的是准确而又形象的。邢小利说话，不拐弯抹角，不口是心非，不看脸色也不看顶戴级别，是什么便说什么，直截了当说出来，直到一句几句把事说明白了。这自然是他为人处世说话的方式和特征，几十年如此一贯下来，他的朋友抓住这个特征再奖给这个不错的绰号，他也乐于领受。

我读小利的散文随笔，同时惊异地发现，他的文章的共同特征，竟也可以用"直白"二字概括其风貌。生活现象、人生情态、文学话题、历史旧事和现实热门，在他笔下，没有花里胡哨、云遮雾绕终不得要领的虚空，也不见无病呻吟、拿腔捏调的矫情和伪饰，全是真有所感、真有所得的言说。言说的方式是简捷明快，以至语言都很少有形容词的修饰，凸显出来的印象便是直白。过去零星读到小利的文章，似有这种印象，这回集中读一部散文随笔书稿，更有这种总体风貌和本色质地的明朗感受了。

无论在纷繁的尘世生活中说话，还是在喧嚣的文坛上书写文字，在当今能做到直白，颇为不易。直白，既是一种语言姿态，更是一种人生姿态。我的脑海里现在就浮出来那个戳穿皇帝其实什么衣服也没穿的孩子。这个孩子就是以一种直说的姿态面对皇帝的，直到把话说白了。

二

最能见出小利人生姿态的是散文《做一个简单的人》。"我说的简单的人意思是：为人处世，特别是与人交往，尽量化繁为简，而不要把事情复杂化，更不要耍心眼，与人钩心斗角。"可以看作是他的立身宣言。

文章总是感时应世而出的。时下的社会生活形态，似乎恰恰是复杂化。即把很简单的事和处理这些事的最直接最规范的途径废置，寻求某种曲里拐弯、草蛇灰线、暗箱操作的幽径，取得一个意料不及面目全非又是出奇制胜的结局，名曰生存智慧。生存智慧酿造生存技巧。官场擢升、商场暴利乃至文坛出名，更显灵的就是此道了。敢于挑战这样的生活世相宣言做一个简单的人，必定是见多了也洞透了所谓生活智慧和生存技巧所演示的龌龊，而独守一分清静，继而发出做一个简单的人的宣言，独立成一种人生姿态。

　　小利引用一个曾经有过显赫声名的红卫兵头目的话："在政治上只有头脑而没有良心。"小利断定："简单的人肯定做不到这一点。简单的人是讲良心的。"这里就划开了一个最基本也是最严峻的人生界限，即良心。良心的界限毁弃了，黑可以说成白，丑可以说成美，指鹿为马也不觉得荒谬了。良心毁弃的唯一因素就是某种生存目的的实现。譬如说在某种非正常的环境下，譬如说在自身能力和条件尚不具备的情势中，而要达到权欲的名利的生存目的，就得玩弄生存智慧生存技巧了，就不能简单地把黑说成黑、把白说成白、把丑说成丑、把美说成美、把鹿说成鹿、把皇帝说成什么衣服也没穿的光屁股。指鹿为马的中国历史典故，正好为安徒生的童话《皇帝的新衣》提供了生活的依据或注释，前者为生活真实，后者为艺术真实，相得益彰，鉴示中外古今。为什么会把这样简单的事象完全弄到面目全非、复杂混账呢？任谁都不会怀疑洋的和土的两帮重臣文化高低造成了失误，都是为了生活得更好的目的而讲究了生存智慧生存技巧的必然结局，良心显然没有了。这样，我就意识到关于简单的人的真实内涵，并不简单；而要成为一个简单的人，更不简单。其中丰厚而又严峻的意蕴是，守护良心，守护心灵家园的纯净，坚守作为一个人的尊严。

　　在《知识分子：神话与现实》一文中，小利列述了几位古今中外关涉知识分子操守的比较典型的人际关系，论说的是作为知识分子的品格。品格的核心就是良心，或曰良知。"正是有了变节者才显出守节人的可贵。"变节者之所以会变，就得先把良心变了；守节者之所以守住了节，关键是守住了良心。变节者变的过程，就是运用生存智慧生存技巧大显神通的过程；变节者变的结果，起码暂时达到了或擢升或牟利或扬名的生存目的，自然就把事象包括变节者自己都变得复杂化了。守节者坚守的过程，就是守护良心也守护作为一个人的尊严的过程；守节者坚守的结果，却可能被冷落、被穿小鞋、被戴"帽子"乃至囚禁杀头。

这篇论说知识分子的随笔，可以当作关于"简单的人"这个概念的理性阐释。

在流行生存智慧生存技巧的生活流里，直言不讳标出自己的人生姿态，作为一个当代作家，就标示出清晰而又简明的人生坐标，一种凛然的清醒和自尊。

三

在散文随笔集《种豆南山》的阅读中，我的欣赏兴趣和既得启示后的兴奋点渐渐集中到一点：索解一种境界、一种情怀、一种人格、一种思想和这种思想发出的一种声音。正是这些形成作家邢小利独秉的人生姿态。

人的一生依着年龄划分出几个大的年轮区段，其中的三十岁、四十岁、五十岁当是最重要的三个区段。即使最寻常的男女，也会在这些重要关隘上发生自己的人生体验，敏感的作家就不用说了。小利在《四十感怀》里，整个是一派透亮的境界。这篇文章十分动人。作家奔到四十岁时关于世界、关于生活、关于事业，尤其是关于自己本身的理解和体验，进入一种哲理的睿智境界。因为真实，因为真诚，因为坦率式的直白，读来令我感动。我也读过一些包括政要在内的许多公众名人的此类述怀文章，参差不齐，无可厚非，但有一个基本的尺码就是真诚。如果一个人到了需要郑重宣示重要年龄区段上的感怀时，还说假话，还矫揉造作，

我还能指望他什么时候真诚与人相对呢!小利的《四十感怀》,不单是真诚,难得的是使自己的生命提升到一个新的高度新的境界:

> 到了四十,只有两个感受:一是思想上顽固了,排斥的东西多了;二是心淡了,很多事也看淡了。当然看淡之后,对有些东西却更看重了。许多过去看轻的今天却觉得无比重要,许多过去看重的今天看来却不值一提。

我读到这里便久久徘徊在这段文字之中,我并不急于探究文字里面"顽固"着什么、"看重"着什么、"不值一提"的又是什么。我确凿感知到在四十岁这个最重要的年轮到来时,小利完成了一次意义非凡的生命价值的择向,完成了一次从心理到精神的剥离,进入一种全新的人生境界了。进入这个境界的作家,才敢提出做一个简单的人,才敢说良心,才敢审视知识分子的变节和守节,才敢鉴示历史的、现代的和正在运动着的现实生活中的知识分子灵魂操守上的种种。

在这样的人生境界里所展示的人生情怀,既是清丽沉静的,又是美丽动人的。清丽的情怀决定着作家生命的敏感和敏锐,对纷繁的生活事象,对气象万千的大自然,都会发生独有的体验,然后展示给读者一篇美好的文章。我很惊异小利在乡间读书的感觉。"在乡间读古人的著作觉得特别相宜,心能静下去,而读西人的书和今人的书,总觉得与情境更与心境不那么相宜,看不进去。"可以想象,在鸡鸣牛哞声中,在左邻右舍从墙头上弥漫过来的柴烟里,在深夜无边无际的静谧里,一位年富力强的青年作家在阅读中国古典的情景,浮躁和喧哗无染,自然使我想到"拥书自雄"的喻说。

在《乡居致友人》散文中,有一节关于雨的描绘:

> 夜里听风雨声,那真是很美的。若是柔风细雨,那就像是一个害羞的小女子欲来不来的样子,偷偷地藏在门外,躲躲闪闪的,招招手忽儿来了,迎上去忽儿又走了。若是大风大雨,那就像是旷野里万马奔腾,真有排山倒海之势。此时披衣坐起,静听万马奔腾之声,心中忽地生出一腔豪迈之情,思绪飘得很远……

这是我读过的文学作品中关于夜雨描写的最动人的篇章之一。这样的文字读过是不会轻易忘记的,是可堪反复品味的。这样的文字是经过乡村细雨的滋润和滂沱大雨的拍击之后发出的心灵的颤音,属生命与自然交融的独特体验,只有纯净清丽的情怀才能敏感发生,不是凭想象、凭文字功夫所能得到的。

在作家总体的人生姿态里,境界、情怀、人格三者是怎样一种相辅相成又互相制动的关系,是一个很值得研究的话题。是情怀、境界奠基着作家的人格,还是人格决定着情怀和境界?恐怕很难条分缕析、纲目排列。我在小利的书稿阅读中,看见了一种境界、一种情怀,更透见一种令人肃然的人格精神。"在强权面前,有人被打折了腰,有人被按着跪倒,有人战抖着趴在地上,却也有这些节操高尚、宁死不屈的文化人,正是他们挺起了知识分子的脊梁,维护了知识分子的信念与价值。"作者所列举的这些形形色色的事象,任何一个知识分子甚至普通人都不会陌生,在诸如封建专制、异国侵略以及极"左"政治这些强权面前,知识分子的种种表现,无论怎样五花八门形形色色,核心就是投降与否。

而决定投降与坚守的关键便是前文已涉及的良心。

作为人的生理上的音质的软硬,小有差异,而决定知识分子骨质软硬的东西说到底是良心。小利论述这个作为知识分子安身立命的大课题时,就凸显出自己的价值取向,一种披阅古今、剖皮见核的追问,自我人生选择的坐标就标示出来了。

如果说对已经沉寂的历史人物品格的坚守与投降的辨析,可以看出小利冷峻的犀利,那么,对当代知识分子人格操守的剖析,就复杂得多也费力得多。我读他评论长篇小说《沧浪之水》的长文时,已在此之前强烈地感受到这个问题,即当代知识分子的投降与操守。优秀的小说提供了一个可以让评论家说话的文本,但作为评论家出场的邢小利的理性的透彻,同样显示出自己在当代生活中的人格形态。

人格对于作家是至关重要的,人格限定着境界和情怀。保持着心灵绿地的蓬勃生机,保持着对纷繁生活世相敏锐的透视和审美,包括对大自然的景象即如乡间的一场雨水都会发出敏感和奇思。设想一个既想写作又要投机权力和物欲的作家,如若一次投机得手,似乎可以窃自得意,然而致命的损失同时也就发生了,必然是良心的毁丧,必然是人格的萎缩和软弱,必然是对历史和现实生活的感受的迟钝和乏力,必然是心灵绿地的污秽而失去敏感。许多天才也只能徒唤奈何。邢小利的随笔中多处涉及知识分子的品格和人格,可能是他鉴于古今的太多的教训,对当代人的一个切中主脉又正在被忽视的提醒。

人格对作家的特殊意义,还在于关涉作家思想的形成和发展。尽管米兰·昆德拉引用过"人类一思考,上帝就发笑"的欧洲民间谚语,然而我理解的昆德拉,正是人类一位深刻超人的思考者。关于人类合理生存的思想,几乎贯穿在他的所有小说创作之中,甚至某些地方露出艺术形式载不动深重的思想的纰漏。作家必是思想家，这是不需辩证的常理。尤其是创作发展到一定程度的作家，在实现新的突破、完成新的创造时，促成或制约的诸多因素中最重要的一点便是思想的穿透力。这个话题近年间已被文坛重新发现、重新论说，现在我要说的只是思想和人格的关系。

作家穿透生活迷雾和历史烟云的思想力量的形成，有学识、有生活体验、有资料的掌握，然而还有一个无形的又是首要的因素，就是人格。强大的人格是作家独立思想形成的最具影响力的杠杆，这几乎也是不需辩证的一个常规性的话题。不可能指望一个丧失良心、人格卑下、投机政治的人，会对生活进行深沉的独立性的思考。自然不可能有独自的发现和独到的生命体验了，学识、素材乃至天赋的聪明都凑不上劲来，浪费了。

小利的文学评论、散文和随笔，除了学识，除了艺术眼光这些大家都可以得到的优长之外，便是思想的力度。上述关于知识分子精神操守的话题，如果从作家创作发展的个人角度说，都是至关重要的关键所在。我正是在这一点上感知到一个外温而内刚的邢小利，一个熟识而又陌生的令人钦佩的年轻作家。

四

小利与说话相似的直白的文字，很耐得咀嚼，很富于魅力。

平静地叙说，尤其是随笔，摆列事实和史实，描人状物，简捷明快，娓娓道来，不冰不火，没有激烈极端的措辞，客观而准确的言说，温厚平实，幽默内蕴，更具思辨的力度。这在表面上看来是文字风格，却更多地见着作家的性格。民间有谚，有理不在声高。是否有理，凭高喉咙大嗓门是无济于事的。由此可以说，这种文字更表现着作家邢小利的自信。即如《"自由职业身"的前提》《我当县令》这样与具体对象辩论或曰商榷的文字,不管对方曾经使用了多么激烈的话语,小利仍然用自己说话(文字)的方式,正题正说,不隐不伏,不搅不缠,不哗不嘘,而是坦坦荡荡,事与理俱存,给人一种透彻、一种清爽、一种阅读的舒服。我这样说,难免会造成缺少思想锋芒的错觉。其实,邢小利在历史和现实的某些话题的辩证中,内质是锋利见骨的,偶尔也会在文字里迸出诸如"下流无耻""勾当"一类贬斥变节投靠、出卖灵魂的行为的词汇,更见血性。

小利的文字,似乎透见学者的气象。学者当然有各路学者,就文字形态而言,更显现着中国古典文化和语言的质地。我约略感知,小利读过许多古典,尤其是古典杂说一类,他的文字和论说的方式,就有了现代的白话文的一种颇为独到的语言姿态,又避免了某些食古而不能消化者的半文半白的蹩脚现象。

语言说到底是思想的载体。语言蕴藏着作家的思想,其分量最终定砣在这里。通过语言,感受到作家的体验、作家的情怀、作家的境界、作家的人格。小利的这种可以用直白概括的语言风貌,恰切而鲜明地展示着他的思想、人格、情怀、境界所形成的体验,独立不群的人生姿态。直白不是浅露。我联想到鲁迅"我的后院里有两棵树,一棵是枣树,另一棵也是枣树"的句子,顶直白了,然而内蕴的丰厚和深沉,怎么也咀嚼不尽。我在小利的语言里,隐隐感受的就是这样令人品咂久久的韵味。

五

去年春节刚过,我回到冷落多年的乡村老家,一个人住在白鹿原北坡下的小院里，头一个黎明到来时，我听见了几乎隔世的斑鸠的叫声，从窗玻璃上看到后屋屋脊上两只灰褐色的斑鸠，眼睛瞬间模糊了。之后某日晚上，我坐在火炉前读书，接到小利的电话，与我说一件什么事已经无记了。他告诉我他住在城南长安乡村的屋子里，我随口便说，君在城之南，我在城之东。说着时颇多一重异样的心理感觉，总之是与居住在城里的人那些通话截然不同了。他与我之间横亘着白鹿和少陵两道原，还有两条小河，似乎有某种地脉的牵连。许多年在一个机关院子里工作，在一幢住宅楼的同一个门洞里憩栖、出入，似乎都没有这个电话给我那种异样的心理感受。我因此而明朗了一点，居地的地理气象是会影响人的心理秩序的，进而也影响人与人的感觉。

在我印象里，小利在生活中是很善于与人相处的，总是一种不急不躁、喜眉笑眼的温润的样子，我很钦佩他那样年龄的人能有如此好的修养。也因为年龄差距较大，多年来我们属于关系疏朗而缺乏亲近的那种。后来外出同行有一次夜谈，他很坦率地对我说，他有时候脾气是很大的，我一时无法相信。他举出例子来，我在领受他内刚的同时，更感动于他的坦诚，然而总体印象依然是涵养和温厚。随笔中写到一位有负于他的朋友躲避与他碰面，偶然撞见时他依旧宽容，读来令我感动，也印证了我的印象。

今年夏天，王旭烽从杭州打电话来说事，提到邢小利为她写序的事，很兴奋也很感动。她说，人民文学出版社要出她的中短篇专集，按套书体例要有序。她的朋友向她推荐邢小利，她没听说过这个名字。一万多字的序寄给她读后，便有了给我打电话时的溢于声音的激动，说这是一篇对她的作品分析得最准确的文章。随之又对我说，这样有学问的评论家为什么她竟不知道呢？我便开玩笑说，他还没学会炒卖自己。

邢小利写中短篇小说，写散文随笔，更见功夫的是文学评论，已出版多部专著。王旭烽的惊讶在我觉得毫不奇怪，正好例证着我上述文字对他做人做文的印象。

我写着有关邢小利的文字的时候，窗外是细雨滴滴，檐水跌落之声温柔而富于诗意。我在解读一部书稿，也在解读一个比我年轻许多的青年作家的心灵秩序，自己竟然很感动。我住在城东的原下依旧，邢小利还在城南长安的乡村和我一同聆听乡村秋雨檐水的跌落之声吗？我便祝福，天行健，君子当自强不息。

2002 年 10 月 19 日于原下

皮鞋、鳝丝、花点衬衫

第一次到上海,是1984年,大概是5月。上海文艺出版社举办"《小说界》第一届文学奖"颁奖活动,我的第一部中篇小说《康家小院》荣幸获奖,便得到走进这座大都市的机缘,心里踊跃着、兴奋着。整整二十年过去,尽管后来又几次到上海,想来竟然还是第一次留下的琐细的记忆最为经久、最耐咀嚼,面对后来上海魔术般的变化,常常有一种感动,更多一缕感慨。

第一次到上海,在我有两件人生的第一次生活命题被突破。

我买的第一双皮鞋就是那次在上海的城隍庙购买的。说到皮鞋,我有过两次经历,都不大美好,曾经暗生过今生再不穿皮鞋的想法。大约是西安解放前夕,城里纷传解放军要攻城,自然免不了有关战争的恐慌。我的一个表姐领着两个孩子躲到乡下我家,姐夫安排好他们母子就匆匆赶回城里去了。据说姐夫有一个皮货铺子,自然放心不下。表姐给我们兄妹三人各带来一双皮鞋。父亲和母亲让我试穿一下。我在屋子里走了几步就脱下来,夹脚夹得生疼,皮子又很硬,磨蹭脚后跟,走路都跷不开脚了。大约就试穿了这一次,便永远收藏在母亲那个装衣服的大板柜的底层。

直到20世纪70年代初,我已经在家乡的公社(乡)里工作,仍然穿着农民夫人手工做的布鞋。

我家乡的这个公社(乡)辖区,一半是灞河南岸的川道,另一半即是地理上的白鹿原的北坡。干部下乡或责任分管,年龄大的干部多被分到川道里的村子,我当时属年轻干部,十有八九都奔跑在原坡上某个坪、某个沟、某个湾的村子里,费劲吃苦倒不在乎,关键是骑不成自行车,全凭腿脚功夫,自然就费脚上的布鞋了。一双扎得密密实实的布鞋底子,不过一月就磨透了,后来就咬牙花四毛钱钉一页用废弃轮胎做的后掌,鞋面破了妻子可以再补。在这种穿鞋比穿衣还麻烦的情境下,妻弟把工厂发的一双劳保皮鞋送给了我。那是一双翻毛皮鞋,我春夏秋冬四季都穿在脚上,上坡下川,翻沟跻滩,都穿着它。既不用擦油,也不必打光,乡村人那时候完全顾不得对别人的衣饰审美,男女老少的最大兴奋点都敏感在粮食上,尤其是春天的救济粮发放份额的多少。这双翻毛皮鞋穿了好几年,鞋后掌换过一回或两回,鞋面开裂修补过不知多少回,仍舍不得丢掉,几年里不知省下多少做布鞋的鞋面布和锥鞋底的麻绳儿、鞋底布,做鞋花费的工夫且不论了。到我和家庭经济可以不再斤斤计较一双布鞋的原料价值的时候,我却下决心再不穿皮鞋尤其是翻毛皮鞋了。体验刻骨铭心,双脚的脚掌和十个脚趾,多次被磨出血泡,血泡干了变成厚茧,最糟糕的还有鸡眼。

这回到上海买皮鞋,原是动身之前就与妻子议定了的重大家事。首先当然是家庭经济改善了,有了额外的稿酬收入,也有额内工资的提升;再是亲戚朋友的善言好心,说我总算熬出来,成为有点名气的作家了,走南闯北去开会,再穿着家做的灯芯绒布鞋就有失面子了。我因为对两次穿皮鞋的切肤记忆体会深切,倒想着面子确实也得顾及，不过还是不用皮鞋而选择其他式样的鞋，穿着舒服，不能光彩了面子而让双脚暗里受折磨。这样，我就多年也未动过买皮鞋的念头。"买双皮鞋，"临行前妻子说，"好皮鞋不磨脚，上海货好。"于是就决定买皮鞋了。"上海货好"，上海什么货都好，包括皮鞋。这是北方人的总体印象，连我的农民妻子都形成并且固定着这个印象。那天是一位青年作家领我逛城隍庙的。在他的热情而又内行的指导下，我买了一双当时比较价高的皮鞋，宽大而显得气派，圆形的鞋头，明光锃亮的皮子细腻柔软，断定不会让脚趾受罪，就买下来了。买下这双皮鞋的那一刻，心里就有一种感觉，我进入穿皮鞋的阶层了，类似进了城的陈奂生的感受。

回到西安东郊的乡村，妻子也很满意，感叹着以后出门再不会为穿什么鞋子发愁犯难了。这双皮鞋，只有我到西安或别的城市开会办事才穿，回到乡下就换上平时习惯穿的布鞋。这样，这双皮鞋似乎是为了给城里的体面人看而穿的，自然也为了我的面子。另外，乡村里黄土飞扬，穿这皮鞋得天天擦油打磨，太费事了；在整个乡村还都顾不上讲究穿戴的农民中间，穿一双油光闪亮的皮鞋东走西逛，未免太扎眼……这双皮鞋就穿得很省，有七八年寿命，直到20世纪90年代初才换了一双新式样。此时，我居住的乡村的男女青年的脚上，各色皮鞋开始普及。

我第一次吃鳝鱼，也是那次上海之行时突破的。关中人尤其是乡下人，基本不吃鱼，成为外省人尤其是南方人惊诧乃至讥笑的蠢事。这是事实。这样的事实居然传到胡耀邦耳朵里，他到陕西视察时在一次会议上讲过："听说陕西人不吃鱼？"其实秦岭南边的陕南人是有吃鱼传统的，确凿不吃鱼的只是关中人和陕北人。我家门前的灞河里有几种野生鱼，有两条长须不长鳞甲的鲇鱼，还有鲫鱼，稻田里的黄鳝不被当地人看作鱼类，而被视为蛇的变种。灞河发洪水的时候，我看到过成堆成堆的鱼被冲上河岸，晒死在苞谷地里，发臭变腐，没有谁捡拾回去尝鲜。直到20世纪50年代中期国家第一个五年计划实施时，西安拥来了许多东北和上海老工业区的技术人员和熟练工人，这些人因为买不到鱼而生怨气，就自制钓竿到西安周围的河里去钓鱼。我和伙伴们常常围着那些操着陌生口音的钓鱼者看稀罕。当地乡民却讥讽这些吃鱼的外省人：南蛮子是脏熊，连腥气烘烘的鱼都吃！我后来尽管也吃鱼了，却几乎没有想过要吃黄鳝。在稻田里我曾像躲避毒蛇一样躲避黄鳝，那黑黢黢的皮色，不敢想象入口会是一种什么感觉。

　　那天在上海郊区参观之后，晚饭就在当地一家餐馆吃。点菜时，《小说界》编辑、现任副主编的魏心宏突然兴奋地叫起来："啊呀，这儿有红烧鳝丝！来一盘，来一盘鳝丝。"还歪过头问我，你吃不吃鳝丝，就是鳝鱼丝。我只说我没吃过。当一盘红烧鳝丝端上餐桌时，我看见一堆紫黑色的肉丝，就浮出在稻田里踩着滑溜的黄鳝时的那种恐惧。魏心宏动了筷子，连连赞叹味道真好做得真好。随之就煽动我，忠实你尝一下嘛，可好吃啦，在上海市内也很少能吃到这么好的鳝丝。我就用筷子夹了一撮鳝丝，放入口里，倒也没有多少冒险的惊恐，无非是耿耿于黄鳝丑陋形态的印象罢了。吃了一口，味道挺好，接着又吃了，都在加深着从未品尝过的截然不同于猪、牛、羊、鸡肉的新鲜感觉。盛着鳝丝的盘子几乎是一扫而光，是餐桌上第一盘被吃光掠净的菜。似乎魏心宏的筷子出手最频繁。多年以后，西安稍有规格的餐馆也都有鳝丝、鳝段供食客选择了，我常常偏重点一盘鳝丝。每当此时，朋友往往会侧头看我一眼，那眼神里的诧异和好奇是不言而喻的。

还有两把小勺子，也是此行在上海城隍庙买的，不锈钢做的，把儿是扁的。从造型到拿在手里的感觉，都特别之好，不知什么时候弄丢了一把，现在仅剩一把，依然光亮如初，更不要说锈痕了。有时出远门图得自便，我就带着这把勺子，至今竟然整整二十年了。

还有一个细节，颇有点刻铭的意味。

还是那位年轻作家陪我逛街。我们随意走着，我已记不得那是条什么街什么弄了，只记得街道两边多是小店铺。陪我的青年作家随意介绍着传统风情和市井传闻，我也很难一遍成记，尽管听得颇有趣味。突然看见一个十分拥挤的场面，便停住脚步。一家小店仅一间窄小的门面，塞满了顾客，往里硬挤的人在门外拥聚成偌大的一堆；从里头往外挤的人，几乎是从对着脸拥挤的人的肩膀上爬出来的；绝大多数为男性青年，亦有少数女性夹在其中，肌肤之紧密接触也不忌讳了；往外挤着的人，手里高扬着一种白底碎花的衬衫。不用解释，正是抢购这种白底上点缀着蓝的、红的、黄的、橙的小花点的衬衫。

1984年春末夏初，上海青年男女最时髦、最新潮的审美兴奋点，是白底花点的衬衫。

十余年后，我接连两三次到上海。朋友们领我先登东方明珠电视塔，再逛浦东新区，令我眼花缭乱、目不暇接，新的景观和创造新景观的奇迹般的故事，从眼睛和耳朵里都溢出来了。我在宝钢的轧钢车间走了一个全过程，入口处看见的橙红色的钢板大约有两块砖头那么厚，到出口处的钢材已经自动卷成等量的整捆，厚薄类近厚一点的白纸，最常见的用途是做易拉罐。车间里几乎看不见一个工人，我也初识了什么叫全自动化操作。技术性的术语我都忘记了，只记住了讲解员所讲的一个事实：这个钢厂结束了中国钢铁业不能生产精钢的历史，改变了精钢完全依赖进口的局面。尽管是外行，这样的事实我不仅能听懂，而且很敏感，似乎属于本能性地特别留意，在于百年以来留下的心理亏虚太多了。

　　从小学生时代直到进入老龄的现在，我都在完成着这种从祖先遗传下来的先天性心理亏虚的填垫和补偿过程。我们的第一台名为"解放牌"的汽车出厂了，我们有了自己生产的"红旗牌"轿车，我们的第一颗原子弹爆炸成功，我们的卫星上天了飞船也进入太空了，我们有了国产的彩电、空调、电脑和国产什么什么产品。这样的消息，每有一次都是对那个心理亏虚的填垫和补偿，增加一份骄傲和自信，包括制造易拉罐的这种钢材对进口依赖的打破，也属同感。我便想到，什么时候让欧美人发出一条他们也能"国产"中国某种独门技术的产品的消息，我的不断完成着填垫和补偿心理亏虚的过程，才能得到一个根本性的转折。

　　告别布鞋换皮鞋的过程发生在上海，吃第一口黄鳝的食品革命也始发于上海。这些让我的孩子听来可笑到怀疑虚实的小事，却是我这一代人体验"换了人间"这个词儿的难以轻易抹去的记忆。还有历历在目的上海青年抢购白底花点衬衫的场景，与我上述的皮鞋和黄鳝的故事差不了多少。在南方和北方、东部和西部都被灰色黑色和蓝色的中山服红卫兵服覆盖着的国家里，一双皮鞋、一餐鳝鱼丝和一件白底花点衬衫，留给人的镂刻般的记忆，记忆里的可笑和庆幸，肯定不只属于我一个人。

2004年7月5日于二府庄

从大理到泸沽湖

头上的风花雪月

不足一小时，飞机从昆明飞到大理，降落在一座被削平的山头机场上。视野开阔，无遮无碍，远处的山和眼皮下的大理城尽收眼底。一个风格独具的高山小型机场，小到只有刚刚落地的这一架飞机，没有拥挤，更不会熙攘，颇有凛冽寒气的风，把旅客刚刚出口的话儿和热气一律扫荡、抛撒。

沿着苍山绵延起伏的山系，远远望去，可以辨别新城和老城截然不同的风貌。从苍山到平川坝子漫缓下来的坡地上，房屋呈现出自然错落高低的壮观景象。即使是大片大片的平房或低层楼房，前边的建筑绝不遮挡后边的房屋，从平川一直立体展现到半山上。无论姿势别致的新建筑物或传统的老式房子，几乎一律把外墙都涂成白色，或者纯白的瓷片。苍山是深灰到黑青的颜色，一眼望不到边际的宽幅襟怀里，是大片白亮亮的建筑群，如此强烈的反衬，又如此和谐，从视觉到心理都感觉轻俏和透亮。与苍山并列的是黄色的秃山，断崖裸露无遗，沟壑也赤裸无遗，颇类西北黄土高原地区的地貌。两条平行并列的山系之间，是一片灰蓝色的水，高原人习惯把这种高原湖泊称作海，这个海的形状活像人的耳朵，便有"洱海"之称。洱海平静清丽，把两列风貌和气象截然迥异的山系襟连衔接，一种天然和谐的过渡。

　　满城都飘动着白衣白裤。白族喜欢白色，白色的选择和白族的族史一样悠久。令人眼花缭乱的新潮时装，起码现在还无法动摇白族少女对白衣白裤坚定到崇拜的审美选择。一年四季无论季节如何变换，少女的一袭白色服饰却始终不变。最神秘也最招惹人的是少女的包头，用漂亮、精湛这些词汇似乎都不及意。包头有四种颜色，分别代表风花雪月。大理在两条山系夹峙之间，形成一条风道，常年有风，不同的时节刮不同的风；大理气候温润，四季有花，山野的花从年头开到年终；苍山顶上却是终年冰雪封盖，融雪的好水注入洱海，滋润着高原；没有烟气污染，也不见尘埃迷漫的天空，月亮就愈显得清净和柔媚。风花雪月都是大理特定地理环境下大自然的恩赐。白族少女将其具象为符号戴到头顶，一种对大自然虔诚的膜拜。我很感动，一个自古以来就把风花雪月顶在头上的民族，当会是怎样一种胸怀和心地？

　　最神秘的是包头的左耳侧那一绺白色线穗，垂过肩膀，暗示为未婚的女子，剪短到耳际的，标示为已婚。无论这白色线穗或长或短，是不允许任何人触摸的，尤其是男性。如若谁敢违禁犯忌冒险动手，便要遭到惩罚，打是最轻的了。唯有求爱的小伙子可触摸少女过肩的长线穗，触摸表示求爱。小伙子必须有十分被接受的把握才敢伸出手去，姑娘接受了这种求爱便皆大欢喜、皆大完美；如若遭到拒绝，小伙子就得到女子家里义务做工，时限为三年，以观其行状，由姑娘最后表态做出抉择，留下来或走人。

蝴蝶泉

汽车在苍山宽幅襟怀里弯来绕去。下车前行，寻觅到杂树密林遮掩下的一个水池边。水是地下涌泉，真是太清了，清到纤尘不染，至清至净，透彻如无，可以逼真地透见水底一丝一缕的水草。这是声名远扬的蝴蝶泉。

原以为只有浪漫派诗人才会给此泉以蝴蝶命名。了知原委后，方才明白这样动人的泉名纯系写实主义的杰作。泉边有合欢树，蝴蝶在枝条上停落，一只扒着一只，垂吊下来，五颜六色的彩蝶，一串一串从树枝上倒挂垂吊在泉水上方，蔚为壮观，亦堪称奇到不可思议的奇景。据说是合欢树分泌散发着某种气味，蝴蝶难以抗拒这种气味的诱惑，遂成此景。我不敢全信，合欢树并非仅此一棵，而蝴蝶独恋此树却是绝无仅有，那么只有一种解释，只有这儿的合欢树才有分泌出蝴蝶喜欢的那种气味的特异功能。

苍山怀抱里的这一汪好水，涌流了不知多少年，彩蝶垂吊合欢枝条的奇景也不知延续了多少年，可谓"吊在深山人未识"。20世纪60年代，才被电影《五朵金花》剧组选外景时发现，这泉和这泉水上的蝴蝶串儿，就和《五朵金花》里美丽的"金花"一起出名了，蝴蝶泉成为天下名泉。我猜想这个美丽的泉名应该是剧组人员的集体创作。这个蝴蝶泉的浪漫奇观，连郭沫若老先生都难以拒绝诱惑，不远千里攀上山来，到此一游，不仅乘兴挥毫，为此泉题写了"蝴蝶泉"三字，而且赋得七律一首。郭老题名的"蝴蝶泉"三字镌刻在泉水涌流的出口处，论书法是精湛称绝的。那首七律已制碑，按郭老的亲笔书法刻制，亦为大家气象，弥足珍贵；只是那七律的遣词造句，在印象里的大师的诗词著作中，仅算得一般，不属上乘。

蝴蝶泉下不远处还有一条清泉，水量更大，泻出时在小小的跌差处形成碎银般明亮的小瀑布。此泉没有命名，却有传说惹人，撩一把水，升官；撩两把，发财；撩三把，得艳遇。游人和陪客便嘻嘻哈哈争抢撩拨水花，谁也未必当真，图得快活有趣。我便调侃，撩过四把五把，官财色如果俱得，内乱外患也就交至。

凤凰山·鹤翼村

一大早乘车出大理城，沿着两条山系之间平坦宽阔的坝子西行，黄突突的秃山在右，苍劲挺拔戴着银白雪帽的苍山在左。清凉的晨风让人忍不住敞开车窗，窗外田野里一抹翠绿。一色的蚕豆秧，如绿波涌过来、闪过去，一眼望不到边际，看多了就觉得缺少色彩的变化和调节。据说蚕豆近年间销路通畅，既可以做小食品，更可以做饲料，用途不衰，销路便红火。农民以此作为作物种植的选择，是本能的，田野就成为蚕豆的一统江山了。

翻过苍山，进入另一条川道，面前横着又一条山系，这是凤凰山。我一时根本无法把突兀横戳进眼里来的这个山与凤凰发生丝毫联系，任你如何多情如何富于想象，如何理想主义的浪漫，都不可能用凤凰给这样的山命名。这是怎样的一座山哦！黑森森的一座座高高低低的山头，黑森森的歪歪斜斜的山梁，山头和山梁赤裸着横的竖的粗硬的条纹。我在巡视的过程中，脑子里不仅飞不出凤凰，倒是堆满了铁渣。这是一座铁渣堆积的山。这样的铁渣已经堆积了亿万年，愈加冷寂了。这山戳进人的眼里，满是僵硬和干涩，根本不想触摸也不敢触碰。只在一处山头和山梁交叉的低洼处，有几株不知名的树的绿色，弥足珍贵。这个凤凰的名字因何缘起？不外乎神话传说。神话传说往往都传递着先古生民的期待和向往，愈是残酷愈是不堪的生存环境，愈是容易飞扬激越热烈的关于美的期待。

同样不可想象的是，这个干涩到几乎见不到一撮泥土的铁渣山山根，到处都涌流着泉水，在山下的川道里聚成望不到边际的湿地。丛生的隔年的芦苇已经干枯，在早春的风中摇曳，新生的芦苇大约刚刚拱破地皮。一群群野鸭在芦苇丛中悠然浮游，时隐时现。另有多种辨不出种类的水鸟，在水面上忽起忽落，毫不戒备。据说这儿的村民即使穷极，也不会猎杀水鸟。野鸭和水鸟自由无忌。

凤凰山山根下，散落着几个自然村，归属行政上的新华村辖制。我们走进的这个自然村是最大的一个村寨，叫鹤翼村，也叫石寨。前者属浪漫主义，后者是现实主义。白鹤的翅膀。凤凰山下，白鹤一翼，浪漫和吉祥都汇聚到这个古老的白族聚居的石寨了。街道上走过来一帮步履匆忙的中年女人，有的人背着竹篾背篓，一色的黑底蓝边布衣，头上的包头也是青布做的。包头的颜色，成为区别白族支系的标志。颇有异趣的是，中年女人包头上还复加着一顶仿制的黄色军帽。石寨的白族男子喜欢戴这种仿制的陆军士兵帽，源自"文革"时期"全国人民学习解放军"的"最高指示"的巨大而又深入的影响，形成习俗，至今不衰。这种仿军帽就成为男子汉的象征。妇女能顶半边天和男女平等，同样是"最高指示"的思想和倡导，于是白族妇女在传统的象征着女性的包头上垒加一顶仿军用品的黄色帽子，以标志在社会、家庭、人格、地位上与男人平等了。

鹤翼村的历史已经湮灭，尽管没有羊皮书一类神秘典籍存留下来以证明其古远，而聚居在这个寨子的白族人制作银器银饰的手艺，却已相传千年了，足够悠远古老了。村里的绝大多数人家世代从事各种银器铜器生活用品、首饰的制作和镂刻，千余年来盛名不衰、美誉远播。孩子学会用手抓摸东西就抓摸到了银器铜器银饰铜饰，以及凿刻钻镂那些精美饰物的器具。几乎家家都有作坊，几乎家家都出过一位或几位天才的巧手名匠，单是能被现在的人记住名字的就可以顺口摆出一长串。从鹤翼村走出去的银匠兼铜匠，遍及整个西南各省的大城市小街镇，尤其是西藏、广西、四川、贵州、内蒙古等少数民族聚集的地区，云南各州自不必说了。不管哪个民族戴着什么样的银货首饰，十有八九都是鹤翼村的能人巧手做的活儿。我不敢全信也不敢不信。确凿的事实是，鹤翼村现有四位佼佼者，被联合国教科文组织授予"中国民间艺术大师"的称号。这四位大师在村里享有盛望，几无异议亦无窃语，不似文坛常常发生关于大师的脸红脖子粗的争议。他们早已在鹤翼村乃至同行业里独具威望，联合国教科文组织的授名只是锦上添花。

　　我走进其中一位大师老寸的家院。

　　寸大师不在，寸大师的夫人热情地领着一行人参观家庭银器作坊。一个名副其实的家庭作坊，不仅在家里的廊檐下做工，匠工全部是寸家的儿女和亲属。大女婿正在镂刻一把白银酒壶。这把酒壶专配八只白银酒盅，这把酒壶里所装的白酒正好斟满八只酒盅，不多一滴也不亏一滴。据说这酒壶、酒盅容量的数学公式运算十分复杂。寸大师如何完成这项发明创造的秘诀至今秘而不宣，没有拜请数学家的公式运算却是确凿的。这项绝门技艺早已获得创造发明专利，至今尚未被谁破解。这把纯银酒壶的外观造型和浮雕式镂刻的精美，令人叹为观止，直觉得更适宜作为新居摆设或收藏供人欣赏，用它装酒倒酒似乎把某种美的感觉俗化了、贬低了，也使饮酒者平添一分珍惜的沉重。这种神秘的银质酒壶的生产过程却是公开的,起码在镂刻浮雕这一环节上任人观摩。大女婿在廊檐下坐一把小凳,十分专注,目不斜视,手里的小角刀一划一削、一拉一挑,一种熟练的自信和自如溢于眉眼和神色里。尚未婚娶的二女婿也坐在廊檐下的高台阶上,刻着一种银器,丈母娘向客人介绍到他的时候,抬起头腼腆一笑,羞涩浮在清秀的脸庞上,又低头做活儿了。大女儿跑前颠后,动作行为和语言口吻都显示出当家或主持的角色。二女儿一副轻松姿态,颇多天真,她说她在大理城里开着一家银器店,经营着自家作坊的产品。我稍微留意一下,寸夫人和她的两个女儿都没有戴白族的包头,更没有再垒加一顶仿军品黄帽。男女平等在这个家庭里,肯定不必用一顶男人喜欢的帽子来暗示了。

寸大师家的房子我也不忍忽略。

一个典型的白族院落。两层楼房,一色的木头,木柱木梁自不必说,外墙和内墙全用木板,每一扇门板和窗扇,都是花鸟异兽的雕刻。高耸轻俏的挑檐,一眼望去就使人感到某种舒畅,避去了寻常建筑物的闭塞和郁闷。这幢建筑耗资80万元。请不要忽略这是在僻远的鹤翼村。在鹤翼村的街道上行走,两边大多是两层木楼,从成色上判断,都应属于近年间的新建筑。有几处又低又矮破旧不堪的老房子,可以见证以往村庄的概貌。还有两家正在兴建的楼房,施工的工匠和辅助的工人忙碌在屋架上和院子里……制作银器铜器和首饰,已经使鹤翼村的白族人过上了好日子,甚至使我都不想再听关于过去如何怀着绝技讨饭吃的往事了,这种令人痛心的教训岂止一个鹤翼村或者石寨,整个中国南方北方的每一个村寨,都在演示和见证着同一个教训。我更愿意观赏寸大师、寸夫人和他们的儿女,以及鹤翼村老的少的银匠们今日的生活状态,关于过去乡村的记忆和体验,当是一种抚慰。

泸沽湖畔

差不多有六个小时的行程，几乎都在大凉山里盘旋。上一架山下一座山，再上一座山再下这座山。就这样上上下下在大凉山的山丛中整整盘旋了六个小时，人得有巨大的耐心，因为沿途的奇峰和美景早已看得眼满神疲了。只有一架山留下了至今想起依然心悸的记忆。那是一座最陡的又无法绕过去的山。从山顶斜瞭一眼，窄窄的公路在这架山的同一壁面上，绕过七八道弯才到山顶，像天女舞罢随意丢弃在山壁上的一条黑绸。这是我后来想到的比喻，当时被汽车载着盘旋其间的时候难得想象，一满是目眩和心悸。

就为着看一眼神秘的泸沽湖，就为着亲眼看看比湖泊更神秘的摩梭人。

傍晚时分，汽车翻上又一座山头，突然瞥见远处一片灰蓝色的水雾，凭感觉就知道是泸沽湖了。视线又被眼前的山峰遮住了。只一瞥，精神顿然亢奋起来了。那一片蒙蒙的水雾又在两座山头之间出现了，稍为宽限的时间，可以看到灰色水雾下蓝色的湖水。第一眼和第二眼的最新鲜的直感，就是沉静，一种悠远的沉静。

站到泸沽湖边上，我的心也顿然沉静了。不想欢呼，连赞叹的词汇也不想出口，只有哦哦哟哟的呻吟。似乎眼前的湖面是熟悉的，可能就在昨天或去年的某个梦境里，似乎又确凿是陌生的，因为即使梦里也根本不会浮出这样好的水和仙境般的湖。近前已经是澄明清澈的湖面，幽深的蓝变成青色。水雾在远处浮漫着，愈远愈浓，隐隐能看出水汽在湖面上丝丝缕缕时现时隐。远处的水雾蒙蒙成帐，遮住湖边的山的根部，山就浮在湖上了。人说对面的山形恰如卧佛，佛就在这四季弥漫的水雾里滋润着、修养着。近处的湖面上浮着一种通体黑色的水鸟，悠悠然漂浮。金黄色的野鸭集成堆、成片。白色的鸥鸟是显眼的,也是最活跃的,时而在水上浮游,随即就飘飞起来,在空中恣意了两圈儿,又落到水面上来了。无论好静无论喜动的各色鸟儿,在这儿都能随心所欲,绝无偶然突然发生的伤害,一种原始的安全。岸边停靠着许多猪槽船,可以乘坐十人,这是作为商业经营的仿造品。我在图片上见到过类近最原始的猪槽船,是把一根粗壮的木头凿空了的恰似给猪喂食的食槽的船,坐两个人是合理的负载。这种猪槽船源自摩梭人源头形成时的神话故事,又吻合着教科书上人类进化到母系氏族社会时的特征,就给今天的现代人一种悠远想象的符号,倒是不必细究传说的可靠性了。湖面上频频往返着一条条这种十人乘坐的猪槽船,到湖心的小岛上观光。一个黝黑的小伙子在船头划桨,船尾是一个同样年轻的摩梭女性也在摆着木桨,经问得知,是一对走婚的摩梭人夫妻,他们已不忌讳。

泸沽湖四面被山围定,落水村依傍在湖的南岸。远远望去,湖的北岸西岸和东岸的山脚下,都有散落的房屋的屋脊隐现。汽车从山里盘旋过来的唯一出口,就是落水村。这是山根到湖边难得的一块颇为开阔的平地,成为落水村摩梭人千古繁衍生息的福地。崇山峻岭层层叠叠形成的严密不泄的封闭,为今天的人们无意保存下来人类进化过程中的一块活化石,母系时段的家庭形态。落水村被外部世界撩开神秘面纱,在人类学家、民俗学家和普通人的惊喜惊诧和好奇的熙熙攘攘声浪里,大小商贾的心思和行为却最单纯、最简捷、最务实,不过十来年时间,把落水村装扮成一个具有现代化发展水平和流行特色的消费娱乐商城了。

沿着湖边业已形成的一公里长的商品走廊,一家紧挨一家的大铺店小门面,各逞风姿的装饰扮相,基本与当地古朴的建筑风貌毫无牵涉,都是用21世纪初中国都市里流行的审美情趣构建的图像。店铺里的商品多是内地输入的吃、喝、穿、戴、用、玩的东西,偶有少量仿造摩梭人原始生活用品纯粹作为象征的物什。开店坐店的大小老板和雇员,十有八九都是从外部进来淘金的青年男女,据说有远自广州的女商家。和这排甚为讲究的建筑物一路之隔的对面,紧靠着泸沽湖岸的沙滩,是用各色彩条塑料篷布搭建的小吃店,在泥土地上支着一个个炸锅、烤箱或蒸笼,小女子小男孩尚未脱尽稚气也未脱尽原有职业的举止特征,只顾一个不漏地招徕走过面前的每一个行人。这种临时设置和摊主普遍不甚踏实的神色,让人想到顾客一串烤肉尚未嚼咽完成,摊主就会拔篷挟锅逃走。沿着山根的公路,有规模壮观的大酒店、饭店和过夜生活的唱歌、洗浴、按摩等参差不齐的场所。所有这些骤然冒出的建筑和设施,都是为进入神秘的泸沽湖的游客准备的。

　　落水村已经是一片式样大致相同的楼房,大多为两层,用水泥也用木头。院落很宽敞,主人食宿住卧只占少量房间,更多的房间是作为家庭旅社接待游客的,而且有宽敞明亮的餐厅,销售各类风味的饭菜。晚上的篝火晚会在一座宽大的院庭里举行,已经不是传统那种随意自如的自娱自乐的方式,而是经过艺术家指导、编排的规范化表演,为赚取游人钞票的纯商业化演出,男女村民演员的服装也很精美和讲究。据说,当晚演出结束,游人带着异样风情的回味离去,所有参与演出的人员现场分酬,绝不过夜也不拖欠,完全公开化,也就避免了矛盾和意见。据我乘坐的那条猪槽船的女船主介绍,村民分为A、B两组,划船和演出隔一周轮换一次,游人的多少决定着收入的丰薄,天气和季节是最主要的制约因素,全凭运气了。为来自世界各地和国内游客服务的旅游商业,成为落水村人始料不及的致富的机遇。作为怀着猎奇探访心理的我,看到群山环抱的湛蓝湛蓝的高原之湖,看到黝黑强健的摩梭男女，自然是一种预期的心理满足，然而也不无欠缺和隐忧。山脚下和湖岸边的商业区、娱乐区，包围着落水村，豪华酒店、简陋歌厅里的流行歌曲和陪女的嬉笑声连同洗脚水倾泻出来，原始的纯粹的母系家庭能否坚守久远？我又矛盾得很，落水村的摩梭人有无必要坚守那种古有的习俗？摩梭人独有的歌舞成为纯商品化的致富途径，我也在赞赏与遗憾的矛盾中难以抉择。唯一可以作出判断的一件事，湖边已形成很宽的浑浊的污染带，再不能往湖心地带扩展了；把一个纯洁不染纤尘的高原湖泊弄成一湖脏水，那是无须点示后果的最愚蠢的作孽。

火塘·花楼

终于走进一间摩梭人日常起居的屋子，这是我昨夜歇住的家庭旅社的主人家的住屋。房主人叫达巴，丰满的身材，很镇静，镇静到与她后来自报的还属于年轻人范畴的年龄不太相称。果然，她已经在深圳这样中国最现代的城市里生活工作过两年了，见过大世面也见过比较洋的世面了。她上身穿着有花纹图案的毛衣，坐在火塘边向我和同行的作家朋友介绍摩梭人的风俗和家庭结构，很镇静。

火塘是房子的核心。家庭成员商协家政家务的活动就在火塘周围，家庭成员依长幼辈分在火塘边有一个相对固定的位置。火塘靠近木质背墙。背墙根下火塘两边，摆置着有软垫的木板，从火塘最近到最远端的位置次序，是舅舅们按年龄长幼依次排定的。火塘旁边还散摆着不少圆形墩子，是家庭其余成员随意坐的。包括孩子的父亲，他到这里来表达对孩子的关爱之情，可以坐在火塘边，却不能坐到舅舅坐的上首木板上。火塘左边的圆木叠垒起来的木头墙上，嵌着一张床，那是这个家庭主持家政的家长的卧铺，神秘而又神圣，偌大的屋子里，只有这一铺住处。家长通常是这个家庭里年龄最长的女性，在火塘边主持一年之初的计划预算和年终总结，家庭随时要安排处理的一切内政和外交，由舅舅们和女儿各抒己见，最后由家长做出决断，走婚的父亲是不能参与的，也就没有说长论短的资格。

有资格坐在火塘左右两边属于上首位置的木板上的成年男性，承担田地里的主要劳作，无私地供养着姊妹们生育的孩子，作为舅舅的身份，承担着父亲的责任。孩子的亲生父亲，在他们的家庭里同样抚养他们的姊妹生育的孩子。人们习惯说这是单亲家庭，兄弟姊妹终身生活在同一个火塘周围。姊妹们到成年后，每人有一间花楼，夜里等待亲爱的夫君来走婚；成年男子在这个家庭里只有坐火塘的尊贵位置，而没有资格安铺下榻，晚上必须走出屋院到相亲相爱的女子的花楼里共度良宵。女性的花楼是除了走婚的男子之外的任何人不得涉足的。我们之中有人向达巴打问她的花楼，她笑而不语。达巴转移话题说，她曾到深圳的民族村做过摩梭人的歌舞表演，有两年多时间，还是觉得泸沽湖边的家乡更适合自己，况且落水村因为近年间的旅游热而增添了收益的渠道，决意回来了。达巴坦率地告诉我们，她已完成走婚，有一个正在哺乳的女儿。"孩子的爸爸很帅，他25岁。"达巴特意郑重地解释，外面的人传说摩梭人走婚很随便，误传了。青年男女经过暗恋到热恋，一旦确定走婚关系，就会固定下来；一旦有孩子出生，虽不能尽父亲抚养孩子的责任，却可以随时走到女方的火塘边，表达对孩子的爱怜和关心，也可以和家人聊天和交流。这种关系也是村人几乎共知的，一旦发生变异，会受到众人的不齿和轻视，很难再去找到新的走婚对象。我很清醒地感觉到，这是一种以凛然的道德维系婚姻纽带的制度。

我也不难想象,从泸沽湖、从田地里、从山野里摆渡耕作放牧归来的男人和女人,漱洗完毕吃罢夜饭,女子进入花楼等待夫君时该是怎样一种甜蜜的急切;那些匆匆走过幽暗的村巷进入花楼偏门的男子该是怎样一种坦然的幸福。那些甚至需要骑马或摩托赶到另一个村寨的小伙子们,以怎样动人的痴情在两个村寨之间的山路上的每一个夜晚走向自己心中的花楼……这是充溢着激情的生动的泸沽湖。

2004 年 7 月 18 日于雍村

在好山好水里领受沉重

到云南,就为着看那里的好山好水。

对于一直生活在中国北方又偏于西部的我,看彩云之南的好山好水,几乎是为求得某种心理补偿。近年间,竟有机缘先后四次去了云南,确实可以说是饱尝了好山好水,也得到好山好水对人心理的滋润。然而,那好山好水的色彩终久架不住时间的消磨,渐渐远逝而淡隐,却是腾冲县里倚山而建的"国殇墓园",久久撑立在心头,愈久愈清晰,不仅难以淡忘,反而必须以我的文字来致一个深躬礼了。

这是四年前我第一次去云南,一到腾冲,踏进了"国殇墓园"的大门,就感受到一种凛凛然、森森然的沉重和威压。这是滇西一座草木葱茏四季常绿的山。在这座山的山坡的襟怀里,长眠着八九千名中国士兵的魂灵。从山根到山顶,从右坡到左坡,按照原来的军事编制,一个班、一个排、一个连直到师一级,阵亡了的士兵和阵亡了的军官依序排列。每块小小的石碑下都埋葬着一个士兵或军官的尸体,石碑上刻着他们的名字和生前的军职。整个这座青山,就是一个用尸体铸建的军阵。他们战死了,依然保持着原有的完整和威势。

这场战事发生在1944年。为了收复被日本侵略者占领了两年的腾冲，中国士兵战死了八九千人。中国士兵是这场战争的胜利者，他们不是赶走而是全歼了日本占领军。所谓全歼，就是一个不剩，干净彻底予以消灭；就是除了少数日寇士兵被活捉当俘虏，其余所有践踏过滇西这块美丽山城的鬼子，一个也没能活着逃出去。人数为六千，包括侵略和占领腾冲的日军最高司令长官藏重康美大佐。这应该是占领大半个中国八年之久的日寇最彻底的一场败仗，彻底到一败涂地、一个不剩。

我踏着石阶从山脚往山顶走，两边是望不透的土冢和墓碑。我辨认着那些被风雨侵蚀过几十年的一块块碑石上的士兵或军官的名字，抚一抚墓堆上枯了又生的野草，最切近地感受到一个人的尊严和一个民族的尊严，最切近地感受到为着自己也为着民族的尊严而捐躯的这些中国士兵的呼吸。我在小学课本上就知道了平型关大捷，平型关从此成为我永远都感到扬眉吐气的一个关。我后来读过几本抗日题材的小说，看过更多同类题材的电影，地道战、地雷战、游击队长李向阳、小兵张嘎，让我反复享受民族英雄杀灭野兽的痛快淋漓，还有令我久久难以释怀的惨烈悲壮的台儿庄。我的案头现在正摊开着一部《立马中条》的长篇纪实书稿，这是由杨虎城将军创建的17路军改编的31军团，由杨的爱将孙蔚如将军率领，走出潼关浴血山西中条山抗击日寇的英雄诗章。这是一支由号称"冷娃"的关中青年为主组成的军团，我深深地陷入浓厚的乡土情结缠绕着的民族大义之中，每一座山头的争夺令我揪心，每一个关中子弟的阵亡令我闭气……我走在倚山为墓、青山作碑的墓园中间的山道上，许久都不想说话，也不去想象那场战争的过程，心头只响亮着"歼灭"这个汉语词汇。这肯定是十四年抗战无以数计的大小战役里,唯一可以使用歼灭这个词汇来概括结果的一场大战,我当然也感受到这个词汇对于侵略者和被侵略的人民永远都无法含糊的情感记忆。

墓园门口的右墙根下,有一个石块垒成的圆筒状的冢堆,下边埋葬着三个日本兵的尸体,其中一个是侵占腾冲的日军最高司令长官藏重康美大佐,石块上标刻着两个字:倭冢。在我们被外强侵略欺凌的史记上,日本侵略军先是被称为倭寇,即个子矮小的匪贼;抗日战争改称为鬼子,比倭寇更为鄙视、更为不屑,也更通俗化。倭冢沿用了古典称谓的习惯,如若按抗日战争的通常称谓,应该是鬼子冢或鬼子坟、鬼子墓了。这个冢堆里的大鬼子藏重康美大佐和两个不知名姓的小鬼子,作为践踏蹂躏腾冲的六千个被消灭的大小鬼子的代表,向青山上长眠的中国将士跪伏认罪的一个象征。我很自然联想到岳飞墓前跪地的秦桧,千百年来不知承接了几百吨游人的唾沫儿。然而,我和同来拜谒的十余位作家朋友,谁也没有兴趣向倭冢吐出口水。整个人类正义的"唾沫儿",早在二战结束时铺天盖地地倾覆到所有鬼子的脸上了。

我也记住了一位名叫张问德的老人。日寇从缅甸一路打过来占领了腾冲,当任的一位钟姓县长携着家眷逃之夭夭,不知踪影。张问德老人是卸任赋闲的前任县长,时年62岁,于危难之中拍案而起,重新披挂上任,被百姓称呼为名副其实的抗战县长,领导腾冲民众,周旋在群山之中,游击办公兼游击指挥,整整两年,直到全歼日寇收复腾冲。张问德可谓文武双全,曾经是朱德和叶剑英两位大元帅青年时代的老师,亦可谓名师出高徒。面对日寇占领军的劝降,张问德有一纸《答岛田书》传世,展示在墓园陈列馆的台阶上。且不说文采,单是那义正词严的凛然与决绝,如山岳巍峨,似江河咆哮,挺立起处于危难之中一个不屈民族不可摧折的脊梁。我在诵读这篇写于1943年的文采激越的文字时,依然血液加速涌流、心脏猛跳。在滇西一隅的腾冲县正任和卸任的两个县长身上,截然分明着什么叫软骨头和什么是硬骨头。

我对同行的朋友说,人的骨头的软硬,看来不是以年龄所能论定的。

2004年8月5日于雍村

在河之洲

汽车驶出古城西安东门，不久就进入麦深似海的关中平原的腹地。时令刚交上5月，吐穗扬花的小麦一望无际，眼前是嫩滴滴的密密匝匝的麦叶麦穗，稍远就呈现为青色了。放开眼远眺，就是令人心灵震颤的恢宏深沉的气象了。东过渭河，田堰层叠的渭北高原，在灰云和浓雾里隐隐呈现出独特的风貌，无论立陡的险垴，无论舒缓的慢坡，都被青葱葱的麦子覆盖着，如此博大深沉，又如此舒展柔曼，无法想象仅仅在两个月之前的残破与苍凉，顿然发生对黄土高原深蕴不露的神奇伟力的感动。

我的心绪早已舒展欢愉起来，却不完全因为满川满原的绿色的浸染和撩拨，更有潜藏心底的一个极富诱惑的企盼，即将踏访两千多年前那位"窈窕淑女"曾经生活和恋爱的"在河之洲"了。确切地说，早在几天之前朋友相约的时候，我的心里就踊跃着、期待着，去看那块神秘莫测的"在河之洲"。

我是少年时期在初中语文课本上，初读那首被称作中国第一首爱情诗歌的。无须语文老师督促，一诵我便成记了，也就终生难忘了。"关关雎鸠，在河之洲；窈窕淑女，君子好逑。"许是少年时期特有的敏感，对那位好逑的君子不大感兴趣，甚至有莫名的逆反式的嫉妒，一个什么样儿的君子，竟然能够赢得那位窈窕淑女的爱？在河之洲，在哪条河边的哪一块芳草地上，曾经出现过一位窈窕淑女，而且演绎出千古诵唱不衰的美丽的爱情诗篇？神秘而又圣洁的"在河之洲"，就在我的心底潜存下来。后来听说这首爱情绝唱就产生在渭北高原，却不敢全信，以为不过是传说罢了，而渭河平原的历史传说太多太多了。直到朋友约我的时候，确凿而又具体地告诉我，在河之洲，就是渭北高原合阳县的洽川，这是大学问家朱熹老先生论证勘定的。朱熹《诗集传》里的"关雎"篇，以及《大雅·大明》的注释，有"在洽之阳，在渭之涘"可佐证，更有"洽，水名，本在今同州郃阳夏阳县"，指示出不容置疑的具体方位。郃阳即今日的合阳县，20世纪50年代还沿用古体"郃"字作为县名，后来为图得简便，把右边的耳朵削减省略了，"郃"阳县就成今天通用的合阳县了。洽水在合阳县投入黄河，这一片黄河道里的滩地古称洽川，就是千百年来让初恋男女梦幻情迷的"在河之洲"。我现在就奔着那方神秘而又圣洁的芳草地来了。

　　远远便瞅见了黄河。黄河紧紧贴着绵延起伏的群山似的断崖的崖根，静静地悄无声息地涌流着。黄河冲出禹门，又冲出晋陕大峡谷，到这里才放松了、温柔了，也需要抒情低吟了，抖落下沉重的泥沙，孕育出渭北高原这方丰饶秀美的河洲。这是令人一瞅就感到心灵震颤的一方绿洲，顿然便自惭想象的狭窄和局限。这里坦坦荡荡铺展开的绿莹莹的芦苇，左望不见边际，右眺也不见边际，沿着黄河也装饰着黄河，竟有三万多亩，那一派芦苇的青葱的绿色所蕴聚的气象，在人初见的一瞬便感到巨大的摇撼和震颤。我站在坡坎上，久久说不出一句话来，那方自少年时代就潜存心底的"在河之洲",完全不及现实的洽川之壮美。

芦苇正长到和我一般高,齐刷刷、绿莹莹,宽宽的叶子上绣积着一层茸茸白毛,纯净到纤尘不染。我漫步在芦苇荡里青草铺垫的小道上,似可感到正值青春期的芦苇的呼吸。我自然想到那位身姿窈窕的淑女,也许在麦田里锄草、在桑树上采摘桑叶、在芦苇丛里聆听鸟鸣,高原的地脉和洽川芦荡的气韵,孕育出窈窕壮健的身姿和洒脱清爽的质地,才会让那个万众景仰的周文王一见钟情,倾心求爱。我便暗自好笑少年时期自己的无知与轻狂,好迷的君子可是西周的周文王啊,哪里还有比他更能称得起君子的君子呢!一个君王向一个锄地割麦、采桑养蚕的民间女子求爱,就在这莽莽苍苍、郁郁葱葱的芦苇荡里,留下《诗经》开篇的爱情诗篇,萦绕在这个民族每一个子孙的情感之湖里,滋润了两千余年,依然在诵着、吟着、品着、咂着,成了一种永恒。

雨下起来了。芦苇荡里白茫茫一片铺天盖地的雨雾,腾起排山倒海般雨打苇叶的啸声,一波一波撞击人的胸膛。走到芦苇荡里一处开阔地时,看到一幅奇景,好大的一个水塘里,竟然有几十个人在戏水,男人女人,年轻人居多,也有头发稀落、皮肉松弛的上了年岁的人。这个时月里的渭北高原,又下着大雨,气温不过十度,那些人只穿泳衣在水塘里嬉闹着,似乎不可思议。这是一个温泉,名处女泉,大约从文王向民间淑女求爱之前涌流到今天了。温泉蒸腾着白色的水汽,像一只沸滚的大锅,一团一团温热湿润的水汽向四周的芦苇丛里弥漫,幻如仙境。洽川人得了这一塘好水,冬夏都可以尽情洗浴了,自古形成一个风俗,女子出嫁前夜,必定到处女泉净身,真是如诗如画。洽川这种温泉在古籍上有一个怪异的专用汉字——瀵。自地下冒涌出来,冲起沙粒,对浴者的皮肤冲击搓磨,比现代浴室超豪华设施美妙得远了。

在洽川，这样的泉有多处，细如蚁穴，大如车轮，《水经注》等多种典籍都有生动具体的描绘。现在成了各地旅客观赏或享受沙浪浴的好去处了。

这肯定是我见过的最绝妙的温泉了，也肯定是我观赏到的最壮观、最气魄的芦苇荡了，造化给缺雨干旱的渭北高原赐予这样迷人的一方绿地一塘好水，弥足珍贵。我在孙犁的小说散文里领略过荷花淀和芦苇荡的诗意美，前不久从媒体上看到有干涸的危机，不免扼腕；从京剧《沙家浜》里知道江南有一片可藏匿新四军的芦苇荡，不知还有芦苇否？芦苇丛生的湿地沙滩，被誉为地球的肺。无须特意强调，谁都知道其对于人类生存不可或缺的功能。

我便庆幸，在黄河滩的洽川，芦苇在蓬勃着，温泉在涌着冒着，现代淑女和现代君子，在这一方芳草地上，演绎着风流。

2004 年 9 月 21 日于雍村

柴达木掠影

出敦煌城，满眼都是变幻着色彩的沙子。无边无际的沙丘、沙梁和沙地，金黄金黄的，灰白灰白的，淡青淡青的，铺天盖地的沙漠没有期望里的变化，仅仅是沙子的颜色淡了浓了在变幻着。进入祁连山，沟底和山坡上有绿草生长，尽管可以看出干旱施虐下存活的艰难，毕竟是绿色生命，毕竟带给人一种鲜活。远处的祁连山是凛凛的赤裸的峰峦和沟壑，有几处可以看到峰顶上闪闪发亮的积雪。翻过祁连山，又是砾石堆积的戈壁，零星的骆驼草顽强地在这里宣示着生命。偶尔可以发现一只蓝底白翅的小鸟，从这蓬骆驼草飞到另一丛，使这无边沉寂的漠地有了一点灵动。

进入柴达木腹地，便进入生命的绝地。一株草、一只蠓虫都绝迹了。地表是如同刚刚得到细雨润湿的黑油油的土壤，踏上去竟然坚硬如铁，这是经过盐渍造成的奇异景象。薄薄的土层下，是青石一般坚硬的盐层，深不知底。柴达木意译是盐渍。性能精良的越野车，在沙漠戈壁行进了整整九个小时，陪伴左右的祁连山隐去了，阿尔金山扑入眼来了，白雪皑皑的昆仑山让人生出走到天尽头的错觉。我已经知晓，1954年早春，在西安组建的第一支石油勘探队从敦煌开始行程,用脚步并借助骆驼横穿过沙漠和戈壁,历时半月,到达我们即将抵达的尕斯库勒湖畔。他们吃自己背着的干粮,他们走到哪儿就在哪儿的沙地上挖坑(地窝子)夜宿。在关中已经是柳絮榆荚飘飞的春景,柴达木依然是严寒的冬天,夜晚沙坑里彻骨的冰冷是可以想见的。最严酷的是根本找不到淡水。我从当年那些首闯绝地的勘探者所写的回忆短文里,首先感动的是朴实无华、坦诚平静的叙述,对于任谁都可以想象的绝地里的困难,绝无渲染辞藻。这样的叙述反倒令人感受到创业者的豪迈和威势,读来令人产生对某种远逝的纯情的怀念。

我已经看多了造型各异、令人眼花缭乱的高楼大厦,看多了越来越精致的城市绿地和花卉,越变越华丽雅致的地毯和壁饰。我现在置身于寸草不生、蠓虫不飞、严酷到连一口淡水也找不到的柴达木。把赤裸的祁连山、赤裸的阿尔金山、冰雪闪亮的昆仑山揽入视野纳入心胸,对我的心境和心态是一种无可替代的良好的调节,起码不至于仅仅把眼光流连在人工制造的草地、花丛、地毯、壁饰的色彩和图案上,人的情趣需要带着严酷意味的荒漠群山的调节。

远远便瞅见昆仑山脚下尕斯库勒湖蓝莹莹的好水。人在干枯单调的荒漠里整整走过九个小时,对眼前突然出现的这一湖好水的亲近是强烈的,况且是融雪汇聚成湖的纯净的水,绿色就环绕着湖水而蓬勃着生气了。我们来到一座高耸的碑塔前,这是柴达木打出第一口油井的井址,站在这个碑塔下,感知那种令人肃然起敬的创业者的神圣和尊严。

花土沟是发现油砂石的地方,在连绵不断的如同被大火燎烧过的群峰之中。汽车在山间盘旋而上,残破的山梁、残破的沟坡、残破的山峰,在见惯了黄土高坡的我的感觉里,仍然是不堪。就在这样的沟壑间山梁上,这里那里都竖立着正在掘进的井架,悠悠然有节奏运转着的抽油机,黑色的输油管或凌空飞架或顺地铺设,我可以想象技术人员和工人完成每一道工序的艰难,更感佩把石油采出的意志力。

花土沟山顶上立着一块石碑,铭刻着这里是首先发现油砂石的地方。1947年,一支仅剩下三人的石油勘探队,几乎是在绝望中听到一个什么人说这儿有一种可以点燃起火的石头,欣喜若狂,立马赶到这里,发现了山峰和山沟里裸露着的油砂石,这是潜藏石油最可靠的资料了。石碑上镌刻着那三个发现者的名字。这块石碑,完整了柴达木石油勘探开采的历史,一种令人感佩的科学态度。我接受了油田一位朋友随手捡拾的一块油砂石,尽管早已干涸,仍然可以闻到一股油腥气味,颜色是被石油浸渍过的紫黑色。我在看着摸着嗅着这块来自地心的不寻常的石头时是平静的,不过有一点好奇,却可以理解那三位勘探者抓到它时的狂欢,那对他们来说是发现,是求证的证据,是理想的实现。也可以理解1954年的勘探队在此打出第一口油井的狂欢,应该是献给刚刚建立不久的新中国的一份厚礼。从那时开始,到我以参观者的身份到这里来的时候,整整经过了五十年,新的井架还在搭建,油井还在出油,新的年生产指标还在提升。一茬接一茬的石油人在这里付出了汗水、心血和青春,又一茬年轻人继续活跃在平川里和沟壑间,依然是一丝不苟的全身心投入,依然是面对戈壁所有艰辛的顽强和乐观。

还有开创者的诗性情怀。他们为柴达木取下一批极富诗意的地名,这是这些处女地自形成以来的第一次命名。花土沟是依山峰和沟坡的颜色命名的。冷湖这个名字取得多么别致,怕是大学问家也未必能推敲得到。还有一个南八仙,就不仅仅是文字上的光彩了，而是一种虔诚的缅怀。一个由八位女子组成的勘探队，走出营地后消失了，无影无踪地消失在柴达木荒漠上，一缕布条、一页纸片都没有残留。战友们在搜寻绝望之时给她们失踪的地方命名为南八仙。愿这些报效国家的巾帼英雄，化为天仙。

在柴达木一路走来，超出想象的大自然的严酷，对我发生着连续的冲撞；传说的和文字记录的开发柴达木的英雄业绩，对我也发生着令人由衷感动感叹的冲撞；眼见的正在掘进的钻机和悠然运动的抽油机，穿着溅有油痕制服的技术人员和工人，一张张自信而又鲜活的脸孔，有一种更富活力的冲撞。尽管我不可能加入这种环境下的这一群劳动者的行列，却乐意接受这种冲撞，增强精神和心理的钙质，更踏实、更从容地面对生活。

2004年9月30日晨于雍村

借助巨人的肩膀
——翻译小说阅读记忆

平生阅读的第一部长篇小说,是《静静的顿河》。尽管时过四十多年,我仍然确信这个记忆不会有差错,人对自己生命历程中那些第一次的经历,记忆总是深刻。

从学校图书馆借这部小说时,我还不知道它是一部名著,更不了解它在苏联和世界文坛的巨大影响。那是我对文学刚刚发生兴趣的初中二年级,"反右"正在进行。我的语文老师是一位初出茅庐的中文系大学生,常常在语文课堂上逸出课本内容,讲某位作家、某位诗人被打成"右派"的事,尤其是被称为"神童"的刘绍棠被定为"右派",印象最为深刻。好奇心也在同时发生,天才、神童,远远比那个我尚不能完全理解其政治内涵的"右派"帽子更多了神秘色彩,十分迫切地想看看这个"神童"在与我差不多接近的年龄所写的小说。课后我就到学校图书馆查阅图书目录,居然借到了短篇小说集《山楂村的歌声》,大约是学校图书馆尚未来得及清查禁绝"右派"作家的作品。大约是在这部小说集的"后记"里,刘绍棠说到他对肖洛霍夫的崇拜和对《静静的顿河》的喜欢。"神童"既然如此崇拜、如此喜欢，我也就想见识见识这部长篇小说。看到在图书馆书架上摆成雄壮一排的四大本《静静的顿河》，我还是抑制住自己的欲望，直等到暑假放假，我便把这四大本书背回乡村的家中。

我知道了地球上有一条虽然不大却很美丽的河流叫顿河，这个顿河总是具象为我家门前那条冬日清冽、夏日暴涨的灞河。辽阔的顿河草原上的山冈，舒缓柔曼的起伏的线条，也与我面对着的骊山南麓的坡岭和白鹿原北坡的气韵发生叠印和重合，还有生动的哥萨克小伙子格里高利和风情万种的阿克西尼亚。我那时候忙于自己的生计，每逢白鹿原上集镇的集日，先一天下午从生产队的菜园里趸取西红柿、黄瓜、大葱、茄子、韭菜等，大约五十斤，天微明时挑到距家约五公里的原上去，一趟买卖可赚一二元钱，整个暑假坚持不懈，开学时就可以揣着自己赚来的学费报到了。集日的间隔期里，我每天早晨和后晌背着竹条大笼提着草镰去割草，或下灞河河滩，或者爬上村庄背后白鹿原北坡的一条沟道，都会找到鲜嫩的青草。虽然因为年幼尚无为农业合作社出工的资格，而割草获得的工分比出工还要多。我在割草和卖菜的间歇里，阅读顿河哥萨克的故事，似乎浪漫到不可思议。我难以理解故事里的人物和内蕴，本属正常。所有这些也许并不重要，有幸的是感受到我的生活范围以外的另一个民族的生活形态，视野抵达一个几乎找不到准确方位的遥远的顿河草原，生活在那里的人们的快乐和悲伤竟然牵动着我的情感，而我不过是卖菜割草的一个尚未成年的乡村孩子。我后来才意识到，我喜欢阅读欧美小说的偏向，就是从这一次发生逆转的，从"说时迟，那时快"的语言模式里跳了出来。

另一次难忘的阅读记忆发生在"文革"期间。我已经几年都不读小说了。"文革"一开始，以"三家村"为标志的作家们的灾难，使我这个刚刚在地方报纸副刊上发过几篇散文的业余作者，终于得出一个最现实的结论，写作是绝对不能再做的事了。我把多年来积累的日记和生活纪事，悄悄从学校背回乡下家中，在后院的茅房里烧毁了，也就把因为一句不恰当的话而招致灾难的担心解除了。我后来被借调到公社（乡）帮忙，遇见了初中的地理老师。他已经升为我们公社地区唯一一所中学的校长，"文革"中惨遭批斗，新成立的"革委会"拒不"结合"他。公社要恢复"文革"中瘫痪多年的基层党支部，他被借调来公社帮助工作，我和他就重新相聚了。我听他说来此之前在学校闲着，分配他为图书管理员。这一瞬我竟然心里一动，久违了的好陌生的图书馆呀。他说学校的图书早已被学生拿光了，意在他这个管理员是有名无实。我却不甘心，总还有一些书吧？他不屑地说，偷过剩下的书在墙角堆着。我终于说服了他，晚上偷偷潜入校园，打开图书馆的铁锁，不敢拉亮电灯，用事先备好的手电筒照亮，在那一堆大多被撕去了书皮的书堆里翻拣。真是令人喜出望外，我竟然获得了《悲惨世界》《血与沙》《无名的裘德》等世界名著。我把这些书装入装过尿素的塑料袋，绑捆到自行车后架上，骑车出了学校大门，路边是农民的菜地，如做贼得手似的畅快。我的老师再三叮嘱我，绝对不能让任何人看见这些书，我便发誓，即使不慎被谁发现再被揭露，绝不会暴露书的真实来处，打死我都不会给老师惹麻烦。

于是就开始了富于冒险意味的阅读。这大约是20世纪70年代的事，处于"文革"中期的整个社会氛围是难以确切描述的，我只确信一点，未曾亲自经历过的人是不可能有那种亲历者的直接感受的。大约也就在这个时候，八个样板戏里的头几个样板被推出来。整个社会都挥舞着一把革命的铁帚，扫荡"封资修"——

那些古今中外的优秀文化和文学遗产。我在一天工作之后洗了脚，插死门扣，才敢从锁着的抽屉里拿出那本被套上"毛选"外皮的翻译小说来，进入一种最怡静也最冒险的阅读，院子里传进来干部们玩扑克为一张犯规的出牌而引发的争吵。最佳的阅读气氛是在下乡住到农民家里的时候。那时候没有电视，房东一家吃罢晚饭就上炕睡觉了，在前屋后窗此起彼伏的鼾声里，我与百余年前法国的一位市长冉阿让相识相交，竟然被他的传奇故事牵肠揪心、难以成眠；抑或是陌生到无法想象的西班牙斗士，在斗牛沙场和社会沙场上演绎的悲剧人生；还有那个"多余人"裘德，倒是更能切近我的生活，尽管有种族习俗和社会形态的巨大差异，然而作为社会底层被社会遗忘的"多余人"的挣扎和痛苦，却是穿透任何差异的共通的心灵情感，甚至可以作为我理解自己身边那些乡村农民的一个参照。许多年以后，我才从开禁的有关资料中得知，《无名的裘德》是欧洲文坛曾经颇有影响的写社会底层"多余人"文学潮流的代表作之一，包括高尔基也写过这类人物和很具影响的一部长篇小说，名字记不得了。

　　这应该是我文学生涯里真正可以称作纯粹欣赏意义上的阅读。此前和后来的阅读，至少有"借鉴"的职业性目的。此时此境下的阅读纯粹是欣赏，甚至是消遣，一种长期形成的读书习惯所导致的心理欲望和渴求。因为"文革"开始我就不再做作家梦了，四五年来，没有写过任何带有文学色彩的文章。读着这些世界名著的时候，也没有诱发写作欲望或重新再做作家的梦想，然而我依然喜欢阅读。阅读这些一概被斥为"封资修黑货"的小说，耳朵里灌进的是以毛主席语录谱写的歌曲，还有样板戏的唱段，乡村树杈上的高音喇叭从早到晚都在向田野和村庄倾泻着，在我的心里，正好是无产阶级文艺和资产阶级文艺全面对抗尖锐冲突

"你死我活"的双方交战的场面。我那时尚不能作出判断,以"样板戏"为代表的中国无产阶级文艺如何发展、前景怎样,然而却确实发生最基本的属于常识层面上的怀疑,欧洲的无产阶级和穷人喜欢如《悲惨世界》《血与沙》《无名的裘德》等这一类作品,我不可能有任何片纸只言的资料,所以只能依常情常理来推测。依据仍然是这些文本,它们都是为劳动者呐喊的呀。我至今也无法估量发生在"文革"中间的这种最纯粹的阅读,对我后来创作的发展有何启示或意义,但有一点却是不可置疑的,欧洲作家创造的这些不朽作品,和我的情感发生过完全的融汇,也清楚了一点,除了八个样板戏,还有如上述的世界名著在中国以外的世界上传诵不衰。

还有一次发生在"文革"后期的阅读是难忘的。大约是1975年春天,我到西安电影制片厂去改编电影剧本,意料不到地读到了苏联作家柯切托夫的几部长篇小说。需稍作交代,此前两年,被砸烂了的省作家协会按照上级指示开始恢复,在农村或农场经过劳动改造且被审定没有"敌我矛盾"的编辑和作家,重新回到西安,着手编辑文学刊物。为了与原先的"文艺黑线"划清界限,作家协会更名为创作研究室,《延河》杂志也改为《陕西文艺》。老作家们虽被"解放",仍然不被信任,仍然心有余悸,"工农兵"业余作者一下子吃香了。我也正是在这时候写下了平生的第一个短篇小说,且被刚刚恢复业务的西影厂看中,拟改为电影。我到西影厂以后,结识了几位和我一样热心创作的业余作者。记不清谁给我透露,西影厂图书资料室有几本"内部参考"小说,是供较高级领导干部阅读参考的,据说这几本小说揭露了"苏联修正主义"的内幕。我经过申请,得到有关领导批准,作为写剧本的业务参考,破例破格阅读"高干"的参考书。

第一本是《州委书记》，作者是柯切托夫。这部小说写了苏共的两个州委书记，拿我们的习惯用语说，一个实事求是做着一个州的发展和建设工作，另一个则是欺上瞒下、虚夸成绩、搞浮夸风。前者不断受挫，后者屡屡得手于表彰升迁等。结局是水落石出，后者受到惩治，前者得到表扬。依着今天我们的眼界来说，这部小说的主旨和人物几乎没有什么新颖之处。然而在1975年的时空下，我的震撼和兴奋几乎是难以抑止的。1975年再度加压的政治气氛，却无法堵住中国人私下的议论，包括直白的诅咒和谩骂，这应该是施虐近十年的极"左"路线穷途末路的一个先兆。我可以和几位朋友在私下里谈《州委书记》。我甚至以为把作品人物名字换成中国人的名字，把集体农庄换成公社或生产队，读者的感觉会毫无差异。就当时而言，柯切托夫揭示的苏联社会问题，在中国的实际生活里更普遍也更尖锐。更令我惊讶的是，我们作为揭露苏共修正主义的标本，在苏联却照常销售、普遍阅读，如若中国有一位写出类似作品的作家，且不说能否出版，肯定性命都难保全。

兴趣随之由作品转移到作家本身，柯切托夫创作历程中的几次转折似乎更富于参照意义。我连续在西影图书馆借到了柯切托夫的两本长篇小说《茹尔宾一家》和《叶尔绍夫兄弟》，都是"文革"前已经翻译出版的。它们从城市家族的角度，写产业工人在社会主义劳动中的英雄主义精神，都是公开出版发行的。这个以写和平建设时期的英雄而在苏联和中国都很有名气的作家，到20世纪60年代，把笔锋调转到另一个透视的角度，揭示苏共政权机关里的投机者，以致他的《州委书记》等长篇成为中国"高干"了解"苏修"社会黑幕政权质变的参照标本。柯切托夫为什么会发生这样的转折？显然不是艺术形式追求变化层面上的事，而是作家的思想。作家思想发生了怎样的变化？是什么东西促成了柯切托夫的这种变化和视点的转移，当时找不到任何可资参考的资料。我唯一能作出判断的是，这既需要强大的思想穿透力，也需要具备思考者的勇气。

到20世纪80年代初，柯切托夫的作品重新出现在新华书店的售书架上，包括曾经作"高干"内参的《州委书记》。我在从书架上抽出这本小说交款购买的简短过程里，竟然有一种莫名的感叹，不过六七年时间，似乎有隔世的陌生而又亲切的矛盾心理。不久又见到《你到底要什么》，柯切托夫直面现实的思考和发问，尖锐而又严峻，令人震撼。这个书名很快在中国普及，且被广泛使用。随后又购买到了《落角》，柯切托夫的变化再一次令我惊讶，无论从思想到艺术形式，几乎让我感觉不到柯切托夫的风格了，有点隐晦，有点象征，更多着迷雾，几乎与之前的作品割断了传承和联系。转折如此之大，同样引起我的兴趣，柯切托夫自己"到底要什么"？尽管我难以作出判断，却清楚地看到一个作家思想、情感以及艺术形态的发展轨迹，早期歌颂英雄的鲜明立场和饱满的情感，转折到对生活里虚伪和丑恶的严厉批判揭露，再到对整个社会和人群发出严峻的质问，"你到底要什么"，一时成为整个社会都无法回避的问题，最后发展到晦涩的《落角》，我都不大读得懂了。自然是作家主体的思想和情感发生了变化，然而是什么东西促成了这种变化，我却无法判断。隐蔽在晦涩文字下的情绪，直接感到那个曾经洋溢着热情、闪烁着敏锐思想光芒的柯切托夫可能太累了，且不断定其失望与否。这样一个曾经给我们提供过"参考"样本的作家，死亡时，苏共党魁勃列日涅夫亲自参加了他的追悼会，似乎并不计较他对苏联社会的揭露、批判、诘问和某种晦涩的失望。

到20世纪80年代初，在省作协院子里，出现过一阵苏联文学热。中苏关系解冻，苏联文学作品有如开闸之水，倾泻过来，北京两所外语高校编辑出版了两本专门翻译介绍苏联作家、作品的杂志《苏联文学》和《俄苏文学》，这是空前绝后的事，可见对苏联文学之热不单在我的周围发生，而是一个范围更大的普遍现象。我连续订阅这两本杂志多年，直到苏联解体杂志停刊，可见对苏联文学的关爱之情。我通过这两本杂志和购买的书籍，结识了许多苏联作家。我那时候住在乡下老家，到作家协会开会或办事，常常在《延河》编辑兼作家王观胜的宿办合一的屋子里歇脚，路遥也是这个单身住宅里的常客，话题总是集中到苏联作家和作品的阅读感受上。艾特玛托夫、舒克申、瓦西里耶夫，还有颇为神秘的索尔仁尼琴，等等，各自阅读体验的交流，完成了互补和互相启示，没有做作，不见客套，其本质的获益肯定比正经八百的研讨会要实在得多。在大家谈到兴奋时，观胜会打开立柜，取出珍藏的雀巢咖啡——这在当时称得最稀罕、最昂贵也最时髦的饮料——犒赏每人一杯，小屋子里弥漫着烟气，咖啡浓郁的香气也浮泛开来。

我感到了面对苏联的历史和现实，不同的作家以不同的思想视角和艺术形态，展示出独立的思维和独立的体验，呈现出独有的艺术风景，柯切托夫属于其中的一景。我开始意识到要尽快逃离同一地域同代作家可能出现的某些共性，要寻求自己独自的生活体验和艺术体验，才可能发出富于艺术个性的独自的声音。真正蓄意明确的一种阅读，发生在此前几年。1978年春天，作为家乡灞河河堤水利会战工程的主管副总指挥，我住在距水不过五十米的河岸边的工房里，在麦秸作垫的集体床铺上，我读到了《人民文学》发表的刘心武的《班主任》。我的最直接的心理反应，用一句话来概括，创作可以当作一项事业来干的时代到来了！我在6月基本搞完这个四公里河堤工程之后，留给家乡一份纪念物，就调动到文化馆去了。我到文化馆上班实际已拖到10月，在一个无人居住的残破的屋子里安顿下来，顶棚塌下来，墙上还留着墨汁写的"文革"口号，"打倒""砸烂"之类。我用废报纸把整个四面墙壁糊贴起来，满屋子都是油墨气味，真是书香四溢了。我到文化馆图书馆借书，查封了十余年的图书馆刚刚开禁。我不自觉地抽取出"文革"前翻译出版的一本本小说。我在泛读的过程中，很自然地把兴趣集中到莫泊桑和契诃夫身上。想来也很自然，我正在练习写作短篇小说，不说长篇，连中篇写作的欲望都尚未萌生。在读过所能借到的这两位短篇大师的书籍之后，我又集中到莫泊桑身上。依我的阅读感觉来看，契诃夫以人物结构小说，莫泊桑以故事结构小说塑造人物；前者难度较大，后者可能更适宜我的写作实际。这样，我就在莫泊桑浩瀚的短篇小说里，选出十余篇不同结构形式的小说，反复琢磨，拆卸组装，探求其中结构的奥秘。我这次阅读历时三个月，大约是我一生中最专注、最集中的一次阅读。这次阅读早在我尚未离开水利工地时就确定下来，是我所能寻找到的自我把握的切合实际的举措。我从《班主任》的潮声里，清楚地感知到文学创作复归艺术自身规律的趋势。我以为"文革"期间极"左"政治和极"左"的文艺政策，因为太离谱，早已天怒人怨，连普通读者和观众都背弃不信；倒是"文革"前十七年里越来越趋"左"的指导创作的教条，需得一番认真的清理。我那时比较冷静地确认这样一个事实，自从喜欢文学的少年时期到能发表习作的文学青年，整个都浸泡在这十七年的影响之中，关于文学、关于创作的理解，也应该完成一个如政治思想界"拨乱反正"的过程。我能想到的措施就是阅读，明确地偏向翻译文本,与大师、名著直接见面,感受真正的艺术,才可能排解剔除意识里潜存的非文学因素。我曾经在十年前的一篇短文里简约叙述过这个过程,应该是我回归创作规律至关重要的一步,应该感谢契诃夫,还有莫泊桑,在他们天赋的智慧创造的佳作里,我才能较快地完成对极"左"的创作理论清理剔除的过程。到1979年春节过后,我的心理情绪和精神世界充实丰沛,洋溢着强烈的创作欲望,连续写下十个短篇小说,成为我业余创作历程中难以忘却的一年。

阅读《百年孤独》也是读书记忆里的一次重要经历。我应该是较早接触这部大著的读者之一,在书籍正式出版之前,朋友郑万隆把刊载着《百年孤独》的《十月·长篇专刊》赐寄给我。我在1983年早春参加中国作协在河北涿州召开的"农村题材创作研讨会"期间,看到万隆正在校对《百年孤独》的文稿,就期盼着先睹这部刚刚获得诺贝尔文学奖的新世界文学名著。一当目触奥雷连诺那块神秘的"冰块",我就在全新的惊奇里吟诵起来。我在尚不完全适应的叙述形式和叙述节奏里,却十分专注地沉入一个陌生而神秘的生活世界和陌生而又迷人的语言世界。恕我不述这部在中国早已普及的名著初读后的诸多感受,这里只用一个情节来概括:1985年夏天,省作协在延安和榆林两地连续召开"长篇小说创作促进会",我有几分钟的最简短的发言,直言阅读《百年孤独》的感受,大意是,如果把《百年孤独》比作一幅意蕴深厚的油画,我截止到目前的所有作品顶多只算是不大高明的连环画。我的话没有形成话题,甚至没有任何反应,甚至产生错觉,以为我有矫情式的过分自贬。我也不再继续阐释,却相信这种纯粹属于自我感觉所得出的自我把握。这次阅读还有一个不期而至的效果,就是使我把眼睛和兴趣从苏联文学上转移了。

我关注有关拉美魔幻现实主义的作家和作品，尤其是介绍或阐释魔幻现实主义的资料。我随后在《世界文学》上，看到魔幻现实主义的开山大师卡彭铁尔篇幅不大的长篇小说《王国》，据介绍说这是魔幻现实主义的首创之作。同期配发了介绍卡彭铁尔创作道路的文章，我才对魔幻现实主义的创立和发展有了一个较为清晰的脉络。据说《王国》之前拉丁美洲尚无真正创造意义的文学，没有在世界上引起关注的作品和作家。《王国》第一次影响到欧洲文学界，是以其陌生的内容更以其陌生的形式引起惊呼，无法用以往所有的流派和定义来归纳《王国》，有人首创出"神奇现实主义"一词概括，且被广泛接受。《王国》引发了拉丁美洲文学新潮，面对一批又一批新作品、新作家的潮涌，欧美评论界经过几年的推敲，弄出一个"魔幻现实主义"的词汇，似乎比"神奇"更能准确把脉这一地域独具禀赋的作品特质。

对我更富启示意义的是卡彭铁尔艺术探索的传奇性历程。创作之初，他就喜欢把目光紧盯着欧洲文坛，尤其是现代派。他为此专程到法国，学习领受现代派文学并开始自己的写作，几年之后，虽然创作了一些现代派作品，却几乎无声无响，没有引起任何人的注意。他在失望至极时决定回国，离去时有一句名言：在现代派的旗帜下容不得我。他回到古巴不久，就专程到海地"体验生活"去了。据说他选择海地的根本理由，是因为这是拉丁美洲唯一保持着纯粹黑人移民的国家。他在那里调查研究黑人移民的历史，当然还有现实生存形态。他在海地待了几年时间我已无记，随后他就写出了拉丁美洲第一本令欧美文坛惊讶的小说《王国》。我只说这个人对我启示最深的一点，是关于我对乡村生活的自信被击碎了。我的生活史和工作历程都在乡村，直到读卡彭铁尔的作品，还是在祖居的老屋里忍受着断电、点着蜡烛完成的。

我突然意识到，我连未见过面的爷爷以及爷爷的兄弟们的名字都搞不准确，更不要说再往上推这个家族的历史了，更不要说爷爷们曾经在我现在居住的这个屋院里的生活秩序了。我在家乡农村教书和在公社（乡）工作整整二十年，恰好在改革开放之前和之后，我一直自信对解放以后乡村经历的欢乐和灾难的全过程的了解和感受，包括我的父亲从自家槽头解下缰绳，把黄牛牵到初级农业合作社里将一孔废弃的窑洞改装成的饲养大槽上。这时，才意识到对于企图从农村角度述写中国人生活历程的我来说，对这块土地的了解太浮泛了。也是在这一刻，我突然很懊悔，在"文革"之初破"四旧"烧毁族谱时，至少应该将一代又一代祖宗的名字抄写下来，至少应该在父亲谢世之前，把他记忆里的祖辈们的生活故事（哪怕传闻）掏挖出来。我随之寻找村子里几位年龄最高的老者，他们都说不清来龙去脉，只有本门族里一位一字不识的老者，还记得他儿时看见过的我爷爷的印象：高个子，后脑上留着刷刷（从板刷得到的比喻，剪辫子的残余）头发，谁跟外村人犯了纠葛，都请他出面说事；走路腰挺得很硬，从街道上走过去，在门口敞怀给娃喂奶的女人，都吓得转身回屋去了。这是他全部记忆里关于我爷爷的印象，也是我至今所能得到唯一的一个细节。这个细节从听到的那一刻，就异常活跃地冲撞我的情感和思维，后来就成为我的长篇小说《白鹿原》主要人物白嘉轩的一个体形表征，尽管那时候还没有这部小说的构想。

几乎与此同时，中国文坛呈现出"寻根文学"的鲜活生机。我不敢判断这股文学新潮是否受到拉美文学爆炸的启示或影响，我却很有兴趣地阅读"寻根文学"作品，尽管我没有写过一篇这个新流派的小说。我后来很快发现，"寻根文学"的走向是越"寻"越远，"寻"到深山老林荒蛮野人那里去了，民族文化之根肯定不在那里。我曾在相关的座谈会上表述过我的遗憾,应该到钟楼下人群最稠密的地方去"寻"民族的根。我很兴奋地处在20世纪80年代中期的文坛里,多种流派交相辉映,有"各领风骚一半年"的妙语概括其态势。其中有一种"文化心理结构"的创作理论,使我茅塞顿开。人是有心理结构的巨大差异的,文化决定着人的心理结构的形态。不同种族的生理体形的差异是外在的,本质的差异在不同文化影响之中形成的心理结构的差别上;同种同族同样存在着心理结构的截然差异,也是文化因素的制约。这样,我较为自然地从性格解析转入人物心理结构的探寻,对象就是我生活的渭河流域,这块农业文明最早呈现的土地上人的心理结构,有什么文化奥秘隐藏其中,我的兴趣和兴奋有如探幽。卡彭铁尔进入海地,"寻根文学"和"文化心理结构"创作理论,这三条因素差不多同时影响到我,我把这三个东西综合到一起,发现有共通的东西,促成我的一个决然行动,去西安周边的三个县查阅县志和地方党史文史资料,还有不经意间获得的大量的民间逸事和传闻。那个长篇小说的胚胎渐渐生成,渐渐发育丰满起来,我感到真正寻找到"属于自己的句子"了。

我并不以卡彭铁尔从欧洲现代派旗帜下撤退的行动,作为拒绝了解现代派艺术的证据。现代派艺术肯定不适宜所有作家。适宜某种艺术流派的作家,会在那个流派里发挥创造智慧;不适宜某种艺术流派的作家,就会在他清醒地意识到不适宜时逃离出去,重新寻找更适宜自己性气的艺术途径。这是作家创作发展较为普遍的现象。海明威把他的艺术追求归纳为一句话,说他一生都在"寻找属于自己的句子"。这个"句子"自然不能等同于叙述文字里的句子。既然是"一生",就会有许多次,我们习惯用一次新的成功的探索或突破来表述这个过程和结果。卡彭铁尔到海地

"寻找"到了真正"属于自己的句子",开创了拉美文学新的天地,以至发生爆炸,以至影响到世界文坛。今天坦白说来,《王国》我读得朦朦胧胧,未能解得全部深奥,也许是生活距离太大,也许"神奇"的意象颇难解读,也许翻译的文字比较晦涩。我的最重要的启示在于卡彭铁尔扎到海地去的行动,即他"寻找属于自己的句子"时富于开创意义的勇气,才是我的最有教益的收获。未必也弄出"人变甲虫"的蠢事来。

在昆德拉热遍中国文坛的时候,我也读了昆德拉被翻成中文的全部作品。我钦佩昆德拉结构小说举重若轻的智慧,我喜欢他的简洁明快里的深刻。这是寻找到"属于自己的句子"的又一位成功作家。我不自觉地把《玩笑》和《生命中不能承受之轻》对照起来。这两部杰作在题旨和意向所指上有类近的质地,然而作为小说写作却呈现出决然不同的艺术气象,我习惯从写作的角度去理解其中的奥秘,以为前者属于生活体验,后者已经进入生命体验的层面了。我在这两本小说的阅读对照中,感知到从生活体验进入到生命体验,对作家来说,有如由蚕到蛾羽化后的心灵和思想的自由。

2004 年 11 月 24 日于二府庄

完成一次心灵洗礼
——感动长征之一

大约是在小学或初中读书时，听老师讲过朱毛井冈山会师和长征的故事。随着年岁增长和阅读面的拓宽，包括对两位美国作家斯诺和索尔兹伯里影响深远的《西行漫记》《长征——前所未闻的故事》两部著作的阅读，井冈山早已成为我心里最高的山、最神圣的山。然而几十年过去，适逢长征胜利70周年之际，终得观瞻井冈山的机缘，兴奋和踊跃之情就是很自然的了。再，延安是长征胜利的终结地，我和作家朋友以及家人，已经多次参观过，总想着到长征的起始点去感受一番，这个震惊世界的两万五千里长征，才会在我的心里有一个完整的感受。作为一个自我感觉关注着国家和民族现实发展和未来命运的当代作家，仅从书本和资料上获取发生在井冈山的历史事件是不够的，必须领受最直接的心理冲击和体验，才能使在井冈山发生的血与铁的历史铸入情感，也铸入理性。

我在南昌走进了那幢打响起义第一枪的楼房，我在井冈山下坐在毛泽东和朱德第一次会面的龙江书院的方桌旁的长凳上，我抚摸了一炮轰得"敌军宵遁"的黄洋界上那门迫击炮的炮筒，我在瑞金观瞻了中华苏维埃召开第一次和第二次代表大会的祠堂和会场，我在云石山看到毛泽东被排斥出中央决策领导层时所住过的孤寺，我在于都河边八个长征渡口走了四个，我在遵义会议召开的木楼上看着依照原样摆置的桌椅……几乎无意识地屏声静息，却忍不住心跳加剧。

从八一南昌起义和秋收起义到井冈山革命根据地的建立，再到瑞金中华苏维埃政权的诞生，是中国共产党领导劳苦大众，寻找探索到符合中国实际的一条革命道路，刚刚跨出了第一步，毛泽东用生动鲜活的理论阐明并概括为可以燎原的"星星之火"。这是从四一二政变的惨痛教训里获得的富于开创意义的理论，开始了红色革命割据和农村包围城市的伟大实践。我兴奋的是，我们这个民族在20世纪初，涌现出一批以改变国家和民族命运为己任的先驱，从中国的南方和北方会聚到井冈山，他们接受了马克思主义思想，怀着共产主义的革命理想，成为自觉承担国家和民族命运的青年革命家。对于已进入21世纪的任何一个年龄阶段的人，在思考自己的生命意义、人生目的、人生定位、个人事业的追求和国家民族未来的责任时，当是一种最富教益、最具鉴示意义的垂范。我们今天真正解决如何保持共产党员的先进性的重大命题，就更具有现实的最贴切的意义了。任何一个共产党员，站在那些曾经发生激战流血的山沟的土地上，面对那些青年革命家住过的简陋的房屋、粗糙的桌凳和油渍积垢的菜油灯盏，都不会无动于衷，当会反省立身立志和生命意义这个人生的重大命题。

我站在于都河边，因为暴雨而浑浊的河水涌动着旋涡。红军从八个渡口渡河的那几天，应该是最危急的时刻，说是面临毁灭也毫不夸张。危机主要来自两个方面：蒋介石一次又一次成倍增加"围剿"的兵力，必置之死地不可，双方军力悬殊；更关键的是红军高层领导的指导思想和军事方略的错误，可谓内外交困，导致惨重失败，也导致面临毁灭的绝境。当我踏进遵义会议的木楼时，真切地体味到红军完成了置之死地而后生的至关重要的转折过程。从于都河开始长征到遵义会议，我才理解了指导思想最鲜活、最生动、最具说服力的含义，才感受到指导思想的质感的力量，才能使崇高理想和伟大抱负落到踏实可行的途径的过程。

在这个置之死地而后生的过程中，红军在巨大的牺牲和曲折艰难的历程中，验证着指导思想，也在寻找统领革命的领袖。指导思想对于那场革命才是最具决定意义的。红军的发展实践验证了毛泽东的指导思想的正确，历史无可辩争地选择了毛泽东。几十年后，当中国陷入"文革"的灾难，国家和民族又一次面临未来出路的迷茫，历史在关键时期选择了邓小平，拯救了中国革命，也拯救了国家和民族，二十多年来中国令世界震惊的快速发展，已经证明了邓小平理论的科学性。对于想在这个世界上成就一番事业的人，尤其是以揭示社会生活运动为目标的作家，思想同样具有非同寻常的意义，思想的科学性和深刻性，既决定着观察社会生活的敏锐性，也决定着理解生活反映生活的深度和典型性，更决定着对生活纷繁迷乱事项的取舍倾向。这里丝毫没有轻淡艺术的意思，那是另一个议题。

在瑞金革命纪念馆，一条革命标语、一把长矛、一册变黄的书都令我感动，有一组数字都令我不敢轻易议论：在于都河长征出发时有八万多名红军战士，到达陕北时只有一万多人；仅兴国县牺牲在长征路上的红军士兵，大约一里路就有一个，而能在后来修建的纪念碑上刻上名字的人数，不过十之一二，绝大多数烈士至今连个姓名也没留下。

在旷世未闻的艰苦卓绝的长征过程中，毛泽东、朱德、周恩来等共产主义革命的先驱和红军战士，坚守信仰、绝不动摇退避的钢铁意志，义无反顾的牺牲精神，当是我们面对现实生活发展和生活矛盾的教科书，审视自己的意志和品质的参照，检测自身对于困难乃至灾难的承受力的标志，我们当以此完成一次精神境地和心理世界的历练和洗礼。即使从单纯的个人立身的角度上说，都会蓄积起不屑于种种腐败事象的正气和傲骨。

长征的精神是中国共产党人在那个时代展示给整个世界的一种非凡的精神，也是我们民族立于世界的精神，不可淡化，不可忘记；我自信也不会忘记或淡化，这是这个民族的历史业已证明了的事实和继续证明着的现实。

2005 年 6 月 27 日夜于雍村

黄洋界一炮
——感动长征之二

到黄洋界时,雨住了,云也薄了淡了,天空和地上便有了亮光。刚刚从井冈山主峰下来,心存一缕遗憾,一大早乘车攀上井冈山最高处,想观瞻类似握紧拳头的五指峰,不料刚走出东门,便是倾泻狂泼的大雨,黑云压在头顶,浓雾把远近的山峰沟谷全都遮蔽起来。我站在被朱德称为"天下第一山"的井冈山上,对着雨雾里的拳头主峰,听群山翻卷着的如排山倒海般的雨的啸声。

站在黄洋界上,我已经排解了那一缕遗憾而兴奋起来。"黄洋界上炮声隆,报道敌军宵遁。"

几十年前记住的毛泽东的词《西江月·井冈山》,那隆隆作响的炮声,就一直神秘地潜存在记忆深处。我现在就看见这门迫击炮了,静静地支在黄洋界窄窄巴巴的坪头上。尽管被告知说这已经不是原来的那门迫击炮,是代用品,游人仍然兴致不减,倚在炮身或炮筒前留影拍照。我也瞅着空隙,抚摸迫击炮冰凉的炮管,留一张存念照。那一瞬,即在我的手抚摸着炮管的时候,心头掠过一阵悸颤,当年操纵这门迫击炮发出制胜一炮的红军战士,他们是谁？有谁还活着？

那场战事发生在1928年8月30日，毛泽东和朱德在这一年的5月举行了会师后的誓师仪式。红军在井冈山刚刚扎住脚，跟踪而至的"会剿"就连续发生。8月中旬，毛泽东率31团3营去湘南迎接红军大队，只留下第1营守卫井冈山。湘赣敌军调集7个团的兵力乘虚而来。7个团对1个营有怎样悬殊的差距，且不说武器装备的优劣，而黄洋界成为井冈山五个哨口中敌军"会剿"重点突破的哨口。红军1营战士守卫的措施有5道，竹钉、篱笆、滚木礌石、壕沟，最后一道是有真枪实弹的射击掩体。这是红军当年所能采取的防御手段，用埋在草丛里的竹钉和树林间的篱笆和险隘口的壕沟，制造障碍；夹道两边的滚木礌石，是可以砸死敌手的攻击型武器；只在最后关口，备有射击的杀伤武器。凭着这些最原始的防卫措施，居然在8月30日上午阻击打退了敌人的多次进攻，今天想来真有点不可思议。

更富于戏剧性的一幕发生在下午。在敌军发动新的一轮进攻之先，红军战士把一门在茨坪刚刚修理好的迫击炮搬上黄洋界瞭望哨来了，有了一种更具威力的重武器，可惜只有三发炮弹。把握着敌人进攻的最紧要关头，才把炮弹发射出去。谁也料想不到，炮弹因为受潮而没有打响，第二发还是一颗因受潮而未响的臭弹，令人焦急乃至丧气。最后一颗终于打响了，不偏不倚打到敌指挥部里，炸得那些指挥官人仰马翻。借着这颗炮弹爆炸的威风威势，两边山崖上埋伏的赤卫队员、暴动队员一起开了火，呐喊声震荡山谷；更有在煤油桶里燃放的鞭炮，制造出机枪连发的音响效果，攻山的敌军以为红军主力回归，连夜收兵撤离了。

这真是神奇的一炮，只有一炮。在红军发展壮大到人民解放军的战史上，由一门迫击炮发展到大炮列陈，炮弹排山倒海轰响，应该说只有黄洋界的这一炮最负盛名了。这一炮产生的神威,毛泽东是第二天从湘南回归井冈山的半途中听到的,抑制不住胜利的喜悦,便"哼"出这首词来。我原先初读这首词时,以为有许多门大炮,不然怎么会有隆隆轰响的效果,直到站在这门迫击炮跟前,才把几十年的错觉纠正过来,不仅是一门炮而且只打响了一发炮弹。毛泽东把这一发炮弹填进了诗词。

更让我意料不到的是,黄洋界守卫战的两位最高指挥员之一的何挺颖,是我的陕西乡党。他是 31 团党代表,团长叫朱云卿,他们两人负责指挥这个团第 1 营的红军战士,守住了黄洋界,也守住了井冈山根据地。我查找有关何挺颖的资料,想了解这位红军早期领导人的情况,所得十分简单,却也有了一个大致清楚的轮廓。何挺颖是汉中地区南郑县人,那是一块富庶的盆地,二十岁时考入上海大学数学系,同年加入中国共产党,随后参加北伐战争,随后参加毛泽东发起的秋收起义,以及三湾改编。直到 1928 年春天,党的前委改编为师的编制,毛泽东任师长,何挺颖任师委书记。在黄洋界保卫战之后不到半年,何挺颖在进军赣南闽西的大余战斗中牺牲,年仅二十四岁。

我早就熟知在陕西关中和陕北闹红的刘志丹、魏野畴、李子洲等先烈的名字,却几乎没有听说过何挺颖。在从秋收起义到井冈山革命根据地的初创时期,何挺颖竟然在唯一的一个红军师里,和毛泽东结成搭档成为最高首长,如若活到共和国成立,该是怎样举足轻重的一位领导人物。我又从另一个角度设想,何挺颖能从闭塞的南郑县考入上海大学,非得具备两个基本条件,既要有一颗天资聪慧的脑袋,还要有一个能供给得起学费的较为富足的家庭。何挺颖在贫穷和文盲一统 20 世纪初的中国,能进入大学学习,无论如何是不愁找不到一份可心如意的工作的。这个人却选择了革命，投身革命，从秋收起义到初创井冈山根据地，其艰苦卓绝、危机四伏之险恶，与一个堂堂的上海大学学生的生活形态是不可同日而语的。我便相信基本的一点，信仰的神圣和志士的抱负。他信仰了共产主义，就神圣在整个人生价值取向上，就自觉承担起改变中国命运的责任，不惜以二十四岁的年轻生命作为新中国的祭礼。

当人们轻淡随意地嘲笑信仰和精神的时候，显示了什么呢？比何挺颖们聪明了还是混球了？重了还是轻了……

我有一点小小的狭隘的地域性私念，就是想让更多的人知道，黄洋界保卫战里那神奇的一炮，是一位年仅二十三岁的陕西南郑籍的红军指挥员何挺颖和朱云卿（省籍不详）的杰作。这仅仅是我附着在敬仰钦佩情感里的一缕私念，与何挺颖包括牺牲在内的整个生命意义无涉。

2005 年 11 月 22 日于二府庄

太白山记

　　刚到太白山下，先听到雷鸣似的吼声连续轰响，宏大而又沉闷。昨晚下了大半夜雨，汤峪河涨水了。第一眼看见夹在群山峡谷中的这条溪流，是在乱石上疾流飞溅起来又骤落下去的明里透黄的水柱和水花，紧接着那如雷的轰鸣声就铺天盖地倾灌进人的耳孔，心胸里顿时就波涌浪翻了。这是太白山，秦岭的最高峰，高三千六七百米，山顶终年积雪，而汤峪里却有天赐的地热温水，三伏溽暑登山踏雪赏景，归来泡一回地壳里涌出的热汤，真是神仙过的日子了，古往今来人们都乐游不疲，都憧憬着至少有一回太白山的悦目赏心。

　　杂树恣意，野花凄迷。峡谷窄处仅容得脚旁湍急的流水和这一条贴着悬崖的车路。绕过横堵在眼前的直立的山峰，又豁然一片蓬勃着绿草野树的谷地，千姿百态，气象各异，人便为城市里精心打造的花卉园林惋惜其雕琢的小气和别扭了。在我多次穿越秦岭的印象里，其实你随便走进任何一道峪或一条沟，都是浏览不尽、美不胜收的天然景致。

　　说话间进入四面堵实了的一方峡谷之中，迎面是座坡势稍缓却很宽幅的山林，一直往后倾过去也升高起来，直抵视力迷茫的灰云笼罩之中。右边是两座携手并立的山峰，几乎是直起直立，陡峭如墙，峰体的石头多有裸露，怪异在于北边那山的石头一条一条竖向摆列，南边一座的石条卧倒排比，真无法想象造化如何把如此亲近的两座山峰弄出截然不同的结构来。转过身看北边的那座山，才显得最为奇绝，整个一架山就是一块石头，几乎看不到断裂的缝隙，除了山顶和山脚被矮树杂草戴帽穿靴，其余的山体光滑无遮，灰白色和灰黑色相叠印，突兀横摆在人的眼前，真乃铜墙铁壁堵死将军的绝地了。

又一处景观却以李白演绎出传说来。这山体也差不多是偌大一块完整的石头，无裂缝无以存垢土，草木便无法寄生，树种草籽也难以藏匿，太光滑太陡峭了。几乎通体裸露的石头呈黑色，似有墨汁泼洒下来，一片片像是直泼的墨汁，一条条一绺绺像是墨汁流淌的痕迹。便有了神话般的传说，李白被大自然鬼斧神工的创造陶醉了，也被美酒饮得真醉了，张狂起来时，扬手把墨汁泼洒出去，仍不能抑兴止狂，又把酒具抛掷出去，泼墨山的对面就有酷似酒壶、酒盅的两座山。更绝在溪流里，有一块百余平方米的石头，灰白色里缀着暗红的石粒，恰如一张卧床。又是天赐给这位天才诗人的醉卧之榻了。这样宽大的一张石床，四面山风，白云高悬，清水拂过肢体，可以想见有怎样的舒畅，这是民间人士奖赏给李白的享受了。我到这儿才知晓，秦岭的这个最高峰取名太白山，却与大诗仙李白无关，早在唐以前就得名了。我却也生发一点欣慰。后人在太白山里为李白编织出这么浪漫的传说，让舞文弄墨的文人们可以找到一份自信；却也难得骄纵，毕竟诗没有写到李白那样的境地，也缺了这位诗仙独具的性情。

愈往峪沟里头走，凉风竟然变为刺激肌肤的寒气了，雨也星星点点落下来，山外正是热得人恨不得扒一层皮的溽伏，这儿却让人冻得时不时抖颤。经不住奇峰妙谷的诱惑，继续沿着汤峪河谷走着，山脚下飞出一道单檐角亭来，背倚青石崖壁，两根立柱，撑起单面瓦顶。三面无墙。下有一尊丈余的卧佛，浑身饰过金粉，黄灿灿的十分耀眼。卧佛造型优美，怡然神情，据说清代雕成，是一块完整的石头，近年间才被涂饰了金粉。1933年暑月，于右任进山散心赏景，驻足观瞻大佛，当即赋诗，现在依照于体笔迹镂刻在睡佛侧卧背后的崖壁上，诗曰："睡佛好，睡佛好，一睡百事了。我也想来睡，谁来把国保。"于右任国学渊深，写得一手好字，也写下诸多堪为绝妙的古体诗章，而如上述既类"打油"又像民谣的诗，当是稀罕一例。此时已是九一八事变之后两年。先生上太白山避暑消夏，心里还沉悬着被倭寇掠占的东北山河，无论如何是难以如佛般安卧青山碧溪的。这首"打油"韵味的短诗，亮示给我一种情怀，既是军人的，亦是诗家词人的，我愈加不敢轻泛称佛说道了。

2005年7月23日于雍村

关山小记

汽车刚钻进山，车里的朋友就兴奋起来，争相发出连续不断的赞美的话，夹裹着由衷的惊诧的叫声。近似鼓噪，不过从口吻声调判断，还属真实。想想这些常年出入高楼、游走在水泥沥青马路上的人，眼里看的是瓷片玻璃，鼻孔吸入的是种种废气，时下又正当溽热难耐的三伏，突然钻进这不见人烟的群山之中，仅生理心理的本能性舒悦就足以开怀了，况且全都是挟有绝技绝招的文墨人，更敏感也更习惯表述。

这山也真是美。在仅容得汽车穿过的窄道里，两边或陡直挺立或悬空扑突的青色岩石，轻易就可以把钢铁制品挤弯压扁。溪水就在车轮下飞溅着水花，喧闹出弥天铺地的浪声。车在群山里盘绕，一会上了一会下了，眼前的空间一会宽了一会窄了，瞬息变换着的景致，却再也激发不起朋友们的大呼小叹了。也许是目不暇接了，也许是喊得累了。车子再翻过一道缓坡横梁，眼前展开一片宽阔漫长的谷地，峭壁陡峰早已不见了踪影，溪水隐没到草丛里去了，满眼都是阅览不尽的绿草，在西斜的阳光下迭变着色彩，人被狭谷窄道挤压过的心胸顿然舒展开来。又是一片惊诧的咏叹。

这是关山。我这回是专意瞅着关山来的。

我对关山的向往，是两年前电视播放的一则风光片诱发的。记得是在一场顶级足球比赛的场间休息时随意转换频道，不经意间看到一片奇异的高山草地，一下子就被吸引被诱惑住了。起初竟然以为是异国风光，而且与在图片和荧屏上见过的阿尔卑斯山的风景叠印在一起；后来听着优美抒情的播音员的解说词儿，才知道这是中国的关山草原，更令我意料不及的，这关山就隐藏在秦岭山地里边，属于陕西陇县辖地，离西安不过三个多小时的车程。我在那一刻就有了"养在深闺人未识"的惊喜，向往也在那一刻注定了。终于逮着机会，直奔关山来了。

一眼望不透的高矮起伏着的群山。这里的山已经不见秦岭的陡峭、挺拔、威严、凛峻，却是一派舒缓柔曼的气象，从山根到山顶，坡势拉得悠长，一种自在自如的娴静和浅淡。由近处望到远处，山头都被绿树笼罩着，近在眼前的是一派惹眼的葱绿，越往远处颜色渐渐加深到墨绿，再到目力所及处和雾气灰云混融了，完全看不出绿色了。这里的树林颇为怪异：从每一座山头覆盖下来，到半山腰便齐崭崭收住，形成一道密不透风的绿色壁垒。看去颇为壮观，往往使初见者误猜为人工有意所为，其实是自自然然形成的地理地貌性奇观。山腰往下直到河谷，漫坡漫川都是绿毡铺着一样的野草，草里点缀着黄的、红的、紫的、白的小花。这山里的世界就显得十分简洁。绿的树和绿的草，树占山腰以上，草铺山腰以下。这种简洁的美是一种大气象的美，是舍弃了繁复舍弃了芜杂也舍弃了匠心的美，非阅览过千番景致、见惯了各种色彩的大手笔不可造得。这当然是大自然的神笔造出的神韵，却也启示舞笔弄墨泼彩的文人画家，不可把一种自营的色彩色调说绝了。

从河谷里随意走过去，走过一个山间谷地再到一个山间谷地，每一道沟、每一面坡都各有风姿，绝不重复类近。然而稍微留心，或浅短或长远，或伸直或斜延，那一面面坡一道道梁，其走势其形态都显示舒缓优雅、自在自如、气韵酣畅、神闲气静，一弯一转一扭一回旋，都丝毫不显急促，更不见猥琐，如一张张锦帛、一条条绿绸随着轻微的山风随意飘落。我不止一回提问自己，这是秦岭吗？以陡险雄峻闻名的秦岭，到这里却呈现山一派舒缓柔曼的姿态和情调，当可看作伟岸凛峻的大丈夫的躯体里，原本怀有诗意绵绵也情意绵绵的软心柔肠。

关山和秦岭一样悠久，却是山系里的壮年汉子，多少万年以来，这天赐的美景只是默默地自我欣赏。从 20 世纪后半段的几十年里，这里是繁殖培育骑兵所用战马的军事禁地，旁人不得进入。再说那时候的中国人，无论城乡，都是数着粮票掐斤扣两过着日子，不仅没有游山逛景的资本，作为一种意识都不为当时极"左"的时风所容忍。现在时风开化了，一部分人可以在衣暖饭饱之后派生游逛的"余事"了。骑兵已经从中国军队的兵种里悄然消退了，关山军马场相继歇业关闭，然军马却在山沟野洼乡民的屋院里繁衍。现在，这里最能引发游人新奇的项目是骑马，近处和远处的男女山民牵着自养的良种军马，争先恐后地把马鞭往来此散心的城里人的手里塞，甚至拽着游客的胳膊往马背上掀，竞争到了空前激烈的状态。马是无所谓的，驮着这些城市来的先生、女士、老汉、老太、小伙、姑娘，听着他们在自己耳后发出的惊惊吓吓、嘻嘻哈哈的声音，祖传的血液里的冲锋陷阵、蹄踏敌阵的血性和激情荡然无存，只有懒洋洋地溜达。我的朋友们都上了马。我无端地谢绝真诚的乃至不可理喻的邀约，只有一个托词，我属马，自己不好压迫自己。

我便独自一人在夕阳即逝的草地上随意走着，迎面碰到草地小路上一位骑自行车的小伙。小伙眉眼很俊，黑眼睛灵活而聪慧。我和他有一段短捷的交谈，得知散落在一道一道沟谷里的山里人家，除了种苞谷、土豆自供吃食，主要是饲养放牧羊和马，羊供游人们烧烤，现场宰杀，架火烤全羊或羊肉串儿，从维吾尔族、蒙古族那里学来的烧烤技术。马除了供游人骑玩，更多的是卖给客户，听来有点残酷。小伙告诉我，上海年年来人收购，有多少要多少。听说买回去抽血直到抽干。抽马血做啥用咱就不知道了……听得我毛骨悚然，身上起鸡皮疙瘩，顿然意识到属马不骑马的自我约律没有一丝意思了。

小伙子跨上自行车远去了。暮色里可以看见前边山口有一堆瓦顶房子，不过五六户人家。我往驻地走过去，绵软的草地已经有湿气潮起来。包括我在内的城里人到这里来散心、赏景，来换一口清新干净的空气，体验一回骑马的新奇感觉。明日回去又陷入城市的文明和喧嚣之中。山民们大约对这里的树、这里的草、这里的空气，早已习以为常，只有尽快把长成的羊和马卖出去，欢悦和窃喜才会产生。美丽得类近阿尔卑斯山风貌的关山的景致，对他们只有谋得生存的真实含义。

夜色完全落幕。阴沉的天空尽管没有星月，还是能够看到天和地的分界，那是群山顶上的树梢，在天空划出的起伏着的优美曲线，凝然不动。我回到驻地场院，听到聚在灯光下的一堆游客在议论，咱们有这样好的山地和草原，外地人却把陕西一概印象为风沙弥漫的黄土高坡，全是那首破歌惹的祸……"大风"把陕西全刮光了。

我想这肯定是个乡土自尊比我还强的陕西人。

2005 年 8 月 7 日于雍村

再到凤凰山

小小的凤凰城远近闻名,着意在山水韵味。凤凰城山水名扬天下,得益于作家沈从文。凡读过沈从文作品的人,不仅难以忘记湘西的山水韵味和民俗风情,而且同时种下有朝一日走一回湘西的欲念。凤凰城是湘西风景风情的代表性杰作,自然为首选之地。

大约十年前到凤凰城。看了山,看了水,看了沈从文先生的书屋和墓地,感触多多,却不著一字,说来很简单,沈先生早在几十年前把湘西的山光水色和民生的风情灵气展示得淋漓尽致,至今都很难再读到那样耐得咀嚼的文字,我便不敢贸然动笔了。这回又去湘西,再上凤凰山,不仅有沈先生文章里的景致为参照,而且还有第一次来凤凰城的印象作对比,我发觉变化真是太快了,也太大了。我记得十年前进凤凰城时,要过一座桥,从桥上看下去,河水里浮游着几头水牛。水牛在河里懒洋洋地游着,露出硕大的头和头上的弯角,还有浅灰色的脊背。水色不清,浑而近浊,漂浮着有藤蔓的野草,据说是刚刚下过雨涨了水的缘故。这幕水牛戏水的景象就留在我这个北方人的记忆里。这回一看见凤凰城,一看见那条河,自然不再陌生,却看不见水牛的姿容了。水变清了,大约没有落雨也就没有涨水,更看不见浮草;原先沙子泥土铺就的河岸,用水泥砌得整整齐齐,类似城市公园人工湖的堤岸了。我似乎隐隐生出某种缺失的惆怅,我又不敢说这种整修有什么不合适,却想着那泛着青草的泥岸伸展着的自然状态的曲线。再也不复重现了。

其实,更想看的是沈从文先生的旧居,十年前看了一回,这次来仍然想再看一回。我从东正街拐进中营巷,就感到拥挤和熙攘,拥挤着的男男女女,都是由观瞻一位作家的宅第的好奇心所驱使。而这位作家生前却是落寞的,尽管住在繁华的北京,活着时几乎是蛰伏隐居,即使在胡同里迎面撞怀,乃至不经意间头与头碰撞得起了疙瘩,却谁也认不出个沈从文来。现在,先生早已弃居的老宅旧屋,却"下自成蹊"。据说一年四季都是络绎不绝的参观者,旅游旺季就这么拥挤着。

大门口是进出的交汇之地,我得侧了身才能挤进去,院子里和前屋后厅都挤满了人,观看的、照相的、购书的、琢磨着风水八卦的人,似乎都津津有味、自得其趣。我也在拥挤的缝隙里看沈家的这座四合院,进得门来算门房,正在经营着沈先生作品的各种版本,需排队才能交上钱拿到书。中间是左右对称的厢房,显得低矮而又窄小,我是以北方四合院的厢房作参照的。最重要的建筑是厅房,以石条起垒,是一种淡淡的橙红色石条,平生一缕暖色。石条上砌砖,青色的砖只垒到窗下,不过半人高,之上就全部是木格大窗子,再不见一块砖石墙壁。木窗和木门之间以木板嵌镶作墙,古香古色,自成一种优雅。我在北方乡村和城镇,几乎没有看到过窗台以上不用砖或土坯砌墙的房子,甚为稀罕新奇。

厅房内一明两暗，明间当为长者议事、说话、训子的比较庄严的场合，也是接待客人的会客厅。左卧室背后，有一方小小的火塘，上边吊着一只水壶，四周摆着几只小板凳。使我自然地发生最生动的联想，无论家人或朋友，围坐在火塘边，听燃烧的劈柴噼啪响着，看火苗呼啦啦往上蹿起，水壶里的水咝咝咝响着，沏一碗热茶，或叙友情，或议家事，或逗笑取乐，该是怎样一番惬意和快活。

沈先生的墓地在半山上，山不高，却很幽静，曲径盘绕，杂树蔽阴。突兀看到一块碑石，刻着神采飞扬的手书字体："一个士兵要不战死沙场，便是回到故乡。"初看吓了一跳，碑题内容似乎太硬，一下子竟反应不及。细看副题为"悼念从文表叔"。立碑题字者为大名鼎鼎的黄永玉。便把太硬和突兀的感觉隐压下来，慢慢嚼磨，反复体味个中内涵。

沈先生的墓，是以一块巨大的石头为标志，据说重达5吨。上边刻着沈先生自己的话："照我思索，能理解人；照我思索，可认识人。"这应该是先生一生的哲思概括，也是一种复杂曲折的人生历程之后的生命体验，只可领悟，不敢评说。我很赞赏这块石头，不是名山采来的名贵石料，而是当地山上到处可见的一种沉积岩石块，大大小小的各色砾石，和沙粒堆积凝结在一起，呈现出一种自自然然的原本的颜色，亦未作任何雕琢，似乎这石头一直就蹲踞在这里，与山与树融为一体。据说这石头是黄永玉先生亲自为其表叔选择采掘来的。我便钦佩这位画坛大师超凡脱俗的审美取向，真是一块再恰切不过的石头。有清泉自石缝涌出，贴着山根的石凹流下去，一年四季日日夜夜，在沈先生耳边流过，不时泛出叮叮的响声。想先生平生不声不响，似乎也不爱热闹，悄悄走出凤凰，死后又悄然归于凤凰，不料热闹发生在死后，拥挤了旧宅老屋，又川流不息吵吵嚷嚷在坟头墓前，如果真有先生不死的幽灵，怎么承受得住……

　　我依着同行的朋友去河上乘一种专供游乐的小艇，河水清洌，暑气闷热暂得缓解。看河边的小幢民居建筑，真是稀罕奇观，倚山而造，栉比鳞次，一幢幢小屋小楼借着山势和立足的地坨大小，结构着种种样式。最下边的一排，居然是凌空立柱铺出一方地基，搭建成别致的房子，河水便在床铺下日夜流淌，有水声催眠入梦，当是怎样一种如仙的境界。河边有人在洗衣淘米，女人洗着淘着，淘着洗着的还有男人。洗菜的男女似乎平平常常，洗衣的男女居然还用着棒槌。棒槌在石头上捶击衣服的响声听来悦耳，那是我自小在家门口的涝池边和灞河里听惯了的脆响乐声，但家乡的乐声早已在多年前消失了。

　　上岸后沿河边的小路走，不时有人拉着小车擦身而过。车上绷一顶遮阳的花布，车内置一张躺椅。花了几块钱的人坐在躺椅上。挣了几块钱的人拉着车子在小巷和河边跑着，供花了几块钱的人观光赏景。这是最简单、最直白的一种关系，容不得多愁善感者说三道四。我看着觉得有点扎眼的，是一个坐在躺椅上的人的姿势，手里夹一支正燃着的香烟，两条腿以"八"字形撇开，搭在车子的两边，旁观者入目颇觉不雅。

　　沈先生如果活着，今日的凤凰和湘西在他的笔下，会是怎样一番景致？

2005 年 11 月 29 日于二府庄

走过武汉，匆草一笔

从秦岭北边飞过来，正遇上江汉平原景致最好看、气候最舒适的季节，我却陷入一种南方和北方截然鲜明的差异性感受中。仅仅在两个小时之前，我乘车疾驰在渭河到咸阳的关中腹地，满眼涌进来正在拔节抽穗的麦子。那刚刚抽出来的麦穗和麦芒，是一种嫩白和嫩黄，覆盖了原野，直到一眼望不尽的地天相接的远处，我领受着关中大地恢宏的丰盈和沉雄里的生机。现在，我的眼前铺展开江汉平原纷繁复杂的色彩，大片大片业已变成青色的麦田，那是籽实穗熟前的颜色；一绺一绺金黄色的大麦间插在麦田或油菜之中，等待开镰；大片的油菜田里，看不到叶子，灰白色的荚角密密匝匝绣满了枝丫；还有不时闪过的水塘和河汊，清水映着天光。同样雄浑同样丰盛的江汉平原，得了纵横的河汊和星罗棋布的水塘的浸润，清秀灵气浮现在人眼所到的每一条垄亩之上。我为我的北方的关中遗憾着这一汪一汊里的水了。

我又一次走进武汉。

我漫步在长江边上，脚下踩着一方一方别出心裁的图案铺就的地砖，瞅着悠然翻涌着波浪的江水，在不仅雄伟且呈现着精美的堤坎下涌流，我还是感觉到了"人定胜天"的科学性。鉴于"大跃进"的盲目冒进所造成的破坏，"人定胜天"这个词遂成为一个特定含义的嘲讽。其实人类自智人时期始，就进行着与自然灾害这个"天"的抗争，从我的家乡的半坡先民对火的发现到今天人类登上月球，历史浓墨重彩记载着各个民族在各个领域的发现和创造。每一项或大或小的发现和创造，都是"人定胜天"的成功实践。泛滥成灾的长江在堪称雄伟而又精美的堤岸下驯顺地流走，当是为江边有记载以来的灾难画上句号，再不复现军民背扛沙包堵塞决口的吓人场景了。人胜了天了。现在，一群一伙男人女人在江边漫步，在各种健身设施上用功，我脑海里竟浮出几年前电视上那些抢险堵漏的军人和民众的身影。

我走进一家现代化企业，自动化流水作业，产品如同流水一样涌流出来。工人只是监控，轻松到让我这个旁观者都感到单调了。这并不特别令我惊奇，这样高产出而又文明的工厂我见过不少了，倒是每一次都不由得慨叹和庆幸，那些穿戴整洁一丝不苟地操控着仪器的工人，进入一种文明的生产，也进入文明的生活形态了。我的记忆里装着太多的昨天的陈年旧事，小镇铁匠铺里一手拉着风箱一手攥着煤铲往火炉里添炭的老叔，光膀子上的汗水把尘灰冲出一道道污黑的印痕；已烧红的铁锭从火炉里夹到铁砧上，同样光膀赤臂的壮汉抡锤砸敲出壮怀激烈的叮当，一支镢头、一把斧头、一把锄头在汗水溅着的烟火里诞生了。这种作坊里的景象，从我记事一直延续到我所工作过的公社的农具厂，其实早在我的记忆之前已经存在了不下两千年。现在，我走过几乎纤尘不染的机械流水线和花园一样静谧的厂区，感知着社会进步带给人的劳动的自信。

近年来，每走进南方北方任何一个城市，无须介绍，无须解释，搭眼就能看到已经发生的变化和正在完成着的改造，最直观地呈现着从昨天到今天的脱胎和剥离，让人直接感知到生活极具活力的运动着的脉象。我在武汉又一次接受着这种活力的冲击。在汉江汇入长江的三角地带，观赏千古以来就呈现着的江河汇聚处独有的气魄，却再也看不到历史沧桑里残存的荒凉和残缺，坚固的堤防和凌空跨江的桥梁，一派崭新的装饰大江大河的景致，令人浩叹。我在汉口的大街小巷穿行，新铺的地砖、新植的花木和新置的栏杆，把旧时的陋巷改扮得清爽亮丽。我又一次登上黄鹤楼，眼下是横摆着的长江和投奔过来的汉江。长江汉江的这岸和那岸，是丛林一样耸立的楼群，龟山和蛇山愈见低矮了。被两江隔开的武汉三镇，又被雄伟的大桥沟通连接为一体，这样壮观的阵势无与伦比，也是武汉自形成城市以来前所未有的。我自然又浮出崔颢、李白等诸家各路诗人的名句，无论怎样浩荡雄壮，无论怎样神奇的神风仙姿，更不必说忧伤哀怨、不尽离愁的，似乎都无法与眼下的景观相吻合，都避免不了苍白和陈旧。我也亲历了晴川阁，吟诵了"晴川历历汉阳树，芳草萋萋鹦鹉洲"，然而无论如何都找不到"日暮乡关何处是，烟波江上使人愁"的感觉了。这样千古传诵的好诗怕是再也难以出现了，倒不是绝了如崔颢一般的才子，黄鹤楼下的景致变了，才子们的心境和意趣也变得远了。

我在武汉走过两天，走马观花而已，却也直接感知到这个城市进入21世纪初的风貌，感知到一种急骤的蜕变，自然是直观的表层的，也足以令人感奋了。昔日的武汉正从旧壳里剥离蜕变出来，呈现给世界一个现代化都市的新武汉。这是武汉人促进和完成这个蜕变过程的，或者说武汉人在不断完成自己心理、精神的剥离和蜕变的过程中，实现了一个全新的武汉的创造。写到这里，我便想到张之洞。

我很早就知道"汉阳造",却不知道张之洞。像我这样年龄的中国人,恐怕没有不知道"汉阳造"的。即使如我这样一生只摸过一两回枪的人,也早都知道"汉阳造"。"汉阳造"是中国人制造出来的第一种现代枪械,而且持续使用了半个多世纪。民族复兴史多少委屈了促成这第一支枪诞生的张之洞,毛泽东却还记着他、提起他的名字。我来到"汉阳造"的发生地汉阳,在高低错落的楼群里,在纵横交错的路道上,在绿树和花草铺成的缤纷的图案里,找不到任何当年"亚洲第一、世界第二"的汉阳铁厂的遗痕了。我能看到的只是图片,令人依然抑制不住心潮的壮观的照片。张之洞便以其凛然的气性活生生地站立在我的眼前。

张之洞是在1884年抗法战争取得大捷的战役之后萌生了开办铁厂的创意。他最痛切地领受到法兰西第二帝国派来殖民中国的士兵手里操持的枪炮的杀伤力。他在给清廷呈送申请报告的同时,就向德国英国订购冶铁炼钢、制造枪炮的设备。直到十年后的1893年,其规模居亚洲第一、世界第二的汉阳铁厂建成并点火开炉,告别作坊式的炼铁铺里的小炉灶,以当时世界上最先进的技术和最大的规模炼出了中国的第一炉钢,随之又用自己冶炼的钢铁制造出中国的第一批铁轨、第一管快枪,都被民间命名为"汉阳造"。

这里有一则小小的逸事很令我咂摸。时任两广总督的张之洞把铁厂的厂址选在广州,部分购置的设备已运抵羊城,光绪皇帝又调张之洞到湖北主持修建卢汉铁路。继任两广总督的李瀚章"懒事张扬",托词广州无铁矿亦无煤矿,不宜设铁厂,迫使雄心勃勃的张之洞又启运他已购得的炼钢设备,挪移到湖北,新选汉阳作为厂址。我尤其欣赏"懒事张扬"这个词,如此准确、如此妙俏地刻画出一个"多一事不如少一事"的只领饷银而不放骆驼的平庸官僚。"对比"写人的手法看来不是作家艺术家首创的，生活里到处都呈现着这种参照对比，站在张之洞身旁的这个同级别同饷银的主儿，丝毫也不掩饰他的平庸和不作为，更不害羞。我很自然地崇敬这个炼出中国第一炉钢铁的张之洞。法军从越南方向侵入中国边境时，时任山西巡抚的张之洞居然一日三奏朝廷要"速下迎敌之决心"。山西离云、桂、粤诸省够远了，他却比领兵的人还火烧火燎、坐卧不宁，一个铁血气性的张之洞就跃然于我的眼前了。他的钢铁企业从创立到分崩离析，真是令人徒叹奈何。那些在封建帝制末期最早觉醒的中国人，几乎无一不留下悲怆的痛苦。无论如何，在这个民族从封建桎梏下剥离蜕变的极其漫长也极其复杂痛苦的历程中，张之洞既经历着个人思想和心灵的蜕变过程，也促进了这个民族和国家的蜕变。在汉阳已经消失的第一座钢铁企业和已经弃置不用的"汉阳造"枪炮，不应该也不会从这个民族的子孙的记忆里消失。我便建议，把这个简要的过程镌刻出来，竖立在汉阳曾经炼出中国第一炉钢铁的旧址上，让如我一类游览武汉的人，在欣赏今日三镇的壮观景象的同时，凝眸这一块方碑，最直接感受这个民族近代的觉醒和复兴的历史过程。应该把张之洞的名字重刀刻记。

2006年5月25日于二府庄

地铁口脚步爆响的声浪
——俄罗斯散记之一

  我们下榻的宇宙宾馆,是20世纪80年代苏联为举办夏季奥运会专门修建的一座高层建筑。二十多年的时间虽然称不得古也说不上老,却仍然让我有一缕世事兴亡、历史沧桑的思绪,苏联已经没有了。记得当年要在莫斯科举办这届奥运会,牵头世界一极的美国带头抵制,欧美不少国家跟着起哄,搞得那届奥运会有点索然。中国不是响应美国,而是累积50年代末以来的意识形态分歧,也不参加"苏修"举办的奥运会。奥运会历史上,恐怕就数这一届闹得最别扭了。时光仅仅过去二十多年,作为当时世界另一极的苏联,早在十多年前解体了,只剩下美国一极横在当今世界上。这座有着特殊历史意味的建筑物依旧竖立在这里,每天都进进出出、来了去了世界各国的游客,傍晚竟将宾馆的大厅拥塞得水泄不通,多种肤色的男女老少,到今天的俄罗斯观光旅游,人窝里夹杂着一眼就可以辨识出来的不少中国人,当年的敌意和分歧似乎连一缕游丝的痕迹也看不到了。

  宇宙宾馆在莫斯科老城的外围,距离市中心的红场还有一段不近的路程。我们今天的行程是去红场，大家乐意乘坐地铁，也是想见识一下这个号称世界最深的地铁的规模。莫斯科的地铁启动于斯大林时代的1935年，大约20世纪30年代末开始运行，由时任莫斯科市委书记的赫鲁晓夫主持实施。据说当时有两个建设方案，其一是由一个铁路专家并兼着权威意义的人设计的，明开直挖，比较浅，自然省钱也便于施工；另一个是由一个名不见经传的年轻人设计的方案，深达八十米，施工难度、工程进度和花钱都非同一般了，其理论基础是万一发生战事，可当作防空洞供市民避难。两个方案难以选定，最后直送到斯大林手上，当即敲定年轻人的方案，世界上随后就有了一条深入地下八十米的铁路。不幸而被那个年轻人言中了，地铁刚运行不久，德国法西斯便攻打莫斯科，斯大林的指挥部就潜藏在深入地下八十米的地铁里。这是迄今为止世界上除平壤地铁外第二深的一条地铁，建成近七十年了，一直运行到现在，还是属于莫斯科载客量最大也最便捷的公共交通设施。

　　我和朋友步行往地铁站走去。街道上川流不息着汽车，没有自行车，行人也不多。清晨碧透的天空，洒下明丽的阳光，城市显得明媚清爽。待转过一个街角，人骤然密集了，气氛也显得异样的紧张了。对面急匆匆走过来一眼望不尽的男人和女人，我的左侧和右首不断冲向前去一拨又一拨男人和女人，高跟鞋敲击地砖的脆响不绝于耳。愈往前走愈接近地铁站口，人愈密集，如同过江之鲫，鱼贯而过却不远去，从三面往地铁站会聚。或素雅或艳丽的夏日女装稍纵即逝，或周整的西装或随意的便服与女性的色彩互相折叠、互相掩盖。无论男人女人老人少年，无论高个长腿、矮子肥腰，几乎百分之百一致向前，快脚阔步，摆甩手臂，一往无前的快节奏；几乎百分之百的人都挺直着身子，目不斜视，端直平眺，看不到一个东张西望、左顾右盼的眼睛，只有专注于目标的单纯和执着。娇俏如五月芦苇的女孩，跨步轻盈如同芭蕾点地，粗壮到两人合抱也难得围拢其肥腰的妇女，富于快节奏的步履更显示着一种自信。地铁站门口，已经是一片人流，人与人的空间很小很小，却没有拥挤和混乱，更没有碰撞或搅缠。令人惊异的是，这样密集的人流往前涌动，而所有人的脚步并未放慢，人流往前流动的节奏也不见趋缓；整个进站口里外是一片高跟鞋钉敲击地板的震耳的声响，唯独听不到一句说话的声音，更不要说吵闹、呼喊或喧哗了。我被眼前的景象和耳际的响声震惊了，我相信这是我所见过的最密集的人群所达到的最有秩序的运动行为。我多少也走过几个国家，这是我见过的节奏最快的人群的脚步。及至地铁自动扶梯入口，踏上台板，便看到站得满满当当的乘客向深不见底的地下运动，依然是安静无声。令我尤为感动的是，本来并不宽敞的电动扶梯，川流不息着如此稠密又如此急迫的人群，却在下行的这一通道的右边，自觉留出一条空道，乘客全都靠着左边站着。那些事情急迫或心情也急的人，不满足于电梯运行的速度，从上往下如山羊蹦崖一样跨越着往下去了，有女孩也有胖妇，有脚步轻捷的小伙，也有脱光头发、肢体已显着老态的老汉，不时从电梯台阶上往下蹦。据说因为这地铁太深，电梯运行的速度也是同类中最快的，单程不过两分多钟。那些踏级而下的急性子，兼着自动运行和自身运动的双重速度，估计一分钟就抵达洞底了，就可能提早赶上一列火车。这儿有这么多人在争分夺秒，赶着自己人生的行程。

我踏上一列到站的地铁，在不算十分拥挤的车厢里扶栏站定的时候，静悄悄的车厢里让人感觉到加剧了的心跳。我和同行的朋友没有急迫的事，也就没有必要用莫斯科人的脚步节奏赶路，更没有从电动扶梯小跑下去的举动,这心跳何以如此加剧?我才意识到地铁入口里外震天响着的鞋跟撞地的声浪。是这声浪拍打人的耳膜拍打人的神经,被触发被感染而于不觉间变得激越了。我站在车厢里,隆隆响着的车轮的回声灌进耳朵,却不紊乱,这是机械的律动。在这一时刻,我把一些有关俄罗斯人的传闻推翻了。人说俄罗斯人很懒,懒人怎么会有这样迫不及待的行进节奏和如同征程上的脚底的脆响?这是8月下旬最平常的一天的早晨,数以千万计的莫斯科男女以王军霞竞走的姿态和专一的神情赶赴地铁入口,可以推想莫斯科每一个地铁入口处,每天早晨都踏响起这样令人心跳加剧的声浪,世界上哪有这样的懒汉?我也听说莫斯科到处都是喝得醉醺醺的酒鬼,喝伏特加已成为一种灾难性的普遍习性。到俄罗斯一周,我确凿于一瞥间看到过一个在路边长椅上躺着扭着的胖男人,猜想大约是一个醉汉。我没有机会到大街小巷酒馆公园去踏访醉鬼的行径,不敢贸然否定这个传闻。然而看到地铁站前令人惊心动魄的景象,我想还操有多少醉鬼这份闲心又有什么意思。我们从莫斯科到彼得堡再回到莫斯科,共同惊讶这两个城市年轻女性的低胸开领和低腰乃至无腰裤的着装。尤其是在彼得堡,几乎看不见能掩住肚脐的年轻女性,这儿年轻女性的低腰已经不再成为时髦,而是普及到一律化了。我一瞬间想到鲁迅先生几十年前挖苦中国人论人说事要"离开脐下三寸"的话,然而在彼得堡你是离不开也躲不及那大面积裸露的小腹的。人家有勇气展示腹脐之美,我们倒无胆量去欣赏了。莫斯科的年轻女性露脐之风虽不如彼得堡普及到一律化,却也比比皆是,躲犹不及。我倒是想,那些胸领开得很低、裤腰也落得很低的女性,清晨的阳光里奔向地铁的脚步一样冲冲而又匆匆,挺挑的身材一样端直而不失婀娜,高跟踩出的叮叮咣咣的声响,洋溢着青春旋律和生命活力,还有一种奔赴明天的自信。我在地铁自动扶梯上,同时看到这样最时髦装束的女孩不能等待电梯运转的速度,颠着蹦着从台阶上加速度奔下去。无须猜测,她们是赶到自己的工作岗位上去,自然可以想到是莫斯科的某个工作位置。她们进入自己的位置,整个莫斯科就活起来了,就继续着生活、继续着生产、继续着创造,这个城市就充满了活力。

我们到站之后,再乘上行的电动扶梯,依然是几乎乘无虚阶的满负荷运转,又在电梯的右侧,自觉留下一条专供事由更紧迫、性子也急的人往上跑的通道。往上跑比往下蹦要费劲吃力多了。然而,仍有人不安于电梯运行的速度,往上踏级急走,在争分夺秒。以这样的节奏、这样专注的神情进入生活岗位的人,可以猜想他们工作起来的姿态。我便感到这个民族内在的劳动激情和内在的创造力了,可以推想他们的明天和未来了。

2006年9月9日于雍村

林中那块阳光明媚的草地
——俄罗斯散记之二

早晨醒来便听见哗哗哗的雨声。拉开窗帘就看到满天低沉的黑云,从黑云里倾泻而下的雨条闪着些微的亮光。到俄罗斯整整一周了,走到哪里都是蓝天白云下碧透的天空和鲜亮的阳光,今天遇到下雨了。有阳光又有雨,当是感受俄罗斯大地自然天象变幻的一个小小的又是难得的完满。

冒雨去图拉,拜谒托尔斯泰。车行四小时,大雨一路都在不歇气地下着。我总是忍不住拉开车窗,开阔的原野覆盖着望不透的森林,无边无沿的草场,都笼罩在迷迷蒙蒙的雨雾里。飞进车窗的雨滴打湿了我的头和脸,这是托翁故乡的雨。临近图拉城的标志,是路边终于出现了人。一顶顶简便装置的帆布或塑料帐篷,零散地撑持在公路边上,摆列着一排货架,守候着一个一个女人,都在卖着以图拉命名的饼子。据说这种饼是闻名俄罗斯的土特产品,以黑麦制成,且不论别一番独特绵长的香味,绝在不加任何防腐剂却可以存贮半年以上,久享盛名。看着在雨篷下守候过路客捎带图拉饼的女人,我顿然联想到家乡关中类同的情景:每到5月初,通往白鹿原的原上和原下的两条公路边,便摆满一筐筐一笼笼刚刚摘下来的樱桃；通往临潼秦兵马俑的路旁，9月的石榴和9月末的火晶柿子招惹着世界各方的男女；还有去女皇武则天陵墓的路边，垒堆如小塔的锅盔，既可以整摞整个购买，也可以切成西瓜牙儿一般大小零卖，还有人索性就把大铁锅支在路边现烙现卖。乾县的锅盔虽不及图拉饼的盛名，却在遍地锅盔的关中独俏一枝，皮脆里绵，满口麦子纯正的香味，武则天在锅盔的香味里滋润了一千多年，该当改为女皇牌锅盔了。看着那些伫立在路边的图拉女人，我想大约和关中路边守候的农夫农妇一样，卖了钱不外乎盖新房、供孩子读书，以及为儿女娶媳妇办嫁妆。托翁故乡的农民和关中乡民谋求生活的方式、思路如出一辙。

　　车过图拉城时，雨缓解松懈下来。汽车穿过图拉城，从街面建筑和街道的景致看，都显示着一种久远的陈旧，与中国任何一个中小城市一夜之间的全新面目都显示着差别。雨时下时停，出图拉城就看到远方天际一抹蓝天和阳光。拐过两个交叉弯道，就看到一排很长的林木遮蔽下的围墙和一个阔大的门，这就是托翁自己命名的"林中那块阳光明媚的草地"——庄园故居了。

　　站在宽大的门口，一眼看见两排整齐高大的白桦树的甬道，通向林木笼罩的深处。我跨进大门并走上白桦树下的甬道，踏着用三合土铺垫的大平小不平的路面，庆幸自己终于有缘走在遍布着托翁脚印的土地上了。托翁一生都走在这庄园里的大路小径、果园耕地和林荫草地上，我踏在已经消失沉寂了托翁脚步响声的印痕里，依然感知着一个伟大灵魂神圣的灵性。白桦树依然枝叶茂盛，白色鲜亮的树皮浮泛着诗意。头顶的枝叶不断洒下水滴，甬道土路的小坑浅洼里积着雨水。左边有一排涂成灰蓝色的木板房，是马厩，庄园里曾经耕田拉车以及溜达的好多匹马，就养在这里，现在依着原样原封不变地保存着，自然都已经圈干槽净了，我似乎还可以闻到马粪马尿和畜生混合的气味。甬道右边还有一排蓝灰色的木板房，是贮藏草料和马具的库房，可以看到门里散落的干草，还有犁具、围脖和套绳，似乎刚刚罢耕归来卸下，散发着马脖子的骚味儿。还保存着农耕生活记忆的我，顿然浮现出这里添草拌料和骡马踢踏喷鼻的生机勃勃的图景。现在是一片人畜不在的冷寂。

甬道尽头往右拐进去，是一座涂成黄色的二层小楼，这是托尔斯泰的居室和写作间。下层一个大约不超过十平方米的小屋子里，托翁写成了《战争与和平》。我站在这间屋子的一瞬间，弥漫在心头的神秘顿然散失净尽了。一张不大的木板桌子，不仅谈不到精致或讲究，大约当初只刷过一层清漆，可以清楚地看到被磨损的或粗或细或直或歪的木纹；可以猜想长胳膊长腿的托翁伏案写作时，肯定会摊占大半个桌面。房间里还有一只小茶几和一张单人床，这床也应是我见过的最窄的一张床了，当是写得腰酸臂困时伸懒腰的设施。房间不仅没有装饰装潢，更没有如中国文人惯常装备的字画铭题之类，连一个像样的书架都不置备。到二楼的一间几乎同样小的房间里，也是漆成淡黄色的一张木桌，椅子的四条腿截断了一节，低到如同我家里的马扎。据说是托翁视力不好，椅子低点就可以缩短眼睛和稿纸的距离，避免了低头躬腰。在这间小小的简便到简陋的书房里，托尔斯泰写成了《安娜·卡列尼娜》。我还想看看写作《复活》的房间，讲解员说这部写作长达十年的小说，托尔斯泰先后换过三个写作间，没有解释换房的原因。我走出这座二层小楼时，脑子里就凸显着两张淡黄色的木桌。我更加确信作家从事的写作这种劳动，最基本的条件不过就是一张桌子和一把椅子，可以铺开稿纸坐下写字，把澎湃在胸膛的激情和缠绕在脑际的体验倾泻到稿纸上就足够了，与房子的大小、屋内的装备和墙面上贴挂的饰物毫无关系。说句不算抬杠的话，如果脑子里是空乏的、胸腔里是稀薄的，即使有镶着宝石的黄金或白银的桌椅也无济于事。无论如何，我至今还想着那把低矮的椅子，坐上去就得把腿伸到很远，坐久了会很不自在，何不加高桌子的四条腿，同样可以达到既不弯腰低头而缩短眼睛和稿纸的距离，况且能够让双腿自由自如地屈伸……

在这座托尔斯泰写作和生活的黄色小楼前，有一块不大的空地，该当算作院子吧。在这方小院的三面，都是稠密到几乎不透阳光的树林，林间长满杂草，俨然一种森林的气息。楼前的这方小院，除了供人走的台阶下的土路，也都栽种着花草，却不是精细琢磨的管理，完全是自由生长的泼势。花草园子里有一棵合抱粗的树，不见一片绿叶，粗壮的枝股和细细的枝条，赤裸在空中，在四周一片浓密的绿叶的背景下，这棵树就令人感到一种死亡的凄凉。我初看到这棵枯死的树时，就贸然想到保存它与周围的景致太不协调，随之了解到这棵树非凡的存在，竟然有一种内心深处的震撼。枯枝上挂着一只金黄色的铜钟，我初看时就想到小学校里上课下课敲出指令的铜钟。托尔斯泰属于贵族，却操心着贫苦农民的疾苦和委屈，以真诚之心帮助那些寻找救助的人，久而久之，那些四野八乡遭遇困境的乡民便寻到这个庄园来。托尔斯泰在楼前院子的这棵树上挂了这只铜钟，供寻访的穷人拉响，托尔斯泰就会放下钢笔推开稿纸，把敲钟的穷人请进楼里，听其诉叙困难和冤屈，然后给予帮扶救助。据说有时竟会在这棵树下排起队来，等候敲钟。然而没有哪怕是粗略的统计，曾经有多少穷人贫民踏进这座庄园，走到这棵树下，憋着一肚子酸楚和一缕温暖的希望攥住那根绳子，敲响这只铜钟，然后走进小楼会客厅，然后对着胡须垂到胸膛的这位作家倾诉，然后得到托尔斯泰的救助脱离困境。

这棵曾经给穷人和贫民以生存希望的树已经死了,干枯的枝条呈着黑色,枝干上的树皮有一两处剥落,那只金黄色的铜钟静静地悬空吊着,虽依原样系着一条皮绳,却再也不会有谁扯拉了。救助穷人的托尔斯泰去世已近百年,这棵树大约也徒感寂寞,已经失去了承载穷人希望的自信和骄傲,随托翁去了。

托翁晚年竟然执意要亲手打造一双皮靴,而且果真打造出来了,很精美、很结实,也很实用。我自然惊讶这位伟大作家除了把钢笔的效能发挥到无可替及的天分之外,还有无师自通操作刀剪锥针制作皮靴的一双巧手;我自然也会想到这位既是贵族庄园主又是赫赫盛名的作家,绝不会吝啬一双靴子的小钱而停下笔来拎起牛皮;恰恰是他几乎彻底腻歪了以往的贵族生活,以亲自操刀捏锥表示向平民阶层的转向和倾斜。一种行动,一种决绝,一种背离。我在听着那位端庄的俄罗斯姑娘说这个逸事时,瞬间想到曾经在什么传媒上看到谁说谁已有了贵族的气象和派势,显然是一种时尚推崇。我似乎感到有些滑稽,昨天还用旧报纸(城里人)和土圪垯(乡下人)擦屁股,一夜睡醒来睁开眼睛宣布自己成贵族了……托尔斯泰把他精心制作的这双皮靴送给一位评论家朋友。这位评论家惊讶不已,反复欣赏之后,郑重地把这双皮靴摆到书架上,紧挨着托尔斯泰之前送给他的十二卷文集排列着,然后说:这是你的第十三卷作品。这话显然不单是幽默,是以俄罗斯人素有的幽默语言方式,表述出对一位伟大作家最到位、最深刻的理解。

我真感觉到幸运,在林中的这块草地上领受到了明媚的阳光。雨在我专注于黄色小楼里的一张桌子、一把椅子、一张照片、一页手稿的时候,完全结束了。头顶是一片蓝色的天空和自在悬浮着的又白又亮的云，林子顶梢墨绿的叶子也清亮柔媚起来。阳光从枝叶的空隙投到林子里的硬质土路上，洒在小小的聚蓄着雨水的坑洼里，更显一种明媚。走到一大片苹果园边，天空开阔了，阳光倾泻到苹果树上，给已经现出颓势老色的叶子平添了柔和和明媚。树枝上挂着苹果，有的树结得繁，有的树稀稀拉拉挂着果子。苹果长足了时月停止再长，正在朝成熟过渡，青色里已淡化出一抹白色。从果树的姿态看，似乎疏于管理；从果形判断，当是百余年前的老品种了，在中国西北最偏远的苹果种植区，早在十几二十年前都淘汰了。这些苹果树和大面积的园子，自然完全不存在商业生产的意义，而是作为托翁的遗存保留给现在的人，现在依然崇拜和敬仰这位伟大灵魂的五洲四海的人。我看不到托翁了，却可以抚摸托翁栽植的苹果树，在他除草、剪枝、施肥和攀枝折果的果林间走一走，获得某种感应和感受，不仅是慰藉，而且是一种心理的强力支撑。

沿着一条横向的硬质土路走过去，湿漉漉的路面上有星星点点的阳光。路两边是高耸的树，从浓密的树叶的空隙可以看到碎布块似的蓝天和白云，平视过去则尽是层层叠叠的湿溜溜的树干。我尽可以想象雨后初霁的傍晚，阳光乍泄的林间树丛中，托翁拨开草叶采摘蘑菇的清爽。树林间有倒地的枯木，杆皮上生出绿苔和白茸茸的苔衣，都依其自由倒地的姿态保存着，更添了一种原始和原生形态的气息。这里已没有了剪枝、疏果、吆马、耕田、采蘑、制靴的托尔斯泰的身影，没有了闻铃迎接穷人听其诉苦的托尔斯泰，也没有了在木纹桌前摊开稿纸把独自的体验展示给世界的托尔斯泰了。然而，一个伟大的灵魂却无所不在。恰在我到这儿来之前几天，《参考消息》转载一篇文章，说欧美一些作家又重新阅读陀思妥耶夫斯基和托尔斯泰了。我便想，小说的形式和流派如狗追兔子般没命地朝前抢着，跑到"后后后"的地段上，终于有人歇下来缓口气，又往来路上回眺了。看来似乎没有完全过时的形式，只有空虚肤浅的内容最容易被淡忘、被淹没。

横着的路出现了三岔口，标示左边通托翁的墓地。路上的光线似乎暗下来，也许是树木更密了，也许是太阳光照角度的差异，路面和小水坑里已经看不到亮闪闪的光斑了。在树林的深处，看到了托翁的墓地，完全是意料不及、想象不出的一块墓地。在一块临近浅沟的边沿，有一片顶多不过十平方米人工培植的草坪，中间堆着一道土梁，长不过一米、高不过半米，是一种黑褐色的泥土堆培而成。上面没有遮掩，四周没有栅栏防护，小土梁就那样无遮无掩地堆立在小小的草坪上。我站在草坪前，竟有点不知所措。这样简单的墓地，这样低矮的土梁标志，比我家乡任何一个农民的墓堆都要小得多。没有任何碑石雕像，就是一坨草坪、一撮褐黑的泥土，标志着一个伟大灵魂的安息之地。那个小土梁上，有一束鲜花。我在转身离去的一瞬，似乎意识到，托尔斯泰是无须庞大的墓地建筑来彰显自己的，也无须勒石刻字谋求不朽，那小小的草坪和那一道低矮的土梁，仅仅只标示着一个业已不朽的灵魂安息在这里。

离开墓地和通往墓地的林间幽径，有一片开阔的草地，灿烂着红的、白的、紫的、金黄色的野花。季节还算是夏天，雨后的太阳热烈灿烂，仍不失某种羞羞的明媚。我沉浸在野草野花和阳光里，心头萦绕着托翁为自己的庄园所作的命名，"林中那块阳光明媚的草地"，真是恰切不过的诗意之地，又确凿是现实主义的具象。

2006 年 10 月 4 日于雍村

从黄岛到济南

我第一次出远门参加文学写作笔会,在1981年溽热的三伏,是由时任《北京文学》小说组组长的傅用霖组织的,地点在与青岛隔海相望的黄岛上。人对于第一次经见的事物总是新鲜而难免惊奇的。因于黄土高原和秦岭之间的夹道——关中——半生的我,第一次看到大海时竟有些眩晕,而第一次乘坐驶往黄岛的轮船却不仅没有发生呕吐,连眩晕也解除了。我想象里的大海总是波浪排空,倒是为第一次看见的大海的平静而长舒了一口气。

黄岛是一个小岛,站在稍高一点的坡岗上,便可以看到四面无边无际的灰蒙蒙的海天。据说这岛上只有一个居住着十来户渔民的生产队(公社建制),岛中心刚刚建成一个体育宾馆。我在宾馆的大餐厅里吃到了各种海产的鱼,据说都是本岛渔民从海里捕捞得来后直接送过来,再新鲜不过了。印象最深的是每张餐桌都配有一满盆铜钱大的小蚌,我也是第一次品尝,竟吃得很贪婪,同行的作家朋友常常瞪起眼睛问我,难道比西安的肉夹馍还好吃吗?我们常是把本桌那一大搪瓷盆小蚌吃完,再搜来邻桌上盆里吃剩的小蚌,蚌壳把餐桌铺满堆高,引来那些服务员友善的笑。

这次笔会邀集了几位刚跃上新时期文坛的青年作家，锦云以《笨人王老大》横空出世，更有不同凡响的汪曾祺。此前我已在《北京文学》读过《受戒》，对汪曾祺这个名字就蒙上一层神秘莫测乃至莫解的感觉，尽管在火车上听他谈天说地、叙古论今，尽管他机智幽默、举止自如，不仅不摆谱儿，似乎随意自如到不拘小节，然而，我仍然排遣不掉那一缕神秘莫解的感觉。傅用霖把这些作家囚在黄岛一周，闭门写作，唯一可选择的消遣是晚饭后在夕阳里泡海水澡，沙滩上只有水鸟的爪痕而绝无人的足迹，即使脱光下海也不担心有碍观瞻。这自然也是我第一次触摸海水，尝到了海水咸腥的味道。直到每位受邀作家都如母鸡下出一个蛋来，交给傅用霖一篇短篇小说，才撤离了这个日夜都弥漫着海腥味的小岛。我后来在《北京文学》上看到了汪曾祺的《大淖记事》，就是他在黄岛上下的一个堪称精品的蛋。

从青岛再转到济南，我找到了一种类似西安的似曾相识的感觉。我们一伙人溜达在济南的大街小巷，自行车和架子车占据着或宽或窄的道路，仍然是中山装的统一服饰，唯一让我有异地感觉的是市井嘈杂里的口音，告知我在孔子的鲁地而不是在秦。那时候的济南，还看不到一幢高层建筑。

傅用霖领着这一帮背笼携袋的作家，在街巷里懒懒散散地转悠，寻找一家可以进餐的饭馆。1981年的夏天，私营的小饭铺刚刚冒出，似乎还有点贼头贼脑。国营和集体属性的饭馆一律称作食堂，不仅门面小，而且少得很难寻觅。终于在一个记不清什么街巷的丁字口，迎面看见挂着食堂招牌的小饭铺，一帮人不由分说也别无选择地拥了进去。

我落在最后。不是我不饿，却是被无意的一瞥停步在食堂门口。这家食堂一间门面里的摆设一目了然，一排条桌，呈现着古久的油腻，桌上摆一只装满筷子的粗瓷箸筒，旁边摆着盐碟、醋瓶和酱油瓶，和西安食堂里的装备摆设一模一样，我没有任何异地的陌生。我在跨进食堂门口时看见了一个食客，是一位中年妇女，坐在门口的那张桌子边正在吃饭，左手端着一只白色的粗釉瓷碗，碗里盛着大半碗米饭，右手捏着筷子，往嘴里扒拉着米粒。那纯粹的大米呈酱紫色，我断定那是用酱油调味变色的。她的桌子上没有一碟下饭菜，也没有任何廉价的汤。我就是在瞥见她大口大口吞嚼用酱油调拌的米饭时，心里猛然遭遇了撞击而停住脚步的。她的腿脚边，放着两只藤条笼，从笼里剩存的碎麦草判断，她是到济南来卖鸡蛋的农妇。鸡蛋卖完了，她也饿急了，花一毛钱买四两米饭，调上不花钱的酱油，就算下了一回馆子。在我驻足愣神的时候，她又往米饭里倒了一次酱油，大约还嫌味轻，我的眼睛已经模糊了。

  这个卖鸡蛋的山东大嫂吃米饭的情景，我在此前二十五年的1956年就试验过了。我那时刚刚中止休学恢复初中学业，依旧是背着一周的玉米面馍到三十里远的城郊中学去念书，有时突破了用粮计划而吃不到周六，有时因为短命的玉米面馍霉坏变成黑色无法下咽，父亲每周给我两毛钱以备急用。记得我是和一个同样断顿儿的同学相约走进了一家食堂。我俩各掏各的腰包花一毛钱买下四两米饭，我趴在桌子上就大吞大嚼起来，白生生的大米是喷香的，比又冷又硬的玉米面馍好吃得多了。这个同学拿起酱油瓶子给自己碗里倒下酱油，又给我碗里倒下了，不无得意地说，酱油不要钱，放心调，调酱油香得很。我把碗里的米饭使劲搅拌，变成了紫黑色，尝了一口，尽是酱油的香味，一种陌生的香甜的味道。我的家里，一年四季不缺醋，全是母亲用谷糠酿制的，但从来没有买过酱油，酱油味对我是陌生又新鲜的味道。我俩抹着嘴走出食堂回学校的时候，都洋溢着一种开了一回洋荤的幸福感，也洋溢着白吃酱油的得意……

　　我和这位山东大嫂，都是经历过把白米饭调酱油当作超常大餐超级享受的人。

　　又二十五六年过去了。我自己也搞不清因为什么由头，竟触发出一桩久远的生活记忆，且挥之不去，顺手为记。

2007 年 2 月 28 日于二府庄

沉默的山
——军营笔记之一

从已经呈现着繁华的城市进入山区，眼里便纯粹了，只有深浅不同的绿色和裸露的岩石。一座座山头多呈圆顶，可以看到土黄色的砂石底构，草长得不密也不高。零星有几株树，大约得了石头缝沟的难得机遇，才得以扎下根去撑起一方风景。愈往山的深处走，山坡和沟壑的绿色渐次加深，树木已结成密不透风的丛林，一派葱茏的绿。

这是大山腹地的一个兵营。一个令外部世界异常神秘更尤为敏感的所在，这里是一个导弹发射场。这里驻扎着一个营的士兵。夹在几座连接着山之间一个稍为宽绰的沟道里，有一块缓坡地，被几代官兵许多年连续开发修整，建成一方清爽悦目的居住地。几排说不上阔绰却很实用的平房，红砖红瓦、木窗木门，在清水绿山间构成一道爽亮畅朗的景致。借着地势，修成一方连一方的平场，上下之间用水泥台阶连通，平台上栽植着花草。一脉山泉流经营区，已用水泥砌成整齐的水渠，渠边不足两脚宽的平台，栽植着葡萄，可见设计者和修建者一腔的诗情画意。葡萄管理得一丝不苟，在水渠上蓬勃出一道风景，一串串尚未成熟的绿色葡萄串令我心动。

这个营地是1961年开辟建立的。起因是毛泽东在此前说了一句话："原子弹这个东西，别人有，我们也得有，要不，说话就不算数，我们也要搞一点原子弹。"我先看到随之又听到这句"语录"时，颇有点惊诧，毛泽东是一个诗性和激情洋溢的人，他的著作和大量的批文，都洋溢着诗性质地；关于原子弹要不要搞的批示，不加一字一句的修饰词，直白简略，却把如此重大的决策说得透彻无遗；其口吻不像是行笔下的文字，更像是与人说一件轻淡之事的轻松语气，胸怀和气度尽在那平直的文字和平淡的语气之中了。此话一出，很快便有了这支进驻大山的部队，拉开了中国导弹部队建设的序幕。道路是披荆斩棘开辟出来的，平场是镢头铁锹改造出来的，流血流汗是任谁都可以想象得到的必然的付出。我尤其敏感的是时间，那是在中国普遍发生的记忆深刻的年代，那一批进入深山老林创建中国第二炮兵的官兵，就更有着非凡的贡献和牺牲精神的意义。四十六年过去了，这个隐蔽在大山深谷密林中的营地，来了又走了多少茬新兵和老兵，洒下他们的汗水、刻下他们的忠诚、献出他们的智慧，把中国的导弹营地建造成功了，有的佼佼者已成了将军。现在，一拨又一拨接受过高等教育的专业人才，相继走进这座军营，默默奋斗在这深山老林之中，铸造着共和国的利剑，也铸造着共和国的隐形长城，为着我们可以在世界上平等说话。

有一位叫张环节的老班长，三十一岁时不幸患绝症去世。在他的班里当过兵的人，至今回忆叙说起来仍忍不住热泪涌流，领导过他的军官更是赞不绝口，那是一个类似雷锋也区别于雷锋的模范士兵。有一个调皮的城市籍的新兵，情绪易变，在他真诚的影响下发生了人生的重大转折，现在已是一位军官了。他向我们叙说张环节的时候，仍然止不住热泪。

午饭是在军营食堂吃的。之后有半个多小时的休息时间，我被安排到营长的卧室，同行的作家朋友说我有不足一小时的营长当当。我便走进营长宿办合一的房间，左首靠墙是一排书架，最简易的一种，摆放着各种书籍，有人文历史和政治军事等专著，有不少翻译出版物，多为世界名著。从读书可以知人的襟怀和性情，这个营长显然已不再是八路军的营长了。小小的屋子里，摆两张书桌，靠南窗的书桌供写字读书，窗外是伸手可触的山坡上的枝叶；另一张书桌在右首，放着一台电脑，当是现代军人的标志；北窗下是脸盆架和水桶，用水需自己去打。再就是一张洁净清爽的硬板床，我躺在这张床上，竟然眯了一刻钟，不仅圆了我年轻时错失的军旅梦，而且当了一回短暂的营长。

导弹部队的兵和官都说他们是沉默的兵。是的，如山一样的沉默。但愿他们永远沉默。如果这世界上某一天有一个疯子逼得他们无法保持沉默，将是怎样一种积久沉默的喧哗。无疑，受挑衅和伤害的祖国和人民，都会把期待的眼睛遥望到这大山里来。那时候的远方山地，将是雄狮猛虎腾跃呼啸的山了。但愿永远沉默不语。

2007 年 7 月 18 日于二府庄

走进铁军
——军营笔记之二

在即将踏进一二七师营地时,我的心里已肃然起敬。

这是铁军。即使如我这样几乎完全隔绝军事的人,仅凭一点革命历史常识,也深知铁军的威风和威名。这是由中国共产党创建并领导的第一支正规武装力量,诞生于国共合作的北伐战争时期,命名为独立团,叶挺为第一任团长。这个主要由共产党员组成的独立团,北伐时一出手就显示出不凡的品相,打进武汉就赢得了市民的铁军的赠誉。铁军参加了南昌起义。铁军参加了毛泽东的三湾改编,是毛泽东提出把支部建在连队的第一批实践者。铁军是长征的先行队,几场至关重要的生死之仗都打胜了,四渡赤水、抢渡乌江、飞夺泸定桥等,这些在中外战史上堪称神话般神奇的硬仗,都是铁军参与创造出来的。这支铁军直到解放全中国再到现在,当是从起头到今天最完整地走过人民解放军发展壮大全过程的一支部队。我在中学课堂上就知道了铁军,五十年后终于有机缘走进铁军军营来,肃然是很自然发生的情感。

我看到一辆又一辆不同功能的坦克和装甲车。我被允许爬上一辆坦克，驾驶舱盖打开着，第一次看见真实坐在狭窄的驾驶舱里的一个士兵，便和他交谈起来。这是一个四川籍的士兵，刚满二十岁，入伍两年，已是车长了。我端详着这个车长，瘦瘦的、黑黑的、结结实实的。我问一句他答一句，可以看出腼腆，却不是畏怯，眉眼里一满都是诚朴和单纯。我问到暑天和数九天车里的冷暖，他说热时达到四十多度，冷时也就可想而知了。无论暑天太阳强照或三九天寒风呼啸，这个铁疙瘩无疑都具备最敏感的传导性能。他说到冷热时不动声色更不动情感，肯定是久经历练、习以为常、不在话下了。然而他仅仅只有二十岁，还是个大孩子。我已经喜欢上这个淳朴的车长，便向身边一位军官请示，想和他照张相，得到许可。这位车长从驾驶舱出来，和我照相，几位作家都爬上坦克和他照相。那一刻，我是他的崇拜者。

　　我还是第一次观看士兵的军事技能训练和火炮打靶。一只像跷跷板一样支着的长方形铁皮箱里，钻进去几个士兵，一头被拽下，另一头便翘到空中，反复起落便反复颠簸，受训的士兵在箱中该是怎样一种滋味？这是为着生理和心理的适应性而特设的训练项目。还有一项钻火圈，连续摆列的钢圈上泼洒着汽油，点燃起烈焰，一个一个士兵跃起钻过，如鱼儿般轻捷自如。早晨还下着大雨，地上是水潭和稀泥。士兵从火圈鱼贯而过扑跌到泥水里，随即爬起又冲向另一个火圈。同样是心理训练，为锻铸一种冲锋的勇气，杀向刀山火海的勇敢精神和强势心理。更令我感到惊心动魄的一幕是，士兵从正在行进着的坦克底下爬过去，泥水已毫不在乎。我看着在泥水里、燃烧的火圈中和滚动的履带间跃动着的士兵的身影，不觉之中泪水模糊了眼睛。我刚刚从城市走进旷野里的训练场，一下子还无法把这里发生的事和城市里的影像连接起来。愈来愈美丽的城市，街心花园的一棵花树和一株草，都接受着可以说无微不至的呵护和保养,更不要说这个盛夏季节里闪过街头的俊男靓女万紫千红的时装了;稍为褪色的口红眉文等不及坐下来修整,在大街上一边行走一边对着镜子描画……而在这远离城市的山野泥水里的士兵,壮健的身躯跃进跳腾的身姿,却展示着生命无与伦比的活力。

前天在另一个兵营,我听到一支士兵创作士兵演唱的歌曲。我一遍听下来便记住了其中最为撞击我心灵的两句:兵的守候,兵的支撑。这是从士兵胸怀里流淌出来的誓词,含蓄却又饱满,无疑是新世纪士兵情感和壮怀的表述形式,不再是"我是一个兵,来自老百姓"那样的语言方式了,然而核心的质地是一样的崇高。现在,在铁军士兵的训练场上,我不仅看到他们"守候"和"支撑"的内涵,而且看到他们为完成"守候"和"支撑"义无反顾的行为。我也很自然地浮起一幕陈旧的历史图景,地图上不足小拇指盖大的国家,都曾经长驱直入到中国来划界圈地。那个时候的中国,缺失了"守候"的意志,也没有"支撑"的力量。现在有了,铁军在。

火炮实弹打靶,于我真是惊心动魄。这是中国制造的几种性能最先进的常规炮,轰天撼地的响声尚未落下,裹着火焰的炮弹曳过空中,划出一道壮丽的弧线,击中对面山坡上的目标,腾起一团白色的烟雾。几枚火炮合打一个目标时尤为壮观,从不同方位同时发射的炮弹,织成一方火的湍流,击中同一靶心。此刻,连最含蓄的人都跃起欢呼了,我老汉自不例外。

这是今天的铁军。应该是秉承着自创立以来的意志和作风的铁军,又是比任何时候装备更精良、心理更强悍的铁军。人的脊梁隐藏在体内,支撑着直挺的身躯;铁军和人民解放军的各个兵种形成的合力,是我们国家和民族的脊梁,支撑着民族和国家的尊严。这样，每一个公民才能坦然愉快地做自己想做的事，自然包括我和同行等怀着各种艺术趣味的作家，自然也包括一边走路一边抹着口红的女孩……

2007 年 7 月 25 日于二府庄

第一次借书和第一次创作
——我的读书故事之一

上到初中二年级,中学语文老师搞了一次改革,把语文分为文学和汉语两种课本。汉语只讲干巴巴的语法,是我最厌烦的一门功课,文学课本收录的尽是古今中外的诗词、散文、小说名篇,我最喜欢了。

印象最深的一篇课文是《田寡妇看瓜》,一篇篇幅很短的小说,作者是赵树理。我学了这篇课文,有一种奇异的惊讶,这些农村里日常见惯的人和事,尤其是乡村人的语言,居然还能写文章,还能进入中学课本,那这些人和事还有这些人说的这些话,我知道的也不少,我也能编这样的故事、写这种小说。

这种念头在心里悄悄萌生,却不敢说出口。穿着一身由母亲纺纱织布再缝制的对襟衣衫和大裆裤,在城市学生中间无处不感觉卑怯的我,如果说出要写小说的话,除了嘲笑再不会有任何结果。我到学校图书馆去了,这是我平生第一次踏进图书馆的门,冲着赵树理去的。我很兴奋,真的借到了赵树理的中篇小说单行本《李有才板话》,还有一本短篇小说集,名字记不得了。我读得津津有味，兴趣十足，更加深了读《田寡妇看瓜》时的那种感觉，这些有趣的乡村人和乡村事，几乎在我生活的村子都能找到相对应的。这里应该毫不含糊地说，这是我平生读的第一和第二本小说。

我真的开始写小说了。事也凑巧，这一学期换了一位语文老师，是师范大学中文系刚刚毕业的车老师，不仅热情高，而且有自己一套教学方法。尤其是作文课，他不规定题目，全由学生自己选题作文，想写什么就写什么。这真是令我鼓舞，便在作文本上写下了短篇小说《桃园风波》，大约三四千字或四五千字。我也给我写的几个重要的人物都起了绰号，自然是从赵树理那儿学来的。赵树理的小说里，每个人物都有绰号。故事都是我们村子发生的真实故事，农业生产合作社由初级转入高级，把留给农民的最后一块私有田产——果园，划归集体，包括我们家的果园也不例外。在归公的过程中，发生了许多冲突事件，我依一个老太太的事儿写了小说。同样不能忘记的是，这是我写作的第一篇小说，已不同于以往的作文。这年我十五岁。

车老师给我的这篇小说写了近两页评语，自然是令人心跳的好话。那时候仿效苏联的教育体制，计分是五分制，三分算及格，五分算满分，车老师给我打了五分，在"五"字的右上角还附添着一个加号，可想而知其意蕴了。我的鼓舞和兴奋是可想而知的，同桌把我的作文本抢过去看了老师用红色墨水写的耀眼的评语，一个个传开看，惊讶我竟然会编小说，还能得到老师的好评。在那一刻里，我在城市学生中的自卑和畏怯得到缓解，涨起某种自信来。

我随之又在作文本上写下第二篇小说《堤》，也是村子里刚成立的农业社封沟修小水库的事。车老师把此文推荐到语文教研组,被学校推荐参加西安市中学生作文比赛评奖。车老师又亲自用稿纸抄写了《堤》,寄给陕西作家协会的文学刊物《延河》。评奖没有结果,投稿也没有结果,我却第一次知道了《延河》,也第一次知道发表作品可以获取稿酬。许多年后,当我走进《延河》编辑部,并领到发表我作品的刊物时,总是想到车老师,还有赵树理的田寡妇和李有才。

2007 年 12 月 10 日于二府庄

在灞河眺望顿河
——我的读书故事之二

我准确无误地记得,平生阅读的第一部外国文学作品,是肖洛霍夫的《静静的顿河》。

我读初中二年级时,换来一位刚从大学中文系毕业的语文老师,姓车。他不仅让学生自选作文题,想写什么写什么,而且常常逸出课本,讲些当代文坛的趣事。那时正当"反右",他讲了少年天才作家刘绍棠当了"右派"的事。我很惊讶,便到学校图书馆借来刘绍棠的短篇小说集《山楂村的歌声》,读得很入迷且不论,在这本书的"后记"里,刘绍棠说他最崇拜的作家是肖洛霍夫,我就从这儿知道了《静静的顿河》。捺着性子等到放暑假,我把四大本《静静的顿河》借来,背回乡村家里。

我的年龄不够农业合作社出工的资格,便和伙伴们早晚两晌割草,倒不少挣工分。逢着白鹿原上两个集镇的集日,光一天后晌在农业社菜园趸了黄瓜、茄子、西红柿、大葱等蔬菜,天不明挑着菜担去赶集,一次能挣块儿八毛的,到开学就挣够学费了。割草卖菜的间隙和阴雨天,我在老屋后窗的亮光下,领略顿河草原的美丽风光、骁勇剽悍的格里高利和风情万种的阿克西妮娅。

小说里的顿河总是和我家门口的灞河混淆，顿河草原上的山冈，也总是和眼前的骊山南麓的岭坡交替叠映。我和伙伴坐在坡沟的树荫下，说着村子里的这事那事，或者是谁吃了什么好饭等等，却不会有谁猜到我心里有一条顿河，还有哥萨克小伙子格里高利和阿克西妮娅。我后来才意识到，在那样的年龄区段里感知顿河草原哥萨克的风土人情，对我的思维有着非教科书的影响，尽管我那时对这部书的历史背景模糊不清。我后来喜欢译文本，应该是从这次《静静的顿河》的阅读引发的。此后便基本不读"说时迟那时快"和"且听下回分解"的句式了。

书念到高中阶段，我在学校图书馆发现了肖洛霍夫的一本短篇小说集《顿河故事》，便借来读。平时功课紧张不敢分心，往往是周六回家时，沿着灞河河堤一路读过去，除了偶尔有自行车或架子车，不担心任何机动车辆撞碰。这部集子收录了大约二十个短篇小说，一篇一个故事，集中写一个或两个人物，几乎都是顿河早期革命的故事，篇篇都写得惊心动魄。这是肖洛霍夫写作《静静的顿河》之前的作品，可以看作练笔练功夫的基础性写作，却堪为短篇小说典范。

到 20 世纪 60 年代，我高考名落孙山，回到老家做乡村教师，确定把文学创作正经作为理想追求时，从灞桥区文化馆图书室借到肖洛霍夫的另一部长篇小说《被开垦的处女地》。小说写的是苏联搞集体农庄的故事，使我感到可触摸可感知的亲切，总是和我身在的农业合作社的人和事联系起来，设想把作品中的人物名字换成中国人的名字，可以当作写中国农业合作化的小说。

直到前几年，我才读了他的那篇超长短篇小说《一个人的遭遇》，这是他最后一部影响深远的作品，算是把他的主要著作都拜读了。写作这个短篇小说时的肖洛霍夫,从精神和心理气象上看,完全蝉蜕为一个冷峻的哲思者了。他完成了生命的升华。

2008 年 1 月 17 日于二府庄

一个空前绝后的数字
——我的读书故事之三

柳青长篇小说《创业史》的阅读，在我几乎是大半生的沉迷。那是1959年的春天，我从报纸上看到，柳青新著长篇小说《创业史》，即将在《延河》杂志连载的消息，早早俭省下两毛钱等待着。我上到初三时，转学到离家较近的西安市十八中学，在纺织城东边，背馍上学少跑十多里路。当我从纺织城邮局买到泛着油墨气味的《延河》时，正文第一页的通栏标题是手书体的《稻地风波》（初定名），背景是素描的风景画，隐没在雾霭里的终南山，一畦畦井字形的稻田，水渠岸边一排排迎风摇动的白杨树，是我自小看惯了的灞河风景，现在看去别有一番盎然诗意。当我急匆匆返回学校，读完作为开篇的《题叙》，便有一种从未发生过的特殊的阅读感受洋溢在心中。

这个小说巨大的真实感和真切感，还有语言的深沉的诗性魅力，尤其是对关中人情的细腻而透彻的描写，不仅让我欣赏作品，更让我惊讶自己生活的这块土地，竟然蕴藏着可资作家进行创作的丰富素材。或者说白了，我所熟视无睹的乡村的这些人和事，在柳青笔下竟然如此生动而诱人。我第一次开始关注自己生活的这块土地。我几次忍不住走出学校大门,门外便是枣园梁上正待抽穗的无边的麦田,远处便是隐隐约约可见山峰沟岩的终南山,在离我不过四五十里地的神禾塬下,住着柳青。我发自心底的真诚的崇拜发生了。十二三年后,"文革"中备受折磨的柳青获得"解放",我在大厅里听柳青讲创作时,第一眼看见个头不足一米六、留着黑色短发的柳青,顿然想到我在枣园梁校门口眺望终南山的情景。三十四五年后的初夏时节,我和长安县的同志在柳青坟头商议陵园修建工程,眼见着柳青坟墓被农民的圈粪堆盖着,我又想到十七岁时在枣园梁上的眺望。

后来我到位于灞桥镇的西安三十四中学读高中。镇上的邮局不售《延河》,阅读中断了。随之得知巴金主编的《收获》一次刊发《创业史》,我托在西安当工人的舅舅买到了这期《收获》,给我送到学校,我几乎是置功课于不顾而读完了《创业史》(第一部)。我在该书发行单行本的时候,又托舅舅买了首版《创业史》。我对文学的兴趣极大,几乎已经入迷,对这部小说的反复阅读当是一个主要诱因。高中二年级时,我和班里几个喜欢文学的同学组织起学校的第一个文学社,办了一份不定期的文学墙报,发表我们自己写的作品。

我后来进入社会,确定下来文学创作的人生命题,《创业史》便成为枕边的必备读物。1973年发表第一个短篇小说时,许多人说我的语言像柳青。编辑把这篇小说送给柳青看,他把第一章修改得很多,我一句一字琢磨,顿然明白我的文字功力还欠许多火候。我后来到南泥湾劳动锻炼,除了规定必带的《毛选》,还私藏着《创业史》,在南泥湾的窑洞里阅读,后来不知谁不打招呼拿去了,也不还。我大约买了丢、丢了又买了九本《创业史》,

这是空前的也肯定是绝后的一个数字。

2008 年 1 月 18 日于二府庄

关键一步的转折
——我的读书故事之四

我的人生道路的关键一步转折,发生在1978年的夏天,从工作了十年的人民公社(乡镇)调动到当时的西安郊区文化馆。

我当时正负责为家乡的灞河修建四公里的防洪河堤。在我们那个很穷的公社,难得向上级申请到一笔专项治理灞河的资金,要修筑一道堤面上可以对开汽车的河堤,在那个小地方,称得上是一项令人鼓舞的宏伟工程了。工程实际上是从1977年冬季开始的,我作为工程负责人,和七八个施工员住在一道红土崖下灞河岸边的一幢房子里,没有床也没有炕。从邻近的村子里拉来麦草铺在地上,各人摊开自己带来的被褥,并排睡地铺了。我那时候心劲很足,想一次解决灞河涨水毁田的灾害,尤其是给包括我的父母妻儿生活的村子在内的大半个公社修建这样一个工程。为此,从早到晚都奔跑在各个施工点上。一个严峻的节点横在心头,在初夏灞河涨水之前,不仅要把河堤主体堆成,而且必须给临水的一面砌上水泥制板,不然,一场大水就可能把沙堤冲成河滩。工程按计划紧张地进行,4月发了一场大水,只是局部损伤,我的信心没有动摇。

到初夏时节，我在麦草地铺上打开一本新寄来的《人民文学》杂志。夜晚安排完明天的事儿，施工员们便下棋，或者玩当地人都喜欢玩的"纠方"游戏，我也是参与者。这一晚我谢辞了下棋和"纠方"，躺在地铺上看一篇小说，名曰《班主任》，作者是我从未听说过的刘心武。我在这篇万把字的小说的阅读中，竟然产生心惊肉跳的感觉。每一次心惊肉跳发生的时候，心里都涌出一句话，小说敢这样写了！请注意这个"敢"字。我作为一个业余写作者，尽管远离文学圈，却早已深切地感知到其中的巨大风险了，极"左"的政治思想影响下的文艺政策更"左"得离谱，多少作家都栽倒了，乃至搭上了性命。《班主任》竟然敢这样写，真是令我心惊肉跳。

我在麦草地铺上躺不住了。我走出门，不过五十米就到了哗哗响着的灞河水边，撩水洗了把热烫的脸，坐在河石上抽烟，心里又涌出一句纯属我的感受来：文学创作可以当作事业来干的时候终于到来了。这是我从《人民文学》发表《班主任》这样的小说的举动上所获得的最敏感的信号。我几乎就在涌出这句话的一刻，决定调离公社，目标是郊区文化馆。那儿的活儿比公社轻松得多，也有文学创作辅导干部的职位，写作时间很宽裕，正适合我。即将完成河堤工程的6月，我如愿以偿到郊区文化馆去了。我的仍然属业余文学创作的人生之路开始了。

《班主任》在文学界的影响可谓深远。文学界先把其称为中国的"解冻文学"的先声，这是借用苏联20世纪50年代初一个文学现象的名词，随后又称其为新时期文艺复兴的发轫之作。其实，两种称谓的意思相近，即从极"左"文艺政策下解放出来的第一声鸣叫，一个时代开始了。我的人生之路也发生了关键一步的转折。

2008年2月3日于二府庄

摧毁与新生
——我的读书故事之五

1982年5月,陕西作家协会在延安举行毛泽东《在延安文艺座谈会上的讲话》发表四十周年纪念活动,胡采主席亲自率领刚刚跃上新时期文坛的七八个陕西青年作家到延安去,我是其中之一。有一个细节至今难忘,胡采在杨家岭中央大礼堂外的场地上,给我们回忆当年他聆听毛泽东讲话的情景。我和几位朋友在一张大照片上寻找当年的胡采,竟然辨认不出来。最后还是由胡采指出那个坐在地上的年轻人,说是当年的他。相去甚远了。四十年的时光,把一个朝气蓬勃的小伙子变成了睿智慈祥的老头,我的心里便落下一个生命的惊叹号。

参加这次纪念活动的几个青年作家,各自都据守在或关中平原或秦岭山中或汉中盆地的一隅。平时难得相聚,参观的路上、吃饭的桌上就成为交流信息的最好平台。尤其是晚上,聚在某个人的房间,多是说谁写了一篇什么小说,多好多好值得一读。被说得多的是路遥,他的一个中篇小说即将在《收获》发表,篇名《人生》。这天晚上,大家不约而同聚到路遥房间,路遥向大家介绍了这部小说的梗概,尤其是说到《收获》责任编辑对作品的高度评价,大伙都有点按捺不住的兴奋,便问到《收获》出版的确切时间,路遥说已经出刊了。记不清谁提议应该马上到邮局去购买。路遥显然也兴奋到恨不得立即看到自己钢笔写下的文字变成铅字的《收获》,还说他和邮局有关系,可以叫开门,便领着大家出了宾馆,拐了几道弯,走到延安邮局门口。敲门敲得很响,也敲得执拗。终于有一位很漂亮的值班女子开了门,却说不清《收获》杂志是否到货,便领着我们到业已关灯的玻璃柜前,拉亮电灯。我们把那个陈列着报纸杂志的玻璃柜翻来覆去地看,失望而归。

我已经被路遥简略讲述的《人生》故事所吸引,尤其是像《收获》这样久负盛名的刊物的高调评价,又是头条发表,真有迫不及待的阅读期盼。我从延安回到文化馆所在地灞桥镇,当天就拿到馆里订阅的《收获》,几乎是一口气读完了这部十多万字的中篇小说《人生》。读完时坐在椅子上是一种瘫软的感觉,显然不是高加林波折起伏的人生命运对我的影响,而是小说《人生》所创造的完美的艺术境界,对我正高涨的创作激情是一种几乎彻底的摧毁。

连续几天,我得着空闲便走到灞河边上,或漫步在柳条如烟的河堤上,或坐在临水的石坝头,却没有一丝欣赏古桥柳色的兴致,而是反思着我的创作。《人生》里的高加林,在我所阅读过的写中国农村题材的小说里,是一个全新的面孔,绝不同于此前文学作品里的任何一个乡村青年的形象。高加林生命历程里的心理情感,是包括我在内的乡村青年最容易引发呼应的心理情感。路遥写出了《人生》,一个不争的事实便摆列出来,他已经拉开了包括我在内的这一茬跃上新时期文坛的作家一个很大的距离。我的被摧毁的感觉源自这种感觉,却不是嫉妒。

我在灞河沙滩长堤上的反思是冷峻的，我重新理解关于写人的创作宗旨。人的生存理想、人的生活欲望、人的种种情感情态，准确了才真实。一个首先是真实的人的形象，是不受生活地域文化背景以及职业的局限，而与世界上的一切种族的人都可以完成交流的。到这年的冬天，我在反思中所完成的新的创作理念，写成了我的第一个篇幅不大的中篇小说《康家小院》，后来获得了《小说界》的首届评奖。许多年后，我对采访的记者谈到农村题材的创作感受时说出一种观点，你写的乡村人物让读者感觉不到乡村人物的隔膜就好了。这种观点的发生，源自在灞河滩上的反思，是由《人生》引发的。

2008 年 2 月 11 日夜于雍村

一次功利目的明确的阅读
——我的读书故事之六

在我的文学生涯中,阅读不仅占有一个很大的时间比例,而且是伴随终生的一种难能改易的习惯意识。即使在把一切出版物都列为"黑书"禁封的"文革"年代,我的"地下式"的秘密阅读也仍然继续着。然而,几乎所有阅读都不过是兴趣性的阅读而已,增添知识,开阔视野,见识多种艺术风格的作品。只有一次阅读是怀有很实际具体甚至很功利的目的,这就是 20 世纪 80 年代中期的一次阅读。

那时候我正在酝酿构思第一部也是唯一的长篇小说《白鹿原》,大约用了两年左右的时间。随着几个主要人物的成型和具象,自我感觉已趋生动和丰满,小说的结构便很自然地突显出来,且形成一种甚为严峻的压力。这种压力的形成有主客两方面的因由,在我是第一次写长篇,没有经验自不必说,况且历史跨度大、人物比较多、事件也比较密集,必须寻找到一种恰当的结构形式,使得业已意识和体验到的人物能得到充分的展示;另外,在这部小说刚刚萌生创作念头的时候,西北大学当代文学评论家蒙万夫老师很郑重地告诫我说，长篇小说是一个结构的艺术。他似乎担心我轻视结构问题，还做了一个形象的比喻，长篇小说如果没有一种好的结构，就像剔除了骨头的肉，提起来是一串子，放下去是一摊子。我至今几乎一字不差地记着蒙老师的话，以及他说这些话时平静而又郑重的神情。当这部小说构思逐渐接近完成的时候，结构便自然形成最迫切也是最严峻的一大命题。

我唯一能做出的选择就是读书。我选择了一批中外长篇小说阅读，我最迫切的目的是看各个作家是怎样结构自己的长篇，企望能获得一种启发，更企望能获得一种借鉴。我记得有20世纪80年代中期最具影响的两部长篇，一是王蒙的《活动变人形》，一是张炜的《古船》。我尤其注意这两部作品的结构方式，如何使多个人物的命运逐次展开。这次最用心的阅读，与最初的阅读目的不大吻合，却获得了一种意料不及的启发。这就是，每一部成功的长篇小说，都有自己风格独特的结构方式，而平庸的小说才有着结构形式上相似的平庸。我顿然省悟。从来不存在一个适宜所有作品的人物和故事展示的现成的结构框架，必须寻找到适宜自己独自体验的内容和人物展示的一个结构形式，这应该是所谓创作的最真实含义之一；我几乎同时也理顺了结构和内容的关系，是内容——即已经体验到的人物和故事决定结构方式，而不是别的。这样，我便确定无疑，《白鹿原》必须有自己的结构形式，不是为了出奇一招，也不是要追某种流派，而是想建一个让白嘉轩、鹿子霖、朱先生们能充分展示各自个性和命运的比较自然而顺畅的时空平台。

小说出版许多年了，单就结构而言，也有不少评说，有的称为网状结构，有的称为复式结构，等等。多为褒奖的好话，尚未见批评。我一直悬在心里的担心，即蒙老师告诫的那种"一串子、一摊子"的后果避免了。我衷心感激已告别人世的蒙老师。

我也感慨那次较大规模又目的明确的阅读，使我获得了关于结构的最直接最透彻的启发。其实不限于长篇小说，其他艺术样式的创作亦是同理，实际已触摸到关于创作的最本质的意义。

2008 年 5 月 3 日于雍村

米兰·昆德拉的启发
——我的读书故事之七

米兰·昆德拉热遍中国文坛的时候，大约稍晚加西亚·马尔克斯几年。从省内到省外，每有文学活动作家聚会，无论原有的老朋友或刚刚结识的新朋友，无论正经的会议讨论或是三两个人的闲聊，都会说到这两位作家的名字和他们的作品，基本都是从不同欣赏角度所获得的阅读感受，而态度却是一样的钦佩和崇拜。谁要是没接触这两位作家的作品，就会有一种落伍的尴尬，甚至被人轻视。

我大约是在昆德拉的作品刚刚进入中国图书市场的时候，就读了《玩笑》《生命中不能承受之轻》和《生活在别处》等。先读的哪一本后读的哪一本已经忘记，却确凿记得陆续出版的几本小说都读了。每进新华书店，先寻找昆德拉的新译本，甚至托人代购。我之所以对昆德拉的小说尤为感兴趣，首先在于其简洁明快里的深刻，篇幅大多不超过十万字，在中国约定俗成的习惯里只能算中篇。情节不太复杂却跌宕起伏，人物命运不可捉摸的过程中，是令人感到灼痛的荒唐里的深刻，且不赘述。更让我喜欢昆德拉作品的一个因由，是与马尔克斯《百年孤独》决然不同的艺术气象。我正在领略欣赏魔幻现实主义的兴致里，昆德拉却在我眼前展示出另一番景致。我便由这两位大家决然各异的艺术景观里，感知到不同历史和文化背景里的作家对各自民族生活的独特体验，以及各自独特的表述形式，让我对小说这种艺术形式发生了新的理解。用海明威的话说，就是要"寻找属于自己的句子"。这个"句子"不是指通常意义上的文字，而是作家对生活——历史和现实——独特的发现和体验，而且要有独立个性的艺术表述形式。仅就马尔克斯、昆德拉和海明威而言，每一个人显现给读者的作品景观都迥然各异，连他们在读者我的心中的印象也都个性分明。然而，无论他们的作品还是他们个人的分量，却很难掂出轻重的差别。在马尔克斯和昆德拉的艺术景观里，我的关于小说的某些既有的意念所形成的戒律，顿然被打破了；一种新的意识几乎同时发生，用海明威概括他写作的话说就是，"寻找属于自己的句子"。只有寻找到不类似任何人而只属于自己独有的"句子"，才能称得上真实意义上的创作，才可能在拥挤的文坛上有一块立足之地。

在昆德拉小说的阅读过程中，还有一个在我来说甚为重大的启发，这就是关于生活体验与生命体验的切实理解。似乎是无意也似乎是有意，《玩笑》和《生命中不能承受之轻》这两部小说一直萦绕于心中。这两部小说的题旨有类似之处，都指向某些近乎荒唐的专制事项给人造成的心灵伤害。然而《玩笑》是生活体验层面上的作品，尽管写得生动耐读，也颇为深刻，却不像《生命中不能承受之轻》那样让人读来有某种不堪承受的心灵之痛，或者如作者所说的"轻"。我切实地感知到昆德拉在《生命中不能承受之轻》里进入了生命体验的层面，而与《玩笑》就拉开了新的距离，造成一种一般作家很难抵达的体验层次。这种阅读启发，远非文学理论所能代替。我后来在多种作品的阅读中，往往很自然地能感知到所读作品属于生活体验或是生命体验，发现前者是大量的，而能进入生命体验层面的作品是一个不成比例的少数。我为这种差别找到一种喻体，生活体验如同蚕，而生命体验是破茧而出的蛾。蛾已经羽化，获得了飞翔的自由。然而这喻体也容易发生错觉，蚕一般都会结茧成蛹再破茧而出成蛾，而由生活体验能进入生命体验的作品却少之又少。即使写出过生命体验作品的作家，也未必能保证此后的每一部小说，都能再进入生命体验的层次。

2008年5月6日于二府庄

龙湖游记

踏上游艇,在清湛湛的湖面上划行,一缕缕清凉湿润的风迎面拂过,把满身三伏酷暑的溽热顿时荡涤光净,从头到脚从外到里都是一种期待里的舒服。我似乎还不尽兴,忍不住撩起水来,搓了胳膊又搓洗了脸,便融入这水天一色的湖了。

水是湛蓝湛蓝的水,天是湛蓝湛蓝的天。眼前的水看不到边际,远处的水被灰白的水汽遮住了蓝色,与目力所能及至的同样呈现着灰雾的蓝天相接相融。一叶小艇泛在这水天相接的水面上,很容易让人产生海的迷幻,尤其是对我这样意识和习惯里储存着黄土原和杂生着荆棘、野草、榆树、枸树的坡岭的人,漂浮在这样无边无际的水面上,往往会产生风平浪静的海的错觉。然而,这确凿是湖。

真正让我不再发生湖与海的混淆性错觉,是进入这湖独有的生动到超出想象的景物。湖里生长着大片大片的蒲草,小艇在蒲苇丛中的狭窄水道上缓缓划行,不时有鸟儿从蒲苇丛中飞出,又有鸟儿沉落其中,偶尔能听到幼雏混乱一团的叫声,可以猜想是争夺食物的颇为激烈的本能的叫声。无法想象,这密不透风的蒲苇丛里，有多少双鸟儿在自由地繁衍后代。这种鸟在我并不陌生，我的家乡灞河边的苇子林丛是它们的福地，叫声不大优美，是比较单调的"呱呱呱"的粗声，当地人就因其叫声称其为"苇呱呱鸟"。一个苇字，标明了它生存繁衍的独特领地——苇丛。这湖里的苇丛更是难得的一方自由领地了，首先不担心安全，没有如曾经的我一样捣乱的孩童掏取鸟蛋。

在蒲苇丛里相间着的大块水面上，有通体白亮的鹭鸶悠然浮游，它们总是成双成对，一会儿游远了，一会儿又聚拢并行了。我无意间捕捉到一个转瞬即逝的画面，一只鹭鸶张开翅膀从水面跃起，不偏不倚落在另一只鹭鸶的背上，又滑落到水里去了，被踏了一下的鹭鸶抖一抖身子，似乎没有在意，又并头游动着。还有几只野鸭，显然缺乏鹭鸶的优雅风度，却洋溢着活泼的天性，不时把头伸入水中又冒出来，争前恐后，左右穿梭，自然都是在水里捕捉小鱼小虾等食物。几种叫不上名字的小鸟，从空中掠过，有一种背上是一抹鲜艳的红色，瞬间就消失了。

小艇从苇丛中出来，又进入野生的荷花丛中。许是得了这好水和好水下好泥的滋养，硕大的荷叶遮罩着水面，红的、白的、粉红、粉白的荷花竞相开放，开放的荷花和含苞待放的花蕾都是出奇的硕大。浓郁的香气弥漫在水面上，真有仙境里的沉醉了。我便想到，无论密不透风的苇丛，无论花香扑鼻的荷花，当是适宜所有职业所有年龄的男女驾舟散漫的好去处。进入苇丛和荷花丛中，得意的事和烦恼的事都会被荡涤出心胸，获得一分娴静和爽快。我便想着约一二好友，在这苇丛和荷花丛中自在游荡，既不说马尔克斯也不说网络文字，只看蓝天白云，只听"苇呱呱鸟"哺食引发的幼雏的叫声，把记忆里的往事和昨天刚发生的事统统扫除，装进鸟叫声和撩拨清水的声音，储入白云、苇丛和荷花，还有鹭鸶和野鸭……

　　直到我如此沉迷的时候，仍然不敢相信这一方好水是在河南淮阳大地上。不单是我孤陋寡闻，更在我多年来偏颇的心性，以为和我住得相邻的省份大同小异，就把兴趣偏向于那些自然景观奇特的边远地域、大漠荒原、海洋冰山、少数民族聚居的山寨、野狼游走的草原、寸草不生蠓虫难觅的生命禁区的盐湖……此刻，我甚至有某种懊悔，竟不知和我相邻的中原河南淮阳，有这样一方好水——龙湖。

　　湖以龙命名，也是这一方好水所系的悠远到神话时代的神秘历史。传说伏羲氏从我的家乡渭河边来到这里寻求更广阔的发展天地，神农氏也在这里教民稼穑，陈胜在这儿建立第一个农民政权，更有诸多文人墨客如李白、苏轼等都留下不朽诗篇。在我尤为惊喜的收获，陈姓氏族的源头就在这里。这龙湖在夏代称为陈，到商汤时把舜帝的后裔分封到陈地，到西周时周武王把女儿嫁给舜的后世嫡孙妫满，就在这龙湖上建城立国为陈国。随之以国名为姓氏，便有了陈姓。妫满传二十世，历六百四十三年，陈姓便繁衍了不知多少万子孙，到现在大约七千万人，遍布中国南北和海外华侨之中。十多年前我在广州的陈氏家谱园里获悉，陈姓源自舜的后裔所在的陈国，却不知具体方位，今天竟然一脚踏进陈姓始祖所在的陈国的门槛了，无意间完成了一次最久远的寻根，顿然觉得和淮阳亲近到有亲情相系了。

　　龙湖有好水。《诗经·陈风》有赞美龙湖的诗章："彼泽之陂，有蒲与荷……彼泽之陂，有蒲与蕳……彼泽之陂，有蒲菡萏。"把龙湖上这些水生花草融铸进《诗经》，可以猜断肯定是这龙湖的风景激发了作者的诗兴，留下这生动的诗章。我在龙湖蒲苇丛、荷花丛中的忘情和沉醉，和几千年前《诗经·陈风》的作者相通，只是我笔拙,吟诵不出一首诗来,仅留笔记一篇,聊以尽兴。

2008 年 9 月 29 日夜于雍村

毛乌素沙漠的月亮

朋友电话约写一点有关月亮的记忆。话尚未落音，我的心底便有一轮又圆又大的满月缓缓浮现出来。这是我平生见过的最大的月亮，在毛乌素大沙漠的天空悬浮着，也沉浮在我的心底，整整二十五年了。

那是 1985 年的酷暑时月，由路遥挑头在陕北召开"长篇小说创作促进会"。"促进"二字彰显着这次会议的主旨，却也明白不过地提醒与会作家，应该考虑长篇小说创作的探索了。客观的情况是，新时期出现的一茬陕西青年作家，正热衷于中篇小说和短篇小说的创作，尚无一部长篇小说出版，作协领导有点着急，需要促进一下。会议的第二阶段由延安转移到毛乌素大沙漠中的塞北重镇——榆林，作家们的兴致更高涨了，纷纷表态要把长篇小说的创作列入最近的写作计划，"促进"促得会上会下的气氛十分热烈。挑头的路遥无疑也很受鼓舞，顿时突发奇想又别出心裁，要搞一场篝火晚会，就在荒无人迹的毛乌素沙漠里，这在当时无疑是一场浪漫而又颇为新潮的晚会。

柴火是向当地乡民购买的，一捆一捆干绷绷的沙柳棒子，见到引火便蹿起火苗,得着沙漠夜风的鼓吹,火势顿时便起一丈多高,把刚刚降下的夜幕现出一片光亮的空间。与会的这一茬作家正值青壮年,又得着思想解放的时风的鼓舞,全都围着噼啪爆响的火堆几近疯狂地蹦跳起来,很难看到谁有规范的舞步,都是随心所欲地胡蹦乱跳,夹杂着平素很难发生的野性的狂呼吼叫,把静谧无声的毛乌素沙漠吵翻天了。我也夹杂其中,蹦着跳着,便有了难得的一次尽情放纵的生命狂欢。不料有人从背后抓住了我的胳膊,不容分说把我拉出狂欢的人窝儿,说,咱俩散散步去。依声音辨识,这是诗人子页。

我便随着子页走,几乎是漫无目的的无意识行走,却恰恰走在往北的沙地上,往北无疑是更为荒凉的沙漠腹地的方向。估摸不准走出多远了,篝火晚会的嘈杂的人声消失了,腾跃的火焰也看不见了,只有一片小小的略显红色的亮光标示着篝火晚会会场的方位。天上繁星点点,沙漠夜幕里仅有一丝微弱的亮色,我只能看见并排走着的子页的人形,完全看不清他的眉眼。凭着感觉判断,已经走得很远了,恰好脚下踩到一道沙梁,两人不约而同停住脚步。他坐下来,我也坐下来。白天被晒得烫脚的沙子似乎还有余温。他说了些什么话,社会热点话题或文学写作什么的,认真的和不认真的,正经的或不正经的,现在竟通通忘记了,一句也没留下来。同样,我对他说了些什么话,也通通忘记了,一句都回忆不起来。我俩在沙梁上对面坐着,此起彼落地聊着(用西安当地话说叫"谝着"),仍然是谁也看不清谁的眉眼,依着说话的语调和口吻的缓急,感知对方的思想和情感。

无意间,我突然看见他脸上的轮廓了,不由一惊,瞬间就意识到月亮出来了。他几乎同时轻轻地惊呼:啊!多大的月亮!我转过身,就看见沙漠尽头地天相接的地方,浮现着一轮小碾盘那般大的月亮，惊得我一跃身站立起来。子页也站起来了。

"多大的月亮！"我忍不住赞叹。

"没见过这么大的月亮！"他也随口赞叹。

"多大多圆哇。"我忍不住再说一句，便想到当属农历的六月十五或十六。

"难得看见毛乌素沙漠的满月。"子页庆幸地说。

子页是一位颇具广泛影响的诗人，我也算得一个作家。诗人的他和作家的我站在毛乌素沙漠里，面对初升起来的一轮满月，反复赞叹的词汇里，只有一个"大"字和一个"圆"字，竟然再反应不出一个更生动更美妙的文字来。我俩站在沙地上，看那又圆又大的月亮缓缓浮升起来。沙漠里偶尔传来一声单调的野兽的叫声，我可以辨出是狐狸，城市长大的子页却以为是狼。月亮浮上天际大约有一竿子高了，似乎渐渐缩小了一轮，却更明亮更清湛了。子页突然对我说："我有一个提议——"却不说提议的内容。我也没有急于追问。只见他附下身去，在月亮照亮的沙地上摸索，终于找到几根沙蒿秆儿，捋去枝叶，盯着我说："面对毛乌素的满月，咱俩发誓——"说着便跪倒在沙地上，把三根蒿草秆儿双手举起，反复三匝，插在沙地上，颇为郑重地发出誓言："我对毛乌素沙漠的月亮起誓，和忠实老哥肝胆相照，永不背叛……"我看着他突如其来的甚为庄重的举动，虽然始料不及，却没有任何犹疑，瞬即便和他并排跪下了，捡起三根替代香火的蒿草秆儿，照他的动作做起：双手握住蒿草秆儿，从胸前举起到眉心，反复者三，同样插在他插着的蒿草秆儿的一边，也信誓旦旦地对着毛乌素沙漠上空的月亮起誓，誓词自然和他的誓词保持一致。待我说完，两人相应地转过脸来面对面瞅着对方，两双手便紧紧地握在一起，然后便四仰八叉倒躺在沙地上，纵声大笑起来……

有人吼叫我和子页的名字，我俩当即应了声，料想篝火晚会要收场了，我俩似乎还留恋这一方静谧神奇的夏夜的沙漠，更有沙漠上空越升越高也愈加明亮的月亮。奔到我俩面前的两位作家虚张声势：还以为你俩被狼吃了呢！我俩都不在意地笑笑。有位作家颇认真地渲染说，沙漠里的狼可厉害了，常叼牧民的羊。子页随机应变，从沙地上捞起他和我插下的蒿草秆儿，说："我俩有金箍棒，什么样的恶狼都不怕……"

算不得结义，也算不得结拜，不过是面对沙漠上空一轮又圆又大的月亮，诗人子页诗性激情的瞬间生发的举动。我之所以毫无犹疑地响应，有一个基本的感知，就是子页弃政从文的人生选择。他在新时期文艺复兴的热烈而又神圣的文学氛围里，辞去了给一位重要领导当秘书的工作，自愿调动到文艺圈子里来，在作家圈里曾发生了好久的一阵议论。任谁都能预料，为一位重要的一把手当秘书多年，仕途上绝不会亏他的；他却舍弃了，毅然投身到文学圈子里来，可见他对文学的痴迷和神圣。平心而论，我和他认识也有四五年了，来往屈指可数，他热衷诗的创作，我学习写作的兴趣却在小说，文学大圈子里还有不同文学样式的几个小圈子。再说他住在西安城里，我住在白鹿原下的乡村，平素难得相遇。我对他最直接的印象，便是他舍弃官场投身文坛的举动，一个如此痴迷文学的同龄人，大致该当是可以信赖的……我便和他并排跪倒在毛乌素沙漠上，面对那一轮又圆又大的月亮。

之后二十五年，淡淡如水，一年半载遇合到一起，我看着他虽依旧浓密却大半花白的头发，他瞅着我光亮的谢顶，互相先自笑了，竟然谁对谁都说不出一句客套的话，开口总是调侃。待喝过两盅之后，或他或我就会说起毛乌素沙漠里用蒿草秆儿作香火对月起誓的事来，仿佛就在昨夜。可见毛乌素沙漠上空的那一轮又圆又大的月亮，沉浮在我的心底，也在他的心底沉浮着。我便自然想到，如果谁有了无论大或小的苟且之事，沉浮在心底的那一轮又圆又大的毛乌素沙漠天空的月亮，就再也浮现不出来了。原本仅属于诗人子页兴之所至的一项提议，其实不无玩笑作趣的成分，现在倒感觉到一种人生的颇可珍重的情趣了。

2010 年 7 月 28 日于二府庄

原上原下樱桃红

白鹿原的樱桃红了。

时令刚过立夏,向阳面的原坡上的樱桃率先红了;晚不过两天,原下灞河川道里的樱桃接着也红了;再过两三天,受地理高度温差制约的原上的樱桃,最后红了。

这个时候的白鹿原,便进入一年里最红火的时月。原上原下和原坡,新修的水泥大道和田间小径,便呈现着车水马龙熙熙攘攘的车流和人群,这是西安城里的男人女人或搭伙结伴或扶老携幼摘樱桃来了。他们散漫在樱桃园里,伸手攀下缀满或紫红或金黄的樱桃的树枝,摘下一串一串熟透的樱桃,填到嘴里,便发出舒心的赞叹,好鲜好甜耶。更有男孩或女孩,攀爬到树上,从树梢上摘下最大也熟透的樱桃极品,下树来送到情侣手里,会心的微笑里荡漾着别具一格的浪漫。喧哗声、嬉笑声和呼朋唤友的声浪,此起彼伏在樱桃园里。原上原下通往樱桃园的大道和小路两边,摆满了盛着樱桃的筐篮和纸箱,叫卖声、议价声嘈嘈一片,交易活跃。我看着那些抱着一箱箱樱桃乘车离去的男人和女人欣慰的脸色,无疑是北方这种第一料鲜果独有的滋味带来的。

我更感兴趣的是那些出售樱桃的卖方收款装钱的动作,无论农夫农妇抑或小伙姑娘,从买方手里接过钱来数一数,尽管数钱的手指的动作有灵巧和笨拙的差别,而脸上的表情却无多大差异,不见惊喜,更不见得意,多是数过之后塞入挂在胸前的布兜,无论三十五十乃至三百五百,都是以习惯性的动作塞入布兜了事,又忙着招呼围过来的新的顾客了。他们一把一把往布兜里塞着钱时所显示的平静而又平常的表情,可以透见原上原下乡民的心理气象了。

这里的樱桃,在我已形成难以化释的情结。

我至今依旧清楚地记得,四十六年前的1965年,我在《西安晚报》发表过散文《樱桃红了》,是歌颂一位立志建设新农村、带领青年团员栽植樱桃树的模范青年。这是我初学写作发表的第二篇散文,无论怎样幼稚,却铸成永久的记忆,樱桃也就情结于心了。樱桃在我生活的白鹿原地区,是当地乡民种植的诸如桃、杏、沙果等果类中的一种,多在原坡不能种植庄稼的坡地上生长,没有资料显示何朝何代开始栽植这种水果;村子里年龄最大的长者也说不清,只记得自己穿开裆裤的幼稚年纪,就吃樱桃,吃着自家园里的樱桃还嫌不够味儿,常常结伙偷摘品尝别家的樱桃。当地人自古以来不称樱桃,称作玛瑙。如果依这种水果的果形和色彩而论,玛瑙远比樱桃更为恰切也更富诗意,那缀满树枝的一嘟噜一嘟噜或鲜红或金黄的小颗粒,活脱就是一串串珍珠玛瑙。

加深且加重这种樱桃情结的另一种因素,说来就缺失浪漫诗性了。我在白鹿原地区生活和工作大半生,沉积在心底的记忆便是穷困的种种世相。不单是我和我的家庭,整个白鹿原的乡民,从年头到年尾都纠结在碗里吃食的稀了、稠了、有了、空了。尤其是我在公社(现称乡或镇)工作的十年时间里,体味尤深。每年交上5月,即民间俗话说的青黄不接的时月,一些生产队(即今村民小组)的干部便三天两头赶到公社来,堵住分管粮食的干部,百般申述缺粮的困境,要求多给他们分配救济粮食。这些求助的生产队干部,多是来自白鹿原北坡上或大或小的村庄。坡上沟道里有小股泉水,仅供人畜饮用,"学大寨"大潮中修建过一些蓄水池,效益甚微;北坡上的田地,多为跑水跑肥不蓄墒的薄田,仅种一料庄稼的小麦产量,顶好的年份不过两百斤,遇到干旱缺雨的灾年,稀疏矮小的麦秆儿搭不住镰刀,只好用手撅拔,俗称猴拔毛,产量就可想而知了。上级调拨下来的救济粮可以说是杯水车薪,分管粮食的专干即使慈心软肠也只能撒胡椒面儿。那时候的樱桃虽然依旧开花结果,却当不得饭吃。随着"文革"愈来愈"左"到极端的农村政策,一只鸡蛋卖给国家还是卖给城里个人,都被提高到资本主义和社会主义两条道路斗争的严重性看待,又有"以粮为纲"的纲纪,樱桃树虽然没有被铲除,却也不提倡,处于自生自灭状态。尤其在"学大寨"学得几乎发疯的"文革"后几年,许多生长在坡地上的樱桃树,因为修造梯田而被砍掉了。有幸存留的樱桃树,在青黄不接的5月初成熟的樱桃,由社员摘下再送到指定的国营商店,换回的有限的钱款,成为生产队空乏已久的钱柜里的库存,首先作为头等合理开销的项目,便是给发生疫情的牲畜作疗治费用,弥足珍贵。

在西安郊区辖属的二十六个公社里,地处坡、原和山岭地区的公社不过两三家,与那些占据渭河平原腹地的公社相比,难以望其项背。这两三家自然环境较差的公社干部遇合到一起,便自我调侃定位为"第三世界";在"第三世界"里,我工作的原坡地区当属垫底的一家,走到处似乎都有矮人半截的感觉,所谓人穷气短不单说个人,工作单位似乎也应此话,我有双重体验。

彻底扭转以致完全改换那种不良感觉的卓绝一笔，便是樱桃。我约略知道，自20世纪80年代中期起始，灞桥区的领头人，既得改革开放之"天时"，更度白鹿原地理特质之"地利"，确定该地区以樱桃种植为主业，为乡民开创一条脱贫致富的途径。且不赘述领头人和技术人员如何四处奔走，引进西洋大樱桃品种；如何向乡民推广普及樱桃种植的技术要领；还有为樱桃的销售不遗余力……我尤为赞赏尤为敬重的一点，二十余年来，灞桥区的领头人调换过一茬又一茬，而一茬又一茬的新继任的领头人，都一如既往地瞅住樱桃园的建设和发展，终于形成气候，形成产业化的规模。单是白鹿原原上、原下和原坡，现已种植樱桃2.4万亩，结果的樱桃树有1.5万亩。三千余户乡民现在年均收入超过四万元，人均超过万元，竟然超出本区那些过去盛产粮食的平川地区的人均收入近两成。尽管我知道读者逆反文章里引用数字，仍然忍不住要把这些数字摆列出来；这些数字牵涉我的情感，甚至颠覆了情感记忆里最软最短的那一脉。我确凿相信这些数字，尽管没有必要挨家逐户去询问谁个收入了多少，因为你随便走进原上、原下和原坡的或大或小的村庄，一街两行全部都是新建的房子，有平房，也有二层小楼，三合院司空见惯，迎着大门的正面几乎全部都用白色瓷片包装，一派崭新气象。这里的乡民积习已久善于门楼的建筑，却几乎很少见到老祖宗们用青砖刻着神鹿白鹤的图案，而是用现代建筑材料或白色或紫红颜色的瓷砖，给人直观的感觉是清爽和温暖。每每看到这些宽敞漂亮的农家小院，我便想起高晓声的小说《李顺大造屋》来，如果说李顺大是20世纪80年代初以前的中国农民生活形态和心理形态的一个典型，那么白鹿原上下一幢幢新房小楼的主人，便是对李顺大的终结。我在原坡的樱桃园里散漫时，看到龙湾村几幢破旧的厦屋，墙皮多半脱落，房檐多处垮塌，垒墙的土坯暴露无遗。这些尚未拆除的旧房破屋，却勾起我似曾相识的记忆，在这些屋子里，我当年下乡时吃过派饭，约略还记得房子的主人。他们不是作家创造且难免夸张的李顺大，却是我亲历且认识的真实的村民。

有朋自远方来，恰逢樱桃成熟的 5 月，我便领他们上原摘樱桃。站在白鹿原头，原上平地里是蓬勃着的樱桃树，一眼难尽；原坡上随着坡势和浅沟起伏错落着一派绿色，自然都是樱桃树了，几乎看不到裸露的地皮；原下的川道，灞河自东而西蜿蜒过来，几乎被满川的樱桃树遮掩住了。朋友无论男女，也不论长幼，站在原头观赏这一方自然景致的时候，无不发出由衷的慨叹，你老兄（或老弟）竟独得这一方活水绿山！我便凑兴纠正，这不是山，是原和原下的坡。另有一点需要纠正的，活水、绿坡、绿原只是当今的景象，为不致扫兴，我不想提过去。远方的朋友多见过中国和世界多处的好风景，能对白鹿原的樱桃园流连忘返、感慨连连，储存在我心底的那种"第三世界"的块垒，便悄然化释了。

进入 5 月，便进入这座古原最红火的季节。果农们选择了早熟和晚熟的多种樱桃品种，采摘的时间可以延续月余。这座雄踞于西安东南方位的开阔的古原，距离西安不过十来公里，工余假日，人们呼朋唤友、引妻携子，驾车不过半个多小时便进入樱桃园了，或上原或上坡或到原下的河川，尽都是缀满红色金黄色珍珠玛瑙的樱桃树，诸种烦恼和疲倦顿然消解了。当各种媒体大呼急叫着西安城区应该形成"低碳"的健康空间的时候，这里的樱桃园无疑是一方天然氧吧，从城里赶来的男女老幼，从树枝上摘下一颗颗樱桃填到嘴里嚼咂品尝的时候，或在樱桃园里逸情漫步的时候，把在城市里吸入的污浊废气全都排出了，获得一种神清气爽的生命活力。即使在樱桃清园以后的夏天和秋天，原上、原下和原坡的果园和小路上，仍有不少城里人观光散心，迷恋这个天然氧吧洁净的空气。

每到清明，樱桃花开，原上、原下和原坡，尽皆是粉白的樱桃花，香气弥漫。树叶刚刚吐芽，花儿却灿烂了，这原、这川、这原坡，望去是纯一色的樱桃花的世界。果农们忙着种种技术性管护，只企盼樱桃开花时不要下雨，雨水灌花就结不出樱桃。城里人搭帮结伙来赏花了，散漫在樱桃花的海洋里，留几张以樱桃花为陪景的照片，在农民开办的"农家乐"饭馆吃一顿地道的农家饭菜，不仅释放了胸中积存的废气，缓解了办公室或工作台上紧张的神经，把粉白的樱桃花储入胸间，当属滋养精神心理的氧。

有朋友要约见，我便顺口说，如果事由不急，最好5月来，或清明前后来，或摘樱桃或赏花，坐在农家屋院或果园里说话，我会有最佳的情绪；相信南方北方来的朋友，也会感应而生诗性的灵气。

2011年5月30日于二府庄

难忘的一声喝彩
——我与上海文艺出版社

在我的创作历程中，有几个打着颇为浓重的情感色彩的感叹号的年份，其中之一是 1982 年。这年开春，我试写了第一部中篇小说《初夏》，投寄给《当代》的已可称朋友的编辑老何，他肯定了小说的优长，也直言其中的亏缺，希望再修改。我一时竟感觉修改难以下手，便放下了，待冷却之后再重新上手。第一次写中篇小说，写的又是我熟悉不过的与生活同步的农村改革题材，却出手不顺，便有一种挫伤的失败情绪。从新时期文艺复兴到这年开春，我已写了三年多短篇小说，刚刚编成第一本短篇小说集《乡村》后，便跃跃欲试较大篇幅的中篇小说的创作了，不料却如此窝心，尚不属窝气，这个夏天便感觉格外闷热难挨。

待到立秋过后，关中地域的午间虽然依旧酷热，早晨和晚间却清爽可人，我在此间构思完成了又一个中篇小说《康家小院》，写了草稿，接着又写了正式稿，写得很顺畅，自我感觉挺好。但我有点担心的是，这部中篇的生活背景是刚刚解放的关中乡村，离当代生活较远。我截至《康家小院》之前的几乎所有小说，都是与当下生活发展同步的有感而作，第一次从社会热议着的乡村改革生活转过头去，把眼睛投注到业已冷寂的20世纪50年代初的乡村小院，便担心读者尤其是编辑会不会有兴趣。这个时段，恰好接到《小说界》编辑魏心宏的约稿信，便把《康家小院》稿子给他寄去。寄走了稿件，心却一直悬着，不敢设想再来一次需得修改的回信，更不要说"不宜刊用"的结果了。如果再一再二发生这种情况，无疑对我试图较大篇幅的中篇小说的创作是一个很大的挫折。大约过了半月，接到魏心宏的来信，拆信时竟然心跳加速。及至很快读完信，心跳愈加加速，却是令我振奋的抑制不住的痛快淋漓的感受，往日的担心就在这一瞬间全部化释了。他在信中说了许多好话，很喜欢《康家小院》，同时已确定次年前期即见诸《小说界》。

《康家小院》的顺利出手，无疑给我难以表述的鼓舞，以中篇小说创作为主的打算便确定下来，而且付诸实施，当即回过头来再重写《初夏》，从原先的六万字写到八万字，再得老何的审视和指点，又写到了十二万多字，才得他的首肯。稍有安慰的是，不仅在于我可以把握十二万字篇幅的小说结构，更在于对中国乡村的历史性变革，留下了我直接而又颇为动情的文字。这里不能忽视的一点，就自己的创作实践而言，确是得了魏心宏对《康家小院》的欣赏的鼓舞，终于把写得不甚顺利的《初夏》写成了，而且对中篇小说的写作更为专注了。到1983年末或1984年初，《小说界》搞了第一届评奖，《康家小院》有幸获奖，魏心宏来信告知这个消息的时候，无疑对于正专注于中篇创作的我，又注入一剂无形的却又强烈的精神补养。1984年春天，我趁颁奖的机缘，第一次看到了上海；第一次品尝了鳝鱼的美味，真可惜我们村子稻田里的黄鳝白白生长了；第一次买了皮鞋，是明光锃亮的皮子，自己看着都有点耀眼；且不说和文学朋友交流受益匪浅的话。

在《小说界》的那次颁奖聚会时，我结识了上海文艺出版社的老大姐编辑张贺琴。她来和我约稿，为我出中篇小说集。我几乎没有任何思考便脱口而出答应了，而且真诚地感动亦感谢她的美意，在我另有一种潜在的意识，便是上海文艺出版社在我心中的分量，能在这家出版社出书，是可以引为自信且骄傲的事，可惜我发表的中篇小说仅有《康家小院》一部，我便和她约定，待我写作的中篇小说可以编一本集子的时候便送她。之后未过两年，这本定名《初夏》的中篇小说集的书稿送到她手上了。这是我的第一部中篇小说集，能在我潜意识里颇有敬重感的上海文艺出版社出版，无疑是深以为幸运的事。

说来还有一件缺憾的事，张贺琴在编辑我的《初夏》集之后，曾约过我的长篇小说。我后来写成《白鹿原》，之所以没有给她，确实是与人民文学出版社何启治别有一番渊源。"文革"中后期，人民文学出版社开始恢复出版工作，老何到陕西来组织一位知识青年写作的长篇小说稿，看到了我在《陕西文艺》（即原来的《延河》）发表的短篇小说《接班以后》，便找到我，让我把这篇短篇小说放开来写，完全可以写成一部十多万字的长篇小说。我几乎被吓住了，这是我平生发表的第一篇小说，连想也从来没敢想过写长篇小说的事，自然不敢应诺。到新时期文艺复兴伊始，老何仍记着约我写长篇小说的事，我和他便私下形成一个君子协议，如果我日后能写成长篇小说，便送他。从第一次见面约稿到写成《白鹿原》，几近二十年，算是我对老何没有食言。然而，张贺琴后来一直和我约稿，我却再无长篇小说写作，直到她从编辑岗位上退休，我便留下了一种无以言说的缺憾。

直到2009年初夏，我写完了《白鹿原》创作手记——《寻找属于自己的句子》，十四五万字，可以出一个单行本，首先想到的便是上海文艺出版社，似乎约略可以弥补积存心中十余年的缺憾。可惜张贺琴已退休多年，我便决定送给修晓林。修晓林是我结识多年的一位资深编辑，乐于为作家做嫁衣，我已记不清是哪年哪月和他结识，却留下一种可资信赖的踏实印象；许多年来虽然算不得频繁的接触，仍留下敬业更乐其编辑之业的印象。我把此稿通报给他，满口热情的话，随之在很短的时间便看到样书了。在我有一句没说出口的话，便是对张贺琴的约稿的缺憾，在修晓林这里得以小小的弥补。《寻找属于自己的句子》出版时，正赶上上海图书节开幕，约我到图书节开幕式后为读者签名售书，也作为该书的首发仪式。我不敢怠慢，应召前往，心里却有点不踏实，想到这种谈创作的小册子，阅读范围太狭窄，文学圈外的读者难得发生阅读兴趣，我自然就有遭遇冷场的尴尬的担心。令我欣慰也大出意料的是，在我走进签名的场子时，看到排着那样长的一列读者，担心顿然消失了，限定的一个小时的签名时间，能为这么多的读者签完怀中所抱的书——《寻找属于自己的句子》和别的小说、散文集——就很好了。我只顾签名，几乎没有抬头的余暇，偶尔遇到提问，或是自报家门为在上海工作的陕西乡党，我才和他们说两句话。不觉间一个小时的签名时间已经到点了，签名台上要换另一位签名了，可是我的面前仍然排着一行长长的读者队伍，主办方和我一样不忍看读者失望的脸色，当即作出举措，在签字台的左角临时摆置一张小桌子，由我继续为读者签名。签完最后一个读者的最后一本书，我看了手表，又是整整一个小时。随后有记者追问，其中有一个问题说有人说上海完全是一个商业化的城市，少有人读书，甚至比喻为文化沙漠，问我怎么看。我当即回应，我不大了解上海，不敢附和"沙漠说"；就我今天签名的真实而又直接的感受，上海是文化的绿地，不单是我签名的读者比较多，整个书市里人头攒动，各类书柜书架前都围满了男女读者，中青年男女居多，不乏满头银发的老先生，更有少年读者，都在选择自己喜欢的书籍。"文化沙漠说"和这里的气氛不搭调。

　　偶有机缘到上海，便和上海文艺出版社的几位朋友相聚叙旧，无疑是一件愉快的事。魏心宏仍记得他编发的《康家小院》，而且问到有没有人把《康家小院》改编电影，我只能遗憾地说没有。他在刊发《康家小院》之后就说过可以改编电影的话，后来每有见面的机缘，都说到这个话题，我便开玩笑说可惜你不搞电影。修晓林永远是平和的乐观，编了什么好书、感受到好的风景，便发来一条信息，我还忍不住要询问他的乒乓球又拿了什么比赛的奖牌。还有郏宗培的一篓螃蟹，至今令我感念。那年到上海，正当螃蟹上市时节，晚餐后，郏宗培开车接我到上海郊外一条批发也零售螃蟹的大路边，为我买下一篓乱爬乱翻的螃蟹。看着执意的他挑拣螃蟹的举动，我的感动和感沛是难以表述的，作为上海文艺出版社的总编，未必有此耐心为自家来干这种劳神的事。

2012 年 3 月 6 日于二府庄

图书在版编目（CIP）数据

读书与行走 / 陈忠实著；邢小利选编 . —上海：
上海三联书店，2019.12
（行走文丛）
ISBN 978-7-5426-6772-4

Ⅰ.①读… Ⅱ.①陈… ②邢… Ⅲ.①散文集－中国－当代
Ⅳ.①I267

中国版本图书馆 CIP 数据核字（2019）第 195483 号

读书与行走

著　　者	陈忠实
选　　编	邢小利
责任编辑	程　力
特约编辑	许　峰
装帧设计	鹏飞艺术　周　丹
监　　制	姚　军
出版发行	上海三联书店

（200030）中国上海市漕溪北路 331 号 A 座 6 楼

印　　刷	三河市中晟雅豪印务有限公司
版　　次	2019 年 12 月第 1 版
印　　次	2019 年 12 月第 1 次印刷
开　　本	640×960　1/16
字　　数	153 千字
印　　张	17.5

ISBN 978-7-5426-6772-4/I · 1538

定　价：42.80元